HEYNE <

Zum Buch

Ob skrupellose Immobilienhaie, erfolgreiche Geschäftsleute, schwergewichtige Fabrikanten, gelangweilte Erben oder aufstrebende Kleinanleger – sie alle sind unersättlich, wenn sie ihr Geld in Erwartung atemberaubender Renditen einem Mann anvertrauen. Sein Name scheint Programm: Kapitaljongleur Dieter Glanz! Der Anlageberater ist sich seiner Aura bewusst, belohnt das Vertrauen seiner Kunden aufs Großzügigste, indem er und seine Frau Gloria zu prächtigen Partys einladen und sie an ihrem aufwendigen Lebensstil teilhaben lassen. Ob in seinem luxuriösen Anwesen oder im Privatjet nach Mallorca, in Glanz' Welt wird der Traum vom großen Reichtum Wirklichkeit. Noch ahnt niemand, dass der Luxus Mittel zum Zweck ist, eine blendende und von Glanz inszenierte Kulisse, die, allein von den Anlegern bezahlt, dazu dient, ihnen »frisches Geld« zu entlocken. Die Anleger folgen dem Betrüger wie einem Guru. Und plötzlich zerplatzt der Traum vom schier unbegrenzten Reichtum, die Luxusvilla wird zu einer Art Gefangenen-Straflager, in dem böse Binnenkonflikte ausbrechen und die gepeinigten Anleger das angebliche Finanzgenie und sich selbst gegenseitig belauern.

In Dieter Wedels Fernseh-Zweiteiler spielt Ulrich Tukur die Rolle des Dieter Glanz. In den weiteren Hauptrollen zu sehen: u. a. Uwe Ochsenknecht, Heinz Hoenig, Kai Wiesinger, Jeanette Hain, Sibel Kekelli, Mariella Ahrens, Katharina Wackernagel.

Zu den Autoren

Dieter Wedel gilt seit vielen Jahren als renommiertester Filmregisseur und Drehbuchautor im deutschen Fernsehen. Mit Mehrteilern wie *Der große Bellheim, Der Schattenmann* oder *Die Affäre Semmeling,* die Themen am Puls der Zeit aufgriffen, begeisterte er ein Millionenpublikum.

Jörg Mehrwald, war Journalist, bevor er als Autor für diverse TV-Formate tätig war. Als Schriftststeller schrieb er u.a. den politisch-satirischen Roman *Bloß gut, dass es uns noch gibt!* Sein Theaterstück *Drei Banker, ein Strick und die große Pleite* zur Hedge-Fond-Krise entstand vor diesem Roman.

DIETER WEDEL

JÖRG MEHRWALD

# GIER

ROMAN

WILHELM HEYNE VERLAG
MÜNCHEN

FSC
Mix
Produktgruppe aus vorbildlich bewirtschafteten Wäldern und anderen kontrollierten Herkünften

Zert.-Nr. SGS-COC-1940
www.fsc.org
© 1996 Forest Stewardship Council

Verlagsgruppe Random House FSC-DEU-0100
Das für dieses Buch verwendete FSC-zertifizierte Papier
*Holmen Book Cream*
liefert Holmen Paper, Hallstavik, Schweden.

Vollständige deutsche Erstausgabe 01/2010

Printed in Germany 2009
Umschlagillustration: shutterstock / Gerry Boughan
Umschlaggestaltung: Nele Schütz Design, München
Satz: Buch-Werkstatt GmbH, Bad Aibling
Druck und Bindung: GGP Media GmbH, Pößneck
ISBN: 978-3-453-50381-6

www.heyne.de

# Teil 1

# Kapitel 1

Vier traumhaft schöne junge Frauen beobachteten die Maschine im Landeanflug auf Mallorcas Flughafen. Der Learjet mit der Aufschrift »Gloria« funkelte in der Sonne des wolkenlosen Himmels, setzte auf und rollte schließlich langsam und majestätisch aus. Als die Tür aufging und die Treppe ausklappte, hechelte Schäferhund Billy ins Freie. Glanz' junge blonde Sekretärin Jutta führte ihn an der Leine. Sie landete heute bereits das zweite Mal auf der Ferieninsel. Nach dem ersten Flug hatte Dieter Glanz überrascht festgestellt, dass seine Frau Gloria den Hund vergessen hatte. Selbst solche kleinen Irrtümer pflegte Glanz mit kostspieligen Mitteln aus der Welt zu schaffen, und so flog die Maschine kurzerhand noch einmal nach Hamburg.

Billy fletschte die Zähne und knurrte. Gerade noch hatte er von oben auf die blauen Schatten der Berge, das schimmernde Türkisblau des Meeres und die mallorquinischen Windmühlen geschaut. Jutta, Billy und die vier Frauen, die Dieter Glanz für sein Geschäftstreffen mit der Landesbank engagiert hatte, stiegen in die Limousinen, um sich zum teuersten Hotel Mallorcas fahren zu lassen.

Unterdessen liefen dort die Vorbereitungen der Hanseatischen Landesbank für das große Golfturnier mit Empfang, Vortrag und Geschäftsessen auf Hochtouren. Passend dazu hatte sich Bankdirektor Dr. Teubner den wohl begehrtesten Finanzexperten der Hansestadt eingeladen.

Dieter Glanz, der Selfmademan und Anlagespezialist, dessen sagenhafte Renditen von niemandem zu überbieten waren; der für seine Klienten ein Jahrzehnt des Wohlstands und unermesslichen Reichtums anbrechen lassen wollte; über den mehr Gerüchte und Geschichten existierten als über sonst einen Investmentberater; und der sich durch seinen unnachahmlichen Charme auch noch auf dem gesellschaftlichen Parkett größter Beliebtheit erfreute.

Auch Heiner Kuntze liebte diesen Mann, auf seine Weise. Kuntze, leicht gedrungen, eher klein, mit Haarkranz, Doppelkinn, kurzem dickem Hals und breiten Händen, war Anleger und vergötterte Dieter Glanz als einen der wenigen wirklichen Macher auf dieser Welt, einen, dem er nahe sein durfte. An der Balustrade stehend blickte Heiner die Auffahrt des Luxushotels hinunter, wo die vier attraktiven Damen, die Schäferhund Billy und Chefsekretärin Jutta am Flughafen in Empfang genommen hatten, aus einer Limousine stiegen. Sie bewegten sich in ihren engen Kleidern und auf schwindelerregenden High Heels graziös und elegant. Hüftschwingend stöckelten sie unterhalb der Terrasse an den anderen Gästen vorbei. Jutta führte den Schäferhund an der Leine, der respektvoll die Rasensprenger im Auge behielt. Eine der Frauen trug eine Tasche mit Büchern bei sich.

Diskret überprüften Angestellte des Hotels die Einladungen zum Golfturnier, fast so, als wäre Misstrauen gegenüber diesem erlesenen Kreis von Investoren so überflüssig wie eine Bankbürgschaft. Man nickte sich freundlich zu oder tauschte im Smalltalk die neuesten Business-Gerüchte aus. Wer hier geladen war, durfte sich zur High Society zählen. Heiner Kuntze beobachtete auf der weitläufigen Terrasse mit dem atemberaubenden Blick über Palma und das Meer, wie am Horizont unter der prallen Sonne einige Fischerboote ihre Netze hinter sich herzogen und eine schneeweiße Yacht zwischen ihnen kreuzte. Man war angereist, um Golf zu spielen, doch das Hauptinteresse galt dem Spekulationsgenie Dieter Glanz.

Dr. Teubner, lang, schmallippig und mit abfallenden Schultern, begrüßte mehrere Herren in dem für ihn typischen näselnden Ton.

»›Wie man sich gegen Wirtschaftsbetrüger schützt‹ – das Thema hat er sich selbst ausgesucht. Jedenfalls bin ich sehr stolz darauf, Dieter Glanz für heute als Festredner gewonnen zu haben«, merkte er mit leicht herablassender Geste an. »Sie kennen den Hamburger Bürgermeister …«

Den Bürgermeister und die Senatorin umringte bereits eine Gruppe von Gästen. »Ein echter van Gogh«, schwärmte er. Und die Senatorin ergänzte im vollen Bewusstsein ihrer kulturellen Bildung: »Aus der roten Periode.«

»Für sieben Millionen«, wusste der Bürgermeister. »Vor kurzem ist ein van Gogh an die Japaner verkauft worden – für an die fünfzig Millionen.«

»Einen Wein, Herr Bürgermeister?«, fragte Dr. Teubner.

Doch der ließ sich jetzt nicht stören: »Geschäftsfreunde von Dieter Glanz wollen das Bild verkaufen.«

Heiner Kuntze zückte begeistert sein Handy. »So ein Teufelsbraten. Dieter Glanz. Eine untrügliche Spürnase für gute Geschäfte. Genau wie ich.«

Heiner wollte ganz dicht dranbleiben an dem von ihm bewunderten Genie. Für ihn galt jedes Wort von Glanz als Offenbarung. Glanz hatte alles das, was ihm noch fehlte. Die Ausstrahlung, den Mut und das Draufgängertum, einfach etwas Ungeheueres zu riskieren. Und er kannte Leute, die sonst niemand kannte. Davon war Heiner Kuntze überzeugt. Ohne diese außergewöhnlichen Verbindungen und seine Genialität wäre er nur ein normaler Geschäftsmann mit dem Instinkt für gute Geschäfte gewesen. Glanz aber machte aus seinem Instinkt Geld, so viel Geld wie sonst niemand. Und genau darin lag für Heiner die Faszination im großen Spiel der wundersamen Geldvermehrung. Er wusste alles über Dieter Glanz, ihm konnte keiner etwas vormachen, ihm konnte keiner etwas Neues erzählen, wenn es um die Geschäfte dieses Mannes ging. Ganz abgesehen davon, dass Heiner Kuntze von allem, was Dieter Glanz über Märkte und seine Anlagemodelle verkündete, vollkommen überzeugt war.

»Über einen kleinen Rest müssen wir alle spekulieren. Der Glanz hat ein Geheimnis. Sonst hätte dieses geniale System ja jeder auf die Beine stellen können«, dachte Kuntze, als er auf seine Verbindung am Handy wartete.

Darin war sich Kuntze mit allen anderen Anlegern einig. Und so hegte er bei jeder Begegnung die gleiche Hoffnung, Dieter Glanz auf Dauer näherzukommen. Denn der Meister achtete auf eine gewisse Distanz zu seinen Kunden. Einen Termin bei ihm zu bekommen, konnte dauern. Für Heiner Kuntze sicherstes Zeichen dafür, dass er etwas Besonderes war.

Durch den schmalen Spalt eines dicken dunklen Vorhangs, im Stammhaus hinter der Terrasse, lugte Dieter Glanz mit einem Auge auf die plaudernde Gesellschaft. Er schaute sich jeden genau an. Dann schloss er den Vorhang wieder und trat einen Schritt zurück. Die jungen Sekretärinnen formierten sich rechts und links von ihm, um wie bei einem Einmarsch in die Arena den Imperator zu eskortieren. Glanz kraulte seinen Schäferhund liebevoll und achtete nicht auf die jungen Frauen. Er wirkte nachdenklich, in sich ruhend, als sammle er sich noch einen Moment für seinen Auftritt.

»Ein echter van Gogh für unser Rathaus. Das sollte doch hinzukriegen sein, meine Herren?«, fragte der Bürgermeister rein rhetorisch in die Runde auf der Terrasse. Er erwartete die Schecks dieser Herrschaften ohne jeden Widerspruch oder Zweifel.

Dr. Teubner hüstelte plötzlich erschrocken. Ihm schossen bei einem Vorhaben wie diesem gleich tausend Konsequenzen durch den Kopf. Der Senatorin erging es ähnlich, doch sie ging mit solchen Bedenken bereits professioneller um. »Die Opposition wird uns natürlich gleich wieder vorrechnen, wie viele Schwimmbäder man für sieben Millionen bauen könnte – wie viele Schulen und was sonst noch für die Gesellschaft Wertvolles«, erklärte sie forsch und mit der Verve einer Karrierepolitikerin, die genau weiß, wann es galt, Entscheidungen durchzusetzen – und sei es nur wegen des Renommees.

Als plötzlich die Türen aufgerissen wurden, einige Gäste beiseitetraten und andere sich tatsächlich leicht verneigten, unterbrach sie ihre Ausführungen. Dieter Glanz, attraktiv, dreiundvierzig Jahre alt, mittelblondes volles Haar und ein Charaktergesicht, das hoch motiviert und ohne jeden Zweifel den Erfolg widerspiegelte, hielt mit attraktiven Frauen an seiner Seite und dem Hund im Gefolge Hof. Dieser Mann versprühte in diesen Momenten sein Charisma über alle, die sich hier versammelt hatten. Dr. Teubner beobachtete zufrieden die Reaktion der Gäste. Glanz eilte lockeren Schrittes die Treppe zur Terrasse hinauf und bekam kaum mit, wie einige männliche Gäste seine weiblichen Begleiterinnen gierig taxierten. Für ihn ergänzten weibliche Reize lediglich das, was er verkündete. »Werdet vermögend durch mich!« Freilich sprach er von Chancen und Risiken, Anlagen und Zukunftsinvestitionen, aber jeder wusste, dass sein System einzigartig und so attraktiv und verführerisch wie seine Begleiterinnen war.

Senatorin und Bürgermeister warfen sich kurz einen Blick zu, der nichts weiter sagen sollte außer: »Der kann es. Gut, dass wir ihn kennen.«

Heiner hatte sich etwas vom Bürgermeister abgewandt, um sein Telefonat noch schnell zu Ende zu führen.

»Ein van Gogh aus der roten Periode! Dachte ich mir! Danke!«

Heiner steckte das Handy ein, zog den Bürgermeister dezent beiseite und raunte ihm zu: »Professor Heintze, Leiter der Kunsthalle. Total begeistert. Sofort zugreifen, rät er. Die Gelegenheit für Hamburg unbedingt sichern!«

Die Vorstellung, der erste Bürgermeister Deutschlands zu sein, der einen van Gogh in seinem Rathaus präsentieren konnte, schien den Politiker vor Tatendrang geradezu bersten zu lassen. »Also, lassen wir große Träume Wirklichkeit werden, meine Herren!« Er schritt auf Glanz zu. Doch der umarmte zuerst Hajo Novak, einen anderen treuen Klienten von ihm, und dann Heiner Kuntze, während die übrigen Gäste neugierig herantraten und, von den herzlichen Gesten des Spekulationsgenies beeindruckt, applaudierten. Glanz bat dann eine kleine ausgewählte Runde zu einem Gespräch in den barocken Salon.

Hajo warf nur einen flüchtigen Blick in den Salon und bestellte sich noch einen Whisky. Hajo war groß gewachsen, sein schildförmiges Gesicht beherbergte eine hohe gewölbte Stirn und wulstige Augenbrauen. Er hatte seine Figur gut gehalten und beeindruckte noch so manche Frau, auch mit seinen nicht immer sehr originellen Sprüchen. Ein bisschen juckte es ihn schon, zu erfahren, was in dieser Runde besprochen wurde. Andererseits mochte er van Gogh nicht. Heiner Kuntze würde ihm ohnehin nachher alles haarklein erzählen, darauf konnte er sich verlassen. Er durfte sich schon einige Zeit zum Kreis der wichtigsten Anleger von Dieter Glanz zählen.

Hajo Novak hatte das Vermögen einer Maschinenbaudynastie geerbt. Eigentlich gehörte ihm die Hälfte, die andere fiel seinem Bruder zu. Nach dem Tod des Vaters stieg er mit einigen spektakulären Ideen in das Unternehmen ein, organisierte selbst einen völlig neuen Betriebsteil, in dem dann leider zwei Arbeiter durch einen Unfall ums Leben kamen. Da sowohl Behörden wie Gewerkschaft ihm die Verantwortung für den tragischen Unfall anlasteten, beschlossen seine Mutter und sein Bruder, ihm seinen Erbteil auszuzahlen und ihn damit auf Lebenszeit aus dem Geschäft herauszuhalten. Hajo hatte nie verwunden, dass einige der bestbezahlten Anwälte einen glatten Freispruch für die Firma erwirkt hatten und er selbst seiner Mutter nun den Beweis schuldig bleiben musste, es zu etwas gebracht zu haben. Nun lebte er mit einem beträchtlichen Vermögen, aber in den Tiefen seiner Seele schwer verletzt, und begleitete Dieter Glanz als Freund und Investor bei dessen Geschäften.

Die Senatorin und der Bürgermeister saßen sich an der gedeckten Tafel gegenüber. Dieter Glanz beobachtete, wie der Bürgermeister Dr. Teubner, Heiner Kuntze und einen korpulenten Herrn dazu drängte, eine Entscheidung zu treffen.

»Also sind wir uns einig? Dann sollten wir vielleicht zur Sicherheit eine Anzahlung auf die sieben Millionen ...?«

Seufzend zückten die drei ihre Scheckbücher und schrieben auf ihre Formulare jeweils die Zahl 500 000. Glanz wusste, dass es ihnen schwerfiel. Noch schlimmer war aber für die Reichen die Übergabe eines Schecks an einen anderen. Er hatte oft beobachtet, wie sie bei der Übergabe das Formular noch einen Moment festhielten. Nur einen winzigen Moment, der aber verriet unheimlich viel über diese Menschen. Sie konnten die Summen fühlen, und sie ließen das Geld so ungern los. Glanz steckte die Schecks in seine Brusttasche und genoss noch ein paar Sekunden die sehnsüchtigen Blicke ihrer Ex-Besitzer. Dann klatschte er in die Hände. Die Türen öffneten sich und seine bildhübschen Assistentinnen brachten die Kunstbücher über Malerei herein. Voller Erwartung schlugen die Gäste die Bücher an den mit Lesezeichen markierten Seiten auf. Dieter Glanz las aus einem der Bücher halblaut und mit fester, ruhiger Stimme die wichtigen Zeilen vor. Das Kapitel über van Gogh offenbarte den Spendern, dass der große Maler eine Farbe mit Sicherheit nicht sonderlich gemocht hatte: Rot! Es hatte folglich auch nie eine rote Periode gegeben. Und als das Erstaunen in den Gesichtern der Gäste zu sehen war, zog Glanz die Schecks aus der Tasche und zerriss sie mit Genuss.

Jetzt lachte niemand mehr, und die Mienen der anderen zeigten Verärgerung an. Das Gesicht der Senatorin hatte inzwischen die Farbe gewechselt: Rot. Investoren mochten es nicht, in ihrer Unkenntnis bloßgestellt zu werden.

Dieter Glanz blieb sachlich. »Da sehen Sie, wie schwer es ist, sich gegen Betrüger zu schützen.«

Sein anschließender Vortrag im vollbesetzten Saal war wie immer brillant, geizte nicht mit großen Renditeversprechen und betonte die Solidität der von ihm angebotenen Anlagen. Und über allem stand die Warnung: »Lasst euch nie täuschen! Denkt an die rote Periode van Goghs!«

Zum Abschluss seines Vortrages brandete donnernder Beifall auf. Glanz kehrte an seinen Tisch zurück, wo ihm Dr. Teubner begeistert die Hand schüttelte. Seine Chefsekretärin Jutta reichte Glanz diskret ein paar Papiere aus einer flachen Krokodilledertasche. An diesem wunderbaren Abend in gediegener Partyatmosphäre verkaufte Dieter Glanz Anlagen im Wert von über 25 Millionen Euro. Von diesen Anlagen existierte keine einzige wirklich. Alle Auskünfte stammten aus Glanz' persönlichem Märchenbuch für Anleger, und sämtliche Unterlagen wären gefälscht gewesen, wenn Dieter Glanz sie hätte vorlegen müssen. Aber dazu kam es nie. Man glaubte seinen Worten.

Dieter Glanz, umschwärmt von der monetären Elite der Gesellschaft, überstrahlte alle Bedenken, kraft seines Charismas und kraft seiner unbestreitbaren, von einigen ausgewählten Persönlichkeiten bestätigten, sagenhaften Gewinne, die hätten entstehen können. Sein Erfolgsprinzip hatte ihn bekannt, gefragt und scheinbar unantastbar gemacht. Wer sich Bedenken leistete, konnte nicht zu den locker verdienten Millionen gelangen. Nur wer bereit war, bedingungslos an Glanz zu glauben, an seinem Traum teilzuhaben, verschaffte sich Zutritt zum unbegrenzten Reich der wachsenden Renditen. In seiner Ge-

genwart teilten selbst Juristen und Politiker die Offenbarungen des Geld-Gurus, also Leute, die es gewohnt waren, ständig auf der Hut davor zu sein, übers Ohr gehauen zu werden. Er inspirierte und erleuchtete sie, er zog sie in seinen magischen Bann, sobald er über die Sache sprach, von der alle glaubten, alles zu wissen: Geld. Es war nur seiner Kompetenz zu verdanken, dass sie etwas Neues darüber erfuhren. Natürlich studierten viele hochdotierte Banker und Wissenschaftler lange an Universitäten, wurden zu Experten. Wahrscheinlich kannten sie auch alle Gesetze des Marktes und der Gesellschaft. Doch worin lag ihre Kompetenz, wenn es um das große Geld ging? Sie agierten clever, rücksichtslos und gierig, erfanden Anlageprodukte oder kopierten sie von anderen Wettbewerbern und empfahlen Aktien, von denen keiner wissen konnte, wie erfolgreich sie sich entwickeln würden. Sie erfanden mathematische Modelle, mit deren Hilfe sie bewiesen, wie hoch die Erfolgswahrscheinlichkeit dieser Produkte ausfiel. Theoretisch und statistisch zählte jeder Kunde bei ihnen zu den Gewinnern. Schließlich verliehen diese Experten Geld zu exorbitanten Zinsen, um ihren Kunden den Kauf dieser wunderbaren Produkte aus Anlagen und Spekulationspapieren zu ermöglichen, die im Strudel der weltweiten Geldströme, die höchsten Renditen erwirtschaften sollten.

Doch dieses System kannte Grenzen, wenn Verluste auftraten. Börsencrashs und der Zusammenbruch des Neuen Marktes hatten bewiesen, dass Banker in Krisen keine gute Figur abgaben. Spätestens da endete das Vertrauen in deren Kompetenz. Dieter Glanz gab nicht vor, etwas anderes zu tun als diese Experten – nur war er besser als alle anderen. Er bewegte sich mit seinen Spekulationen am gleichen Markt, nur hob er die Grenzen auf, stellte neue Regeln auf, seine eigenen. Die Regeln eines Genies, als das er sich selbst nie bezeichnete, andere taten es für ihn. Der wichtigste Grundsatz lautete, dass kein Kunde wissen musste, wie seine Geschäfte genau funktionierten. Er kannte keine Verluste. Glanz stand mit seinem Namen für jede Investition. Ihm gefiel es, charismatisch zu wirken, die Kraft des Aufschwungs zu verkörpern, dieses prickelnde Gefühl, sich anstarren zu lassen und den Beifall zu kassieren für das pure Dasein, für die Erwartungen der anderen. Er selbst verkaufte nach dem Wunder, als das er sich inszenierte, seine Kompetenz. Anleger vertrauten ihm, weil seine Lehre jene einfache Formel ausstrahlte, die allem Erfolg anzuhängen schien: »Tue es einfach«. Sein Heilsversprechen lautete: »Gib mir dein Geld und ich mache mehr daraus.« Er verkörperte eine eigene Kernkompetenz, die ihm kein Experte oder Wissenschaftler der Welt hätte nehmen können, weil er sein System niemandem verriet. Und wo die Banken ihre höchsteigene Domäne vermuteten, vertrauten die Anleger doch lieber ihm. Er besaß ein Konto und eine Adresse, seine Buchführung hatte nie jemand gesehen. Schwarzgeld war bei ihm so sicher wie bei niemandem sonst. Seit das Geldwäschegesetz das Verschieben von Schwarzgeldern behinderte, suchten viele Kunden neue Wege, ihr Vermögen zu vermehren, ohne Spuren zu hinterlassen. Glanz galt als diskret und auch in dieser Hinsicht als absolut zuverlässig. Man hielt ihn für tricky, clever und durch seine spekulativen Auslandsgeschäfte für besonders ausgebufft. Und er schien obendrein sozial zu handeln, denn er spendete, dem Vernehmen nach, an Bedürftige. Glanz – ein Mann der modernen Zeit, des globalen Handels und der weltoffenen Einstellungen. Sogar seine Führungskompetenz wurde, wie bei diesem Dinner auf Mallorca, durch die Spitzen der Gesellschaft bestätigt. Sprachgewandt und bis in die Zehenspitzen sensibel für die Gefühle aller Misstrauischen und Zu-kurz-Gekommenen, die er feinsinnig wie kaltschnäuzig gegeneinander ausspielte, schien er dafür geboren, jedes Quäntchen Zuversicht in klingende Münze zu verwandeln. Im klassischen Sinne zu beleidigen oder zu demütigen, das lag ihm nicht. Daran hätte er nie Spaß empfunden. Ihm genügte es, neue Investitionen einzufordern. Die Reichen etwas ärmer zu machen.

## Kapitel 2

Immobilienmakler Andy Schroth strich sich durch das volle blonde Haar. Er prüfte im Rückspiegel seines BMW den korrekten Sitz seiner Krawatte, sah sich in die wasserblauen Augen und entlockte seinen breiten, zurückhaltend wirkenden Gesichtszügen ein sanftes Schmunzeln. Es regnete in Strömen, als er in den Hof zur Maklerfirma einbog. Aus dem Radio tönten die Nachrichten. »Sechs Millionen, die für den Bau des neuen Knochenmark-Centers noch fehlten, hat nun ein anonymer Spender überraschend zur Verfügung gestellt. Es wird vermutet, dass es sich bei dem Wohltäter, der nicht genannt werden möchte, um den Hamburger Finanzmagier Dieter Glanz handelt.«

Andy Schroth gehörte mit 34 Jahren zu den jungen aufstrebenden Immobilienmaklern, die sich auf dem boomenden Markt eine goldene Nase verdienen wollten. Andy war in einem gut behüteten Elternhaus aufgewachsen. Sein Vater hatte es als Mitarbeiter in einer Weinhandlung zu einer Vertrauensstellung gebracht, die es ihm ermöglichte, der Familie ein normales Leben ohne größere materielle Sorgen zu finanzieren. Andys Mutter musste nicht mehr nebenher halbtags arbeiten, was ihr ohnehin schwergefallen wäre, da sie seit Jahren an Rheuma litt. Andys Leben hatte sich seit seiner Heirat mit Sabine verselbstständigt, und auch seine Ansichten unterschieden sich inzwischen sehr stark von denen seiner Eltern. Er wollte mehr als nur eine Mietwohnung. Das hatte er geschafft. Ein eigenes Haus, eine Frau, eine Tochter – so sah seine erste Zwischenbilanz aus. Sabine arbeitete zwar noch als Arzthelferin, aber er konnte die Familie auch allein versorgen. Nun gingen ihm neue Ziele durch den Kopf. Die Zeit schien reif dafür. In der Welt der Globalisierung befand sich seit Jahren alles im Aufbruch. Es war kein Geheimnis, dass diese Zeit Risiko belohnte. Dieses Risiko war Andy bereit einzugehen. Was ihm noch fehlte, war die Gelegenheit.

Vor Andy parkte sein Kollege Joern Hickel ein. Mit aufheulendem Motor fuhr Andy so dicht neben Joerns Wagen, dass der seine Tür nur einen Spaltbreit aufbekam, als er aussteigen wollte. Hickel protestierte empört, aber Andy antwortete mit einer fröhlichen Grimasse, bevor er vergnügt, seinen Aktenkoffer unter den Arm geklemmt, in das Bürogebäude eilte, während sich Joern laut schimpfend auf den Beifahrersitz zwängte, um so aus seinem Wagen herauszukommen. Solche kleinen Streiche spielte Andy ihm gern. Wohl wissend, dass Joern versuchen würde, sich zu revanchieren. Auf der Jagd nach den Provisionen ging es ähnlich zu. Andy war immer einen Tick schneller. Er roch Gelegenheiten. Bevor Joern an etwas auch nur dachte, hatte Andy bereits gehandelt. Und machte dann dieses unschuldige Gesicht. Joern beneidete ihn darum. Andy konnte den Turbo einlegen, wenn er etwas wollte, und dabei so wunderbar lächeln. Mit dem Gesicht hätte er jede Kundin zur Unterschrift gebracht. Sie verdienten beide sehr gut, aber Andy eben noch etwas mehr. Aber schon seit einiger Zeit fürchtete der Markt die Immobilienkrise. Dumme Gerüchte machten die Runde. Die Zeiten wurden härter.

Im Büro wartete bereits Eva Wendler und betrachtete die großformatigen Fotos attraktiver Immobilienangebote. Andy hatte gerade eben ein ganzseitiges Foto von Dieter Glanz mit der Überschrift »Der Wohltäter« in einer Zeitung gesehen, die jemand im Fahrstuhl gelesen hatte. Dieser Dieter Glanz schien ihn zu verfolgen. Gestern hatte er schon beim Frisör in einem Magazin dessen Foto entdeckt. Der große Glanz, den Arm um seine attraktive Frau gelegt, an einen schnittigen Sportwagen gelehnt. Dazu die Bildunterschrift »Der Ölprinz mit seiner bildhübschen Frau Gloria.« Ein anderer Kunde hatte es so kommentiert: »Was der anfasst, wird zu Gold. Soll 'ne Bonität von 'ner halben Milliarde haben.« Andys Frisör nannte Glanz einen unglaublichen Burschen. Der Name Glanz sei allein schon ein Omen. »Richtig bombig!«

Andy musste jetzt unbedingt an seinen eigenen Erfolg denken. Er setzte ein breites Lächeln auf.

»Frau Wendler?«, sprach er die wartende Dame freundlich an. »Andy Schroth.« Er gab ihr die Hand. »Ihr Kundenbetreuer verspätet sich etwas. Wenn Sie solange mit mir vorliebnehmen möchten. Bitte hier entlang, gnädige Frau.«

Eva Wendler ließ sich widerstandslos von dem schlanken, attraktiven Makler in den Konferenzraum lotsen. Als Andy die Tür hinter sich schloss, erspähte er gerade noch den erbosten und durchnässten Kollegen Joern am Ende des Flurs. Es wäre taktisch unklug gewesen, wenn Hickel jetzt auf seine Kundin bestanden hätte. Der erste Eindruck war der wichtigste, und der war gelungen, denn Eva Wendler vertraute Andy.

Eva Wendler konnte man getrost als übergewichtig bezeichnen. Sie verzehrte buchstäblich ihren Frust auf diese

Welt mit ungeheuren Mengen Süßigkeiten. Was nur bedingt nutzte, denn der Frust verließ sie ja dadurch nicht, wie man unschwer erkennen konnte. Eva vertrieb sich gern ihre Langeweile mit Golf und Tommy. Golf spielte sie mit einem indiskutablen Handicap. Tommy stand in ihrem Leben für das, was Frauen an Hunden schätzen. Folgsamkeit. Nach seiner Karriere als Frisör folgte der junge Mann dem Ruf eines exquisiten Escort-Services, um sich dort auf korpulente Frauen zu spezialisieren, die sich besonders spendabel zeigten. Eva, die mit einem sicheren Gespür für gesunde Besitzverhältnisse ausgestattet war, band ihn nach ein paar Ausflügen als ihren jungen Freund an sich. Nach zwei Versuchen legte sie keinen Wert mehr auf den Stand der Ehe.

Noch in einer anderen Hinsicht konnte Eva auf eine bessere Zukunft hoffen. Ihre Finanzen sollten sich auf einen Schlag durch den Verkauf mehrerer Mietshäuser auf einen Erlös im zweistelligen Millionenbereich summieren. Sie wollte schon bald in die ganz großen Spekulationsgeschäfte einsteigen. Dreistellige, ja vierstellige Zahlen sollten demnächst vor den sechs Nullen der Million stehen. Bisher hatten ihr die Mietshäuser, eine Erbschaft ihres verstorbenen Mannes Charly, nur Streitigkeiten, Prozesse und Sanierungskosten beschert. Eva wünschte sich für die Zukunft, nie wieder Mieter ertragen oder sich um lästige Beschwerden kümmern zu müssen. Mit dem Verkauf wollte sie all ihre Probleme auf eine klare Summe reduzieren, die sie auf den Finanzmärkten arbeiten lassen wollte. Und so steigerte sich ihr Appetit auf ein ganz großes Stück vom Kuchen Tag für Tag ein wenig mehr. Sie überließ Andy die Objektunterlagen und bestellte ihn für den nächsten Tag in den Golfclub.

Tags darauf eilte Andy mit Evas Unterlagen und Verkaufsexposés zum Golfplatz. Über die weiten, frisch gemähten und gepflegten Grünflächen liefen vereinzelt ein paar Spieler in weißem Outfit oder fuhren mit dem Golfmobil zum nächsten Spiel. Auf der Terrasse des Clubhauses schlürften einige Damen in karierten Hosen genüsslich ihren Cappuccino. Zur Welt der Schlageisen, Caddies und Handicaps hatte Andy bisher nur sporadisch Kontakt aufgenommen. Der eine oder andere Kunde äußerte schon mal den Wunsch, zwischen ein paar Drinks seine Immobilienpläne mit ihm im noblen Clubhaus zu besprechen. In der gediegenen Atmosphäre und im allgemeinen Gefühl der finanziellen Sorglosigkeit, die diese Stätten ausstrahlten, ließ es sich über Millionengeschäfte einfach angenehmer plaudern. Das sah Andy nicht anders, doch für ihn machte nur der Beitritt zu einem sehr teuren Golfclub Sinn, in dem sich die Mitglieder bei einer Partie beiläufig über die Filetstückchen des Marktes unterhalten wollten. Doch woher sollte einer wie er momentan das Geld und die Zeit für einen Nobel-Golfclub nehmen? Diese Leute ließen ihr Geld bereits für sich arbeiten. Er jedoch musste noch selbst für sein Geld arbeiten. Dieser kleine Unterschied machte ihm auch jetzt zu schaffen. Er fühlte sich nicht wirklich wohl, als er Eva Wendler auf der Driving Range beim Abschlag antraf. Doch bevor er etwas zu den Unterlagen über ihre Immobilien sagen konnte, musste er außerhalb des Greens, von einem Bein auf das andere tretend, den Unmut dieser Frau über sich ergehen lassen.

»Ich hab die Nase gestrichen voll von miserablen Renditen, die von der Steuer und der Inflation aufgefressen werden. Tommy, schau doch mal, ob du irgendwo ein Glas Champagner für mich auftreibst.«

Tommy stellte die Golftasche ab. Andy sah den etwas weibisch wirkenden jungen Mann nur kurz prüfend an.

»Für Sie auch ein Glas, Herr Schroth? Tommy, mein Goldjunge, sei so gut, ja? Und ein bisschen was zu knabbern, Schatz, bitte!«

Tommy eilte beflissen davon. Andy schaute kurz in die Papiere und versuchte Evas Aufmerksamkeit mit einem Lob günstig zu stimmen.

»Was wir für Ihre Mietshäuser rausgehandelt haben, ist ein respektabler Preis, gnädige Frau. Bei der gegenwärtigen Marktlage ein sehr guter Preis sogar.«

Eva Wendler holte Schwung und schlug den Ball ab. »Dann soll Glanz mal zusehen, wie er die Scheinchen vermehrt. Schon von ihm gehört? Dieter Glanz?«

Andy nickte und versuchte seine Zweifel, ob so einer wie Glanz sich mit so einem kleinen Licht wie ihm überhaupt abgeben würde, zu unterdrücken. Andererseits hielt er sich für einen guten Immobilienmakler, selbst wenn Glanz in einer anderen Liga spielte. Mit einem exzellenten Angebot konnte man ihn sicher beeindrucken. Er hatte einen Plan und verabschiedete sich. Tommy kam mit einem Sektkübel und zwei Gläsern zurück.

Andy Schroth legte sich seine besten Angebote zurecht, um alle Daten für ein Gespräch sofort parat zu haben. Im Großraumbüro der E. und V. Immobilien telefonierten seine Kollegen, vereinbarten Besichtigungs- und Notartermine. Er griff zum Hörer und rief die Glanz Financial Group im Harvestehuder Weg an, jene noble Adresse Hamburgs, wo Konsulats- und Firmenadressen sowie nobles Ambiente und neoklassizistischer Baustil den Wohlstand symbolisierten. Hier residierte Glanz seit einigen Jahren auf mehreren Etagen mit seiner Firma. Andy wartete darauf, dass jemand bei Glanz den Hörer abnahm. Die schöne Nicole zwinkerte ihm im Vorbeigehen zu, was nur freundschaftlich gemeint war, aber durchaus eine knisternde Attraktivität hatte. Andy räusperte sich und gab seiner Stimme den interessantesten Klang, zu dem er fähig war. Dann meldete sich die Stimme von Jutta, Dieter Glanz' Chefsekretärin. »Glanz Financial Group.«

»Andy Schroth. Von E. und V. Immobilien. Wenn Sie mir nur ein paar Minuten … der Aktienmarkt rauscht demnächst in den Keller. Da lohnen wieder Investitionen in Immobilien. Nein, bitte … ich weiß, Sie sind sehr beschäftigt. Ich will Sie auch gar nicht nerven, aber wenn ich mit Herrn Glanz nur fünf Minuten sprechen dürfte …«

Jutta antwortete im leicht schwäbelnden Ton, fast ein wenig schroff. »Nicht eine Minute, Herr Schroth. Wie oft soll ich es noch wiederholen? Herr Glanz ist an Immobilien nicht interessiert. Außerdem, wenn er Sie nicht kennt, kann ich Sie doch nicht so einfach zu ihm durchstellen.«

Jutta wusste, wen sie abwimmeln musste. Sie kannte alle geschriebenen und ungeschriebenen Gesetze, unter denen der gewöhnliche Anleger zu Dieter Glanz vorgelassen wurde. Seit sie sich bei ihm beworben hatte und zu seiner Chefsekretärin wurde, war ihr nie ein Fehler unterlaufen. Anfragen wie die von Andy waren schlicht und einfach unerwünscht. Sie kosteten Zeit und brachten kein Geld. Jutta, schlank, blondes Haar und wortgewandt, stieg innerhalb kürzester Zeit zur ersten Vertrauensperson im Büro auf. Sie war praktisch rund um die Uhr stand-by, ohne sie lief in der Organisation nach außen gar nichts. Glanz vertraute ihr. Sie schaute auf die Terminliste ihres Chefs und nahm den nächsten Anruf an.

Andy konnte nicht wissen, dass zur gleichen Zeit Eva Wendler im Wartezimmer der Glanz Financial Group Juttas ablehnendes Telefonat mit anhören konnte. Eva wartete geduldig darauf, vorgelassen zu werden. In der weitläufigen, eleganten Empfangshalle wurden die Besucher von hübschen jungen Damen begrüßt, deren makellose Figuren genau wie bei den Sekretärinnen zu den Einstellungskriterien der Glanz Financial Group zu zählen schienen. Die Anwesenheit der Damen stimmte die hauptsächlich männliche Kundschaft positiv auf die folgenden Gespräche mit Dieter Glanz ein. Auch steigerte sie die Bereitschaft, großzügig über so manchen orthografischen und grammatikalischen Fehler in den Geschäftsbriefen hinwegzusehen. Glanz stand nun mal, ob direkt oder unterschwellig, für Leidenschaft im Umgang mit Geld. Neidische und eifersüchtige Investorengattinnen warfen ihren Männern zwar gelegentlich vor, dass sie wieder die »Möpse-Parade« besuchen wollten, wenn sie ihre Geldscheinbündel zu Glanz trugen, aber auch die verstummten früher oder später angesichts der Renditeversprechen. Die Toleranzgrenze erweiterte sich in der Regel ganz schnell, wenn plötzlich der kleine Porsche schon mal zum Probefahren vor der Tür stand.

Telefone klingelten, Computertastaturen klickerten, Sekretärinnen überprüften die Kontonummern der Anleger. Wer bei dieser Geschäftigkeit in den Räumen am Harvestehuder Weg nicht den Eindruck aufschnappte, dass die Glanz Financial Group boomte, und dass alles so professionell wie diskret funktionierte, der musste schon böswillige Vorurteile pflegen. In dem bis auf den letzten Platz besetzten Wartezimmer lauschte Eva Wendler der leisen klassischen Musik. Auf einmal öffneten sich die riesigen Flügeltüren zum Konferenzraum. Mehrere Herren in dunklen Anzügen eilten davon. An den Wänden erblickte Eva Flachbildschirme, über die die neuesten Börsenkurse liefen, und am Ende des gewaltigen Sitzungstisches einen erhöhten, exklusiven Chefsessel mit allerlei Verzierungen. Hierbei handelte es sich zweifelsohne um den Thron, von dem aus Glanz regierte. Jutta bedeutete mit einer Handbewegung Eva Wendler, dass sie jetzt hineingehen dürfte. Voller Respekt und ein wenig ehrfürchtig näherte sich Eva Dieter Glanz. Das Finanzgenie schaute ihr tief in die Augen und lächelte ganz knapp, bevor er ihr die Hand reichte. Eva war überwältigt. Dieser Mann konnte in Zukunft zu ihr sagen, was er wollte, sie würde ihm bedingungslos glauben.

Andy Schroth wusste von Evas Alleingang. Seit er resigniert den Telefonhörer aufgelegt hatte, versank sein Blick in dem Urwaldfoto neben seinem Schreibtisch mit der Unterschrift »Nur schneller sein sichert das Überleben«.

»In einem Monat macht der mehr Geld als der ganze Laden hier in fünf Monaten«, sagte er verärgert und schnipste einen kleinen Papierball über die Tischkante.

Seine Abteilungsleiterin telefonierte und winkte unwirsch ab. »Ich rede mit unserem Kundenbetreuer. Bestimmt ruft er sie zurück.« Sie legte auf und setzte ihr Schlechtwettergesicht auf. »Sie haben da einen Top-Kunden von uns verärgert, Andy.«

»Auf einmal will der Fantasiepreise für sein Grundstück«, rechtfertigte sich Andy.

»Wer hat ihm die wohl eingeredet? Einer von der Konkurrenz, der ein bisschen cleverer ist als Sie! Also, wenn uns jetzt Ihretwegen dieser Auftrag flöten geht, möchte ich nicht in Ihrer Haut stecken.« Wütend stand sie auf, schnappte sich ihre schwarze Aktenmappe und schlug die Bürotür hinter sich zu.

Andy seufzte gestresst. Jetzt verbrachte er schon gut zwei Jahre in diesem Büro. Joern saß nur wenige Schritte neben ihm, und seine Abteilungsleiterin konnte er sogar riechen, wenn sie ihre schweren Parfüms auftrug. Nur mit seinen Kunden durfte er für Verhandlungen ab und an in das großzügige Konferenzzimmer flüchten. Sie bekamen die stickige Atmosphäre der neonbeleuchteten Maklerbüros nicht zu sehen. Das alles war Andy inzwischen eine Nummer zu klein. Vor Jahren verkauften sich Immobilien noch wie warme Semmeln, die Leute suchten jede Möglichkeit, Steuersparmodelle und Abschreibungsmöglichkeiten in Anspruch zu nehmen. Das ganze Volk schien von dem Gedanken erfasst zu sein, dass man alles tun dürfte außer dem Finanzamt etwas von seinem schwer verdienten Geld abgeben. Zur großen Freude der Immobilienbranche war kurz zuvor der Neue Markt im Jahr 2000 zusammengebrochen. Dieses Lockangebot der Börse, das junge Unternehmen in Zukunftsbranchen finanzieren sollte und mit Superrenditen in Informations- und Biotechnologie, Multimedia und Telekommunikation lockte, hatte über Jahre Unmengen Kapital vom Markt abgezogen. Die Anleger hatten den bunten Prospekten und allem, was von Experten auf Jahre an Erfolgen prognostiziert wurde, vertraut. Auch Andy hatte einige Provisionen in ein Handy- und ein Internetunternehmen investiert. Beide gingen ohne Vorwarnung über Nacht pleite.

Er verlor das Geld und gewann die Erfahrung, dass es an der Börse – ohne viel Glück oder Insiderwissen – keine schnellen Gewinne gab. Er behielt noch ein paar Tausend Aktien von einem Autokonzern, bei dem sein Schulkumpel in der Marketingabteilung arbeitete. Dessen privater Draht zur Geschäftsleitung hatte sich als Glücksfall entpuppt. Ansonsten verhielt er sich wie alle Kleinanleger: Nach dem Zusammenbruch des Neuen Marktes besann man sich auf die klassischen Werte, wie nach jeder Krise. Immobilien wurden wieder attraktiver. Doch die Finanzbranche erholte sich schnell. Seit kurzem strömten viele Investoren zu neuen Anlagen namens Hedge-Fonds. Was Andy Schroth fürchterlich ärgerte, wenn er die Wirtschaftsmagazine las. Die Leute vertrauten schon wieder den Versprechungen der Banken. Diesmal wollte er schlauer sein als alle anderen. In Fonds war man gebunden wie in Firmenaktien, das erkannte Andy sofort. Immobilien oder Schwarzgeld – alles andere bringt nicht schnell genug hohe Rendite, dachte er sich. Andy wusste nur eins: Der Kuchen reichte in seinem Geschäft nicht mehr für die ganz großen Provisionen. Von denen aber gedachte er seinen Lebensunterhalt zu bestreiten. Er suchte nach neuen Wegen, entwickelte eigene Vorstellungen. Und die ließen ihn plötzlich auch an Dieter Glanz denken. Ein Verkaufsgenie muss her, das den Wert der Immobilie generell neu definiert, dabei absolut glaubhaft ist und gesellschaftlich einen hervorragenden Ruf genießt. Dieses Genie macht Immobilien wieder attraktiv. Ein Mann wie Glanz besitzt diese geniale Überzeugungskraft. Der kann ja auch nicht nur Luft verkaufen, der braucht solide Werte. Wann nimmt man schon eine Aktie in die Hand? Aber ein Haus, das steigt normalerweise im Wert, und historisch ist es ohnehin die sicherste Anlageform. Wie komme ich also an Glanz heran? Der muss das aus meinem Mund hören. Wenn Eva Wendler schon ihre Gelder bei Glanz anlegen will, dann kann ich auch meine besten Immobilien auf den Tisch legen. Ich verdiene einfach zu wenig, viel zu wenig, so überlegte sich Andy Schroth. Er verspürte Durst.

»Ich hol mir was zu trinken. Willst du auch was?«, fragte er Joern Hickel, der an seinem Laptop arbeitete. Doch der schwieg.

»Was ist? Redest du nicht mehr mit mir? Kannst du nicht mehr reden?«, fragte Andy provozierend.

»Die Wendler war meine Kundin, du Drecksack! Kassierst du jetzt den Bonus, den sie mir versprochen hat?«, blaffte Joern zurück.

»Wer hat mir denn neulich das Zweifamilienhaus vor der Nase weggeschnappt? Okay, machen wir bei der Provision wieder halbe-halbe«, versuchte es Andy jetzt versöhnlich.

Joern sträubte sich noch ein wenig, gab sich dann aber mit zusammengekniffenen Augen einen Ruck und schlug in Andys Hand ein.

Erschöpft schloss Andy die Haustür seines gemütlichen verwinkelten Fachwerkhauses am Stadtrand von Hamburg auf und atmetet tief durch. Das einhundertfünfzig Jahre alte Holz knisterte und knackte bei starken Temperaturschwankungen in seinen aufwendig sanierten vier Wänden. Ein Schnäppchen, das er mit Kaminzimmer, einem sündhaft teuren Bad inklusive Whirlpool und mit einem kleinen Erkerzimmer ausgestattet hatte. Vom Keller bis zum Dachboden fehlte es an nichts. Hier atmete er Geborgenheit. Allein der Weitblick war jetzt schon mindestens das Doppelte von dem wert, was es mal gekostet hatte. Das Unbezahlbare dieses Hauses bestand aber in der heimeligen Atmosphäre, in dem, was er und seine Sabine daraus gemacht hatten. Dieses Haus strahlte Wärme und Gemütlichkeit aus, es stand für seine bisherige Lebensleistung, für seinen Willen, vorwärtszukommen und als erfolgreicher Makler auch seiner Familie ein Heim zu bieten, auf das Verlass war und wohin sie sich zurückziehen konnten. Andy kam gern nach Hause. Es war der einzige Ort, an dem er keine wirklichen Konflikte befürchten musste, außer den kleinen familiären Problemchen, mit denen er spielend fertigwurde.

Er stellte seinen Aktenkoffer ab. »Hallo? Jemand da? Ihr braucht nicht alle auf einmal zu antworten.«

Sabine winkte ihm müde aus der Küche zu. Sie war kurz vor Andy nach Hause gekommen und bereitete einen Salat zu. Sie wirkte in ihrer dunklen Bluse und den Jeans ein wenig streng. Ihr breites Gesicht wirkte konzentriert, ihre dunklen Haare hatte sie zusammengebunden, damit sie nicht beim Zubereiten des Abendbrotes störten. Andy küsste sie und schaute in ihre dunkelbraunen Augen, die weiter auseinander standen als bei vielen anderen Menschen. Dadurch wirkte ihr Gesicht auf Andy immer, als wollte sie über etwas staunen. Er packte ihren weichen Hintern und drückte ihn an sich.

»Meine Schwester ist im Wohnzimmer«, sagte Sabine und grinste ihn an.

»Schön«, sagte Andy und küsste sie, bevor er den lauten Stimmen ins Wohnzimmer folgte. Jessica, Andys Tochter, und Sabines Schwester Nadja spielten dort »Mensch, ärgere dich nicht«.

»Gewonnen! Na, wer ist mein nächstes Opfer?«, fragte Nadja, die dabei ihre dunkle Haarpracht schüttelte und ihrem Schwager einen provozierenden Blick zuwarf.

»Nimm dich vor ihr in Acht, Papa. Die legt jeden aufs Kreuz!«, warnte Jessica.

Andy küsste sie auf die Wange. »Geht's dir gut, Nadja?«, fragte er seine junge, hübsche Schwägerin.

»Morgen früh hab ich ein Casting, und ich bin schon jetzt aufgeregt.«

Jessica würfelte. »Keine Sorge, du wirst super sein. Glaubst du nicht auch, Papa?«

»Auf jeden Fall«, bestätigte Andy.

»Ja?«, fragte Nadja, als würde es sie besonders erregen, dass ausgerechnet Andy sie für talentiert hielt.

»Jaaa. Was wollte ich jetzt gleich?«, wunderte der sich, und nervös geworden von den aufmunternden Blicken Nadjas, schaltete er das Fernsehgerät an.

»Komm, spuck mir über die Schulter. Drei Mal«, drängte sie ihn. Während er das beiläufig tat, verfolgte er die Börsennachrichten über die neuesten DAX-Höchststände.

Nadja träumte von der großen Karriere. Castings hatte sie schon jede Menge hinter sich. Ihrer Meinung nach standen dort ohnehin nur Leute herum, die Nadjas wahres Talent nicht erkannten. Viele berühmte Schauspieler bewarben sich lange umsonst oder wurden abgelehnt, bis der Zufall ihnen half. Nur wer durchgehalten hatte, schaffte eines Tages auch die große Karriere. Und sie wollte durchhalten. Nur nicht mehr ganz so lange. Es musste etwas geschehen. Andy sah immer noch auf die Börsenwerte. Nadja seufzte wehmütig. »Jetzt könnte man absahnen.«

»Aber dafür brauchst du Kapital«, murmelte Andy.

»Tja. Um Milch verkaufen zu können, braucht der Bauer erst mal eine Kuh. Meine Rede«, bestätigte Nadja.

Sabine legte ihre Hand auf die Schulter von Nadja und

drückte sie kurz an sich. »Danke, dass du wieder auf Jessica aufgepasst hast, Nadja.«

Nadja reagierte mit einer müden Geste, schaute auf die Uhr und erschrak.

»Mein Termin! Ich muss!« Sie schnappte sich ihre Jacke und ihren Helm und rannte los. Andy ging zum Fenster und beobachtete, wie Nadja sich draußen ihren Helm aufsetzte und sich auf ihr Motorrad schwang. Nadja war einen halben Kopf kleiner als Sabine, schlanker und wirkte zerbrechlicher. Ihr Gesicht fiel deutlich schmaler aus, ihre Lippen wirkten sinnlicher und ihre Augen schimmerten dunkelgrün. Andy fand seine Schwägerin attraktiv.

Sabines Ton änderte sich, als sie zu Andy ans Fenster trat. Sie klang verbittert. »Wann wird sie endlich begreifen, dass zur Schauspielerei mehr gehört als gutes Aussehen?«

»Nun hack doch nicht wieder auf deiner Schwester rum!« Andy kannte dieses fast schon rituelle Abwerten der eigenen Schwester. Sabine verließ sich auf Nadja und neidete ihr doch die Freiheit, zu tun, was sie wollte.

»Tu ich gar nicht. Ich finde es nur richtig, Realitäten zu akzeptieren. Die mit ausreichend Talent wissen das in der Regel doch sehr schnell.«

»Manche brauchen vielleicht etwas länger«, sagte Andy.

»Wie war es bei dir?«

»Ich wusste sofort, dass ich talentiert bin. Nur nicht wozu«, antwortete Andy nachsichtig lächelnd.

# Kapitel 3

Die Musik war schon von weitem zu hören. Dieter Glanz feierte ein Gartenfest unter blauem Himmel. Das bunte Treiben entfaltete sich bereits unter hohen Birken und ausladenden Eichen und Buchen auf der gepflegten riesigen Rasenfläche, die sich im sanften Schwung zum Alsterlauf hinzog. Niemand konnte sich diese Gegend leisten, der nicht bereits Millionen verdient hatte. Hier standen die teuersten Häuser, hier wohnten die Wohlhabenden. Bodyguards bewachten die kostspieligen Autos. Lamborghini, Porsche, Ferrari, Bentleys Rolls-Royce – sie bildeten auf dem Zufahrtsweg eine Schaumeile des motorisierten Luxus. Neugierige mussten mit kleinen aggressiven Gesten rechnen, die sie sofort in die Flucht trieben. Die professionellen Muskelpakete der Security prüften auch die Einladungen von Andy und Sabine, bevor sie ihnen Zutritt zur der Partygesellschaft gewährten, die unter weißen Sonnensegeln saß und die heißesten Neuigkeiten vom Anlagemarkt oder neuesten Klatsch austauschte. Am üppigen Buffet drängten sich die Hungrigen, um sich von livrierten Kellnern die Grundnahrung der High Society unter den Spekulanten, nämlich Champagner, Hummer und Kilodosen voller Kaviar, zuteilen zu lassen. Andy fielen neben den Armani-, Gucci- und Rolexschönheiten sowie den Trendsetterinnen der aktuellen Schönheitschirurgie auch einige schicke Homosexuellenpaare mit kurzgeschorenem Grauhaar und Goldkette um den Hals auf. Inzwischen versammelten sich die Gäste applaudierend vor der Bühne, auf der eine bekannte Schlagersängerin ans Mikrofon klopfte. Die Partygesellschaft wirkte auf Andy und Sabine ebenso gewöhnungsbedürftig wie die Ausmaße der Villa und des Grundstücks, das Glanz sein Eigen nannte. Die Gäste wirkten selbstsicher und verströmten die süffisante Überlegenheit, die großer Wohlstand den meisten von ihnen bei solchen Feiern verlieh. Zwanglos und elegant gekleidet, sahen sie gelassen ihren nächsten Gewinnen entgegen. Hier sprudelte das Leben in seiner ganzen Oberflächlichkeit und versprühte temperamentvoll Belanglosigkeiten, die sich anhörten wie kleine Weisheiten, deren Vergänglichkeit im Gedächtnis sich in Sekunden messen ließ. Nicht umsonst hieß das zentrale Motto dieser Gesellschaft: »Sehen und gesehen werden«.

Fast schon vorsichtig bewegten sich Andy und Sabine durch den Trubel, bevor sie Eva Wendler entdeckten. Die stapfte resolut über die Wiese, gefolgt vom prächtig herausgeputzten Tommy.

»Da sind Sie ja endlich! Ich stelle Sie heute Abend Dieter Glanz vor«, sagte sie.

»Vielleicht, äh, vielleicht hätten Sie ihn vorher über mich informieren sollen, ich meine …«

Eva Wendler lachte exaltiert. »Herr Schroth, was er über Sie wissen will, erfährt er auch ohne mich ganz schnell. Dieter Glanz weiß immer alles über jeden.«

Es fröstelte Sabine etwas, sie versuchte ihre Beklommenheit zu überwinden, und Andy konnte ihr dabei kaum helfen. Sie merkte ihm an, dass er selbst nicht so souverän auftrat, wie er das gern ankündigte. Hier hielten die wirklich Reichen und Schönen Hof, hier hätte jede Frage nach dem eigenen Vermögen Andy in tiefste Bedrängnis gebracht. Keinem Menschen hätte er hier über seinen

Verdienst oder seine Ersparnisse Auskunft geben können. Jede dieser Summen wäre als ein Riesenspaß oder eine tiefe Beleidigung zur Kenntnis genommen worden.

Fast etwas zerknirscht antwortete er Eva Wendler: »Wenn man Ihnen zuhört, könnte man glauben, er ist der liebe Gott. Sein Wille geschehe, wie im Himmel, also auch auf Erden.«

»Die Beschreibung passt«, antwortete Eva Wendler lachend.

»Sie machen uns immer neugieriger«, sagte Andy.

Andy drehte sich um, beobachtete den bunt kostümierten Jongleur, der mit den johlenden Kindern spielte, sah all die schönen Frauen, die allgemeine Eleganz ringsum und fühlte sich immer mehr berauscht von der Musik und der Prominenz mancher Gäste, die er nicht persönlich kannte, von denen er aber schon in den großen Magazinen und Boulevardblättern gelesen oder deren Bilder dort entdeckt hatte.

Sabine stieß ihn an. »Da drüben! Dieter Bohlen. Hast du ihn gesehen?«

»Die Reichen sind irgendwie anders«, antwortete Andy.

»Klar. Sie haben mehr Geld«, stellte Sabine lakonisch fest.

Sie hängte sich aufgeregt bei Andy ein. Endlich war etwas los in ihrem Leben. Sabine kümmerte sich gern um ihre Familie. Jessica wuchs behütet auf, auch wenn sie Andy unter der Woche kaum sah. Der kam meistens nicht vor 20 Uhr nach Hause. Im Sommer legten viele ihre Besichtigungstermine auf den Feierabend und generell ließen sich Kunden gern nach 18 Uhr telefonisch beraten. Natürlich ging er auch mal mit Joern oder anderen Kollegen abends auf ein Bier in die Kneipe. Sabine kam nur selten raus. Wochentags arbeitete sie in einer Arztpraxis als Sprechstundenhilfe. Am Wochenende, so denn Andy keine Besichtigungstermine ausgemacht hatte, machten sie gemeinsam Ausflüge, besuchten Straßenfeste oder Freizeitparks mit Jessica. Aber so richtig in die Partygesellschaft schafften sie es nie. Gartenfeste und Hochzeiten, das war es dann schon. Und Sabine vermisste es nicht. Bis heute. Jetzt spürte sie jedoch, wie sehr sie sich nach Abwechslung sehnte. Auch wenn sie sich das nicht recht zu zeigen traute, sie war gern hier, um zu beobachten, sich selbst Mut zu machen und Andy darin zu bestärken, mehr aus ihrem gemeinsamen Leben zu machen.

Eva Wendler deutete, während sie durch das Gewühl der Gäste schlenderte, auf einen jüngeren Herrn mit Oberlippenbärtchen.

»Zweihundertfünfzigtausend hat er vor drei Monaten bei Dieter angelegt und jetzt sechshundertfünfzigtausend kassiert.«

»Echt?«, klinkte sich Tommy ein. »Hat der Blödmann sich auszahlen lassen?«

Eva Wendler winkte jemandem zu. »Ach, was! Die gesamte Summe natürlich gleich wieder bei Dieter reinvestiert. Doch klar!«

Dieser Erfolgsmensch hatte es Andy angetan. Den umringten mehrere junge Damen, dem hörte man zu. Sehnsüchtig beobachtete Andy die eine oder andere Geste, um sie in sein Verhaltensrepertoire zu übernehmen, strich sich sogar einmal über die Oberlippe, um zu prüfen, ob er sich nicht auch ein Bärtchen stehenlassen sollte.

Auf der Bühne bat man um Aufmerksamkeit, die Schlagersängerin winkte einen Zuschauer herauf. Bereitwillig bildeten die Gäste eine Gasse und jubelten Dieter Glanz zu, der umringt von hübschen Assistentinnen sich nur widerstrebend überreden ließ, das ihm gereichte Akkordeon umzuhängen.

Andy hakte Sabine unter, zog sie ein wenig zu sich und sagte leise: »Ich habe schon so viel von ihm gehört.«

Sabine gab ihm einen Kuss und fragte: »Bist du enttäuscht, dass er aussieht wie andere Menschen auch?«

Andy war nicht enttäuscht, wenn er auch nicht zugeben wollte, dass Dieter Glanz etwas Magisches ausstrahlte. Charisma nannte man es, was den führungsstarken Menschen eigen war.

Diese unbändige Anziehungskraft, die einen nicht nach Sinn und Verstand fragen ließ, die einfach nur faszinierte, in den Bann schlug und einen wohlig erschauern ließ. Glanz besaß das Charisma in gleichem Übermaß wie junge Menschen die Kraft der Leidenschaft. In seiner Nähe lebte man in einem Rausch metaphysischer Genusssucht. Unerklärlich, warum er es mitbekommen hatte, dieses besondere Etwas. Nicht zu beantworten, wie all jene Fragen, die nur Gott hätte beantworten können oder Naturwissenschaftler in ratloses Schweigen verfallen ließ.

Dieter Glanz sang ein bekanntes Hamburger Lied. Seine Stimme donnerte übers Mikrofon mit all den falschen Tönen, für die er sich keinen Moment schämte. Und als der Text auch noch falsch geriet, korrigierte ihn die Sängerin, sang einfach mit und lauter. Aber all das machte Dieter Glanz nichts aus. Er passte sich lachend an und es wirkte plötzlich alles wie eine kleine Kapriole, die einfach den Partyspaß steigern sollte. Andy erinnerte es an Elvis Presley, der den gesprochenen Text seines Welthits »Are You Lonesome Tonight« bei Konzerten so oft vergessen hatte, dass es zur Gewohnheit wurde und der King ihn mit der Band nur noch scherzend und lachend überspielte. Niemand störte sich daran. Das Publikum war umso begeisterter. So wie jetzt, als Glanz im Duett noch überzeugender wirkte und die Leadstimme sang. Auch die Fotografen wollten diesen Höhepunkt des Abends für die Ewigkeit festhalten.

Etwas abseits tanzte Gloria Glanz für sich allein, geistesabwesend, mit unbeweglich schönem Gesicht, ohne die Männer, die sich immerfort um sie scharten, auch nur eines Blickes zu würdigen. Glorias Figur, ihr Gesicht, sie glichen einer perfekten Konstruktion, wie sie jedes Modemagazin auf die Titelseite hievte. Sie zählte zu den Menschen, die sich in der Blüte ihrer jungen Jahre dem seltenen Glück einer makellosen äußeren Erscheinung erfreuen durften. Gloria hatte früh die Vergänglichkeit dieser Schönheit erkannt und mit allen Mitteln nachgeholfen, die Restwerte ihrer frühen Jugend in eine zeitlos erscheinende Epoche zu überführen. So was kostete Geld und Geduld. Dieter Glanz sorgte dafür, dass sie über beides ausreichend verfügen konnte.

»Oh, gosh. Ich brauche etwas zu trinken«, rief sie in ihren Tanz versunken und bewegte sich weiter, als wüsste sie nicht, wann ihr Tanz jemals zu Ende sein würde.

»Sieht Gloria nicht wieder hinreißend aus?«, fragte Eva Wendler Andy und Sabine. Die Frage war nur rhetorisch gemeint, denn die Antwort konnte nur in Zustimmung enden. Andy und Sabine nickten beflissen.

Isa Novak, die Frau von Hajo, musterte stolz in der schillernden Spiegelung einer Fensterscheibe ihr Outfit, das eine Spur zu jugendlich ausgefallen war und doch so treffend ihren Hunger auf Sex und Bestätigung annoncierte.

»Neuerdings lässt sich Gloria von einer polnischen Visagistin schminken. Ein Tausender pro Behandlung!«, warf sie voller Unverständnis ein. Ihrer Meinung nach brauchte Gloria alles andere als eine Visagistin.

»Ein Tausender! Ich werd nicht mehr«, staunte Sabine.

Doch Gloria meldete sich wieder und diesmal verstanden sie ihre Verehrer. »Hat da nicht jemand gesagt, dass er Durst hat?«

Als mehrere Herren gehorsam davoneilten, um den Wunsch zu erfüllen, rief ihnen Gloria in leichter Verwirrung hinterher: »Just a … äh, mit nur ein klein bisschen Eis. Please!«

Isa Novak schmunzelte. »Das Wörtchen ›klein‹ benutzt sie immer dann, wenn sie um einen Gefallen bittet. Dann klingt der Gefallen weniger anstrengend.«

Und als wollte Gloria diese Interpretation ihrer Ausdrucksweise noch unterstreichen, rief sie ein wenig lauter hinter den Männern her: »Und einen kleinen Cracker mit ein klein wenig Kaviar.«

Isa, Eva und Tommy kicherten verhalten, während Andy Gloria genau beobachtete. Er bemerkte auch, wie die Frauen geradezu instinktiv eine ablehnende Haltung gegenüber der Gastgeberin einnahmen. Gloria stand stets im Mittelpunkt des Interesses, obwohl sie mit gelangweilter Miene nichts davon zu bemerken vorgab. Ihre Art, Aufmerksamkeit zu erregen, wirkte ganz und gar unbeabsichtigt und wohl gerade darum so beunruhigend für die anderen Frauen, die in diesem Konkurrenzkampf nur unterliegen konnten. Ihr war es gelungen, Dieter Glanz für sich zu interessieren und ihn an sich zu binden. Um diesen Glückstreffer beneideten sie alle Frauen auf dieser Party.

Hajo Novak, mit halboffenem weißem Hemd und in

bester Laune, forderte mit dem ihm eigenen Charme, der stets eine Preisklasse unter seinem Niveau lag: »Ich nehme bitte einen Whisky. Bei der Hitze soll man viel trinken. Gleich einen Doppelten! Auf einem Bein kann man nicht stehen.«

Isa Novak warf einen eifersüchtigen Blick auf ihren Mann, der sich unweit des Buffets zwei Gläser Whisky griff und Nadja, Sabines Schwester, ansprach.

»Hajo Novak! Von Beruf Erbe. Hat Ihnen schon mal jemand gesagt, dass sie tolle Lippen haben und eine aufregende Figur?«

Nadja versuchte sich freundlich aber kühl zu verhalten.

»Hat Ihnen schon mal jemand gesagt, dass Sie ziemlich viel Süßholz raspeln?«, entgegnete sie.

»Irgendwann wird seine Leber einfach explodieren«, ätzte Isa, die bereits im nächsten Spiegel ihre Figur prüfte, dabei das kleine Bäuchlein einzog und ihren Push-up leicht zurechtrückte, der ihre Brüste besser zur Geltung kommen lassen sollte.

Jetzt erst entdeckte Nadja ihre Schwester und Andy. »Was macht ihr denn hier?«

Sabine fragte überrascht zurück: »Und du?«

Nadja ließ Hajo stehen und wandte sich demonstrativ von ihm ab. Dann erklärte sie halblaut und eine Spur zu verlegen: »Ich sorge dafür, dass die Gäste sich gut unterhalten. Zusammen mit ein paar Kolleginnen. Ein Job wie jeder andere.«

Betretenes Schweigen breitete sich für einen Moment aus. Andy und Sabine ahnten, was diese Auskunft wirklich bedeutete. Andy fing sich als Erster. »Wie war das Casting?«

»Ich habs vermasselt. Total vergeigt. Der Regisseur hatte 'ne andere Vorstellung von der Rolle. Aber lasst uns doch was essen! Kommt, wir gehen zum Buffet!«

Sabine und Nadja drängelten sich zum Buffet und Hajo fühlte sich von der Aufforderung ebenfalls angesprochen. Heiner Kuntze kam neugierig und um sich blickend auf Andy zu.

»Haben Sie nicht die kleine Dunkelhaarige gesehen? Eben stand sie noch hier. Toller Busen! Gute Beine!«

Andy schaute sich suchend um.

»Nein, tut mir leid.« Dann verneigte er sich. »Schroth. Andy Schroth.«

»Verdammter Mist. Ich bin mir sicher, bei der hätte ich Chancen. So was merkt man doch gleich«, blieb Kuntze hartnäckig.

Andy beobachtete, wie sich Nadja rasch hinter einer der Planen versteckte, als sie Heiner Kuntze entdeckt hatte. Ihm blieb aber keine Zeit, länger darüber nachzudenken, welche Fantasien Nadja in den Köpfen der Heiners und Hajos erregte. Vielmehr musste er seine ganze Aufmerksamkeit einem heranstürmenden Schäferhund widmen. Schwanzwedelnd versuchte der ihn anzuspringen.

»Billy, pfui! Vorsicht, der macht Sie ganz dreckig!«, versuchte ihm Heiner beizustehen und den Hund zu verscheuchen.

»Aber er scheint mich zu mögen.«

Eva Wendler drehte sich zu ihm und zwinkerte ihm zu. Ihr imponierte Andys Haltung. Aufmunternd zog sie ihn zu der Runde um Dieter Glanz herüber. Doch ehe sie ihn vorstellen konnte, kam ihr ein älterer, schneidig wirkender Herr zuvor.

»Er möchte einen größeren Betrag bei dir anlegen, Dieter.«

Und dabei zeigte er auf einen bulligen Mann mit straff zurückgekämmten, gegelten Haaren, der abseits wartete und sich beklommen, aber auch widerwillig beeindruckt umblickte.

Doch der Spekulantenkönig wollte davon nichts wissen.

»Aber doch nicht heute. Heute feiern wir, lassen es uns gutgehen und reden nicht über Geschäfte. Woher kennst du ihn?«

General Klaus Habenicht legte seinen bedeutendsten Gesichtsausdruck auf. »Vom Golfen. Er will nur deine Kontonummer, um dir das Geld überweisen zu können. Sonst gar nichts.«

Glanz nahm ein Handy von seiner Chefsekretärin Jutta entgegen.

»Otto?«, fragte er den anderen Teilnehmer. »Im Augenblick schlecht. Telefonieren wir später? Erste Lektion im Geschäftsleben: cool bleiben. Alles ist unter Kontrolle, Otto!« Glanz klappte das Handy zu.

Der General blieb bei seinem Kurs, er wollte seinen Investor vorstellen. »Unternehmer. Leon Grünlich. Aber das Geld hat sie. Seine Frau. Tochter vom alten Fürth. Eine seiner Firmen baut das neue Knochenmark-Center. Der Architekt, der Statiker, alle haben ihm schon von dir vorgeschwärmt.«

Glanz pfiff beeindruckt durch die Zähne. Doch das Handy klingelte schon wieder. Glanz warf es genervt in den Abfallkorb und kreierte damit erneut einen Stimmungshöhepunkt des Abends, der seinen Ausdruck in schallendem Gelächter fand.

Heiner Kuntze bangte um seine Vorzugsstellung. »Oh je! Jetzt müssen wieder alle um seine neue Handynummer kämpfen. Ich natürlich nicht. Die engsten Freunde kriegen sie sowieso.«

Eva Wendler fasste sich ein Herz und trat Dieter Glanz in den Weg. »Er hat mich gerüttelt und geschüttelt, Dieter. Er will dich unbedingt kennenlernen.«

Andy verneigte sich vor Glanz. Der Schäferhund sprang ihn wieder hechelnd an, als wollte er die Vormachtstellung des Spekulanten gleich noch auf das Reich der Tiere ausdehnen.

Andy beugte sich zu ihm hinunter und versuchte ihn zu besänftigen. Er konnte nicht sehen, wie ein Kellner hinter seinem Rücken ein Tablett mit Gläsern und Tellern über ihn hinweg heben wollte. Kaum hatte er den Hund beruhigt, richtete er sich auf und stieß mit dem Kopf gegen das Tablett. Teller und Gläser flogen durch die Luft, und das Geschrei der Leute alarmierte die Bodyguards. Sie eilten zu Dieter Glanz. Andy verstand erstmal gar nichts, blickte irritiert auf die Scherben, die der Kellner zusammenräumen wollte. Er fasste sich an den Kopf, balancierte an dem gebückten Kellner vorüber, stolperte über ihn und fiel Dieter Glanz direkt in die Arme. Schlimmer konnte es kaum kommen. Die Bodyguards zogen ihre Waffen, aber Glanz hielt sie mit einer Armbewegung zurück.

Glanz musterte Eva Wendler. »Fällt er immer so mit der Tür ins Haus?«

Die umstehenden Partybesucher lachten über diese unfreiwillige Slapsticknummer. Und das Gelächter schwoll immer mehr an. Auch Dieter Glanz sah sich amüsiert den über und über bekleckerten Andy genauer an. »Mein Hund mag ihn! Immerhin! Billy hat einen guten Riecher.«

Während sich die Gäste weiter im Garten amüsierten, bemühten sich Jutta und Sabine in der Villa, Andys Hose mit Wasser und Handtüchern zu säubern. Andy saß auf einem der breiten Sofas, die in der weitläufigen Diele herumstanden, seine Blicke fielen auf die Sessel, die geschwungene Marmortreppe, den gewaltigen Kronleuchter und die angelehnte Tür zu Dieter Glanz' Arbeitszimmer. Dort saßen in eleganten Ledersesseln vor wandhohen Bücherregalen Glanz, Bauunternehmer Leon Grünlich und General Habenicht im schwachen Licht der Schreibtischlampe beisammen. Andy konnte ein paar Gesprächsfetzen verfolgen.

Bauunternehmer Grünlich, eine sinnenfrohe Gestalt mit gegeltem Haar, breitem Gesicht, starker Kinnlade und großen derben Händen, schien besorgt zu sein.

»Dass Sie erfolgreich sind, sieht man, Herr Glanz. Sie haben Ihr Geld schon verdient. Aber ich habe gehört, dass Sie es nicht so ohne weiteres aus Skandinavien herausbekommen und eine Zwischenfinanzierung benötigen.«

Glanz antwortete ihm kurz und schroff: »Nein!«

»Nein?«, fragte Grünlich nach.

»Die Zwischenfinanzierung, wie Sie es nennen, steht.«

Glanz stand auf und schaute durch das Fenster in den Park. Die Bäume hatten sich in einen geisterhaft dunklen Wandvorhang vor dem letzten Streifen Sonne am Horizont verwandelt. Der frühe Mond tauchte den Park in ein blasses Blau, und die Kellner entzündeten überall im Garten die Fackeln.

Leon Grünlich schaute den General um Bestätigung bittend an. »Aber hin und wieder, habe ich gehört, will ein Kunde aussteigen, weil sich die Sache hinzieht. Vielleicht könnte ich Anteile von so einem übernehmen. Ich hab da eine halbe Million, die ich …«

Rüde und mit verkniffenen Augen fiel ihm Dieter Glanz ins Wort. »Was bringt es, wenn wir hier mit ein bisschen Trinkgeld rumspielen, Herr Grünlich? Danke für Ihr Vertrauen, aber …«

Seine Empörung unterdrückend erkundigte sich Grünlich: »Trinkgeld? 'ne halbe Million ist ein verdammter Haufen Geld.«

Glanz strich beiläufig über die Lehne seines Ledersessels.

»Für die meisten, zweifellos. Für die, die gar nichts haben, ist es sogar unvorstellbar viel. Wenn Sie mich jetzt bitte entschuldigen.«

Dieter Glanz wollte wieder zu seiner Party zurück, als sich Leon Grünlich besann.

»Zwei Millionen!«

Glanz drehte sich in der Tür um.

»Sie wollen beim großen Reibach dabei sein? Versteh ich ja, aber das Investment ist abgeschlossen. Tut mir leid. Im Augenblick sind keine Anlagemöglichkeiten frei.«

Erstaunt und zu allem entschlossen musterte Leon Grünlich Dieter Glanz. Ohne den General anzusehen, forderte er diesen auf: »Gehen Sie mal raus, General, und lassen Sie mich 'n paar Takte mit dem Herrn Glanz allein reden. Nicht übelnehmen, Sportsfreund.«

Wortlos kam der General der Aufforderung nach. Weder Grünlich noch der General bemerkten, dass für einen Augenblick Dieter Glanz wie ein zufriedener Fallensteller wirkte, dem das Wild nicht mehr entkommen konnte. Er war der Regisseur der großen Dramen rund um das Geld, er erfand Investitionen, Konten und Projekte; er stellte ihnen Figuren zur Seite, die ebenso erfunden waren, die niemand zu Gesicht bekam, die er leben oder sterben lassen konnte – immer dem weltweiten Ruf der Geldströme folgend. Und er vermied das, womit sich die Geizigen unter den Gierigen am liebsten beschäftigten: die kleinen Beträge zu horten und zu verhandeln. Glanz hatte nach seinen ersten Geschäften begriffen, dass der Wunsch nach dem ewigen Mehr, die Gier nach dem permanenten Bonus, nach dem sich selbst kreierenden Zins und Zinseszins die eigentliche Triebkraft des Kapitals darstellt. Geld ging fast nie nach Logik, ließ sich nicht nach Statistiken und Wahrscheinlichkeiten berechnen – und wenn, dann waren das nicht die Summen, von denen sich Glanz angezogen fühlte. Reale Werte störten jedwede guten Geschäfte, sie waren schätzbar. Sie waren in ihrem Wesen limitiert. Das naive Versprechen einer noch höheren Gewinnmarge dagegen kannte keine Grenzen, es war die sinnbildliche Freiheit eines vollkommen unberechenbaren Wertes, der sich durch Faktoren ergab, die schon an der Börse ihr flatterhaftes Wesen in Hausse und Baise vorführten. Glanz ersetzte die Hürde im Glauben an jedes Glücksspiel, den Hinweis auf die Wahrscheinlichkeit, einen Volltreffer zu landen, durch seine Person. Nach seinen Ausführungen, Versprechungen, ausgeklügelten Lügen und bunten Märchen, vorgetragen im Stil einer großen Samstagabendshow, lechzten die Heiners, Evas und Hajos. Er begriff das Wesen des Geldes. Nicht um des Geldes willen, seine Triebfeder lag viel mehr in der persönlichen Anerkennung, die ihm in seinem gesamten Leben verwehrt geblieben war. Erst das große Geld änderte sämtliche Bezugsgrößen seiner Existenz. Millionen und Milliarden wurden zu seiner Adresse. Ging es um diese Summen, änderten sich auch die Spielregeln der Gesellschaft. Wer an Spieltischen sein Geld verlor, galt als süchtig. Wer sich an Investitionen verhob, verdiente als Unternehmer eine zweite Chance. Dabei verzockten viele ihre Millionen noch schlimmer als an einem Spieltisch. Glanz betrachtete den Menschen ohne intellektuelle Interessen, rein aus dem Bauchgefühl heraus. Er hasste die Reichen, weil sie alle nur ihr Geld liebten, nicht ihn. Er spielte mit ihnen ein großes Spiel, in dem er abwechselnd Spielmacher, Zuschauer und Spielball war. Und gerade hatte er eine neue Runde eröffnet.

Andy hockte gedankenverloren und reglos an seinem Schreibtisch im Maklerbüro. Hinter ihm lag eine unruhige Nacht, in der er sich hin und her gewälzt hatte, in der ihn die tiefen Eindrücke von dieser neuen Welt, mit der er das erste Mal in Berührung gekommen war, nicht hatten schlafen lassen. Nun herrschte um ihn herum wieder die übliche Geschäftigkeit. Nichts deutete auf ein Leben in Geld und Luxus hin, keiner nahm etwas gelassen hin, und alle waren so stinknormal. Er wischte die dünne Staubschicht vom Bild, das Sabine und Jessica im Goldrahmen vor ihrem Haus zeigte, schmiss zwei leere Kugelschreiber mit den Initialen der Firma in den Mülleimer und stellte zwei neue in das kleine Plastik-Immobilien-Werbe-Häuschen, in dem schon ein abgeschriebener Bleistift und ein abgewetzter Radiergummi steckten. Dann räumte er die neuesten Ausgaben des Immo-Magazins, des Finanz-Reports und des Playboys in eine der Ablagen, die am Rand standen. Sein Blick fiel auf die Sonderbeilage »Meine Luxusyacht«, die er einem Golfmagazin entnommen hatte. Andy sah sich für einige Momente mit einer schicken Kapitänsmütze am Steuerrad der Yacht, wie er übers Wasser preschte, vorbei an kleinen Fischkuttern und hörte dazu aus der Ferne die Klänge von Rod Stewarts Klassiker »Sailing«.

Nicoles Stimme riss ihn aus seinem kleinen Tagtraum. Sie telefonierte mit einem Kunden und erklärte ihm: »Wer Geld ausgibt, hält die Welt in Gang! Jede Wette, dass sich ihre Investition in fünf Jahren verdoppelt.«

»Für dich!«, rüttelte Joern seinen Kollegen Andy plötzlich auf. »Dieter Glanz! König Midas persönlich am Telefon!«

Schon eine Stunde später saß Andy Schroth im voll besetzten Wartezimmer der Glanz Financial Group inmitten eines modern gestylten Ambientes mit verchromten Stühlen und Tischen, schweren Teppichen, geschwungenen Leuchten und leise säuselnder Musik. Was für ein Gegensatz zu dem nüchternen Großraumbüro, in dem er arbeitete. Da sah alles drei Nummern billiger aus. Schreibtische, Stühle, Stoffblumen passten sich der gespielten Freude der Mitarbeiter an, die am Telefon ihre Grundstücke in bunten Farben und mit übertrieben optimistischen Zukunftserwartungen ausstatteten. War das Gespräch beendet, atmete in den Räumen der E. und V. Immobilien die Existenzangst asthmatisch durch. Hier hingegen, im Reich des Dieter Glanz, duftete es nach Rosenholz und einer raffinierten Mischung aus Bergamotte und Vanille, die der kleine asiatische Springbrunnen verbreitete. Teuerste Interieurs zierten die Räume, die schönsten Frauen wackelten aufreizend an den Investoren vorbei, das gehobene Design des Wohlstands verbreitete die klare Botschaft: Teuer! Edel! Eine Auswahl moderner Maler aus London an den Wänden ließ Kunstverstand vermuten, der sich mit kaufmännischer Umsicht zu neuen Renditen aufschwang, selbst die Kugelschreiber in der Ablage trugen eine Goldfassung. Wenn dieser Warteraum schon so exklusiv und kultiviert wirkte, wie würde es erst um die wahren Nobeladressen bestellt sein, die sich mit den Anlagen bei Dieter Glanz verbanden?

Die Tür öffnete sich, und aus dem Allerheiligsten, dem Büro von Dieter Glanz, kam ein Klient im exquisiten Nadelstreifenanzug. Er berichtete zufrieden, wie er um die Auszahlung seiner Gelder gebeten und sie nun auch prompt erhalten hatte. Die potenziellen Investoren im Wartezimmer nickten sich bestätigend zu. Sie hatten nichts anderes erwartet. Dieser Ruf eilte Glanz voraus. Niemand sonst aber in diesem Raum wollte sein Geld wiederhaben – fürs Erste jedenfalls nicht. Re-Investition bei Dieter Glanz brachte schließlich erst die großen Gewinnmargen.

»Tut mir leid. Es wird noch dauern«, verkündete Jutta hastig. »Herr Glanz ist in einer Besprechung. Ich weiß, er hat Sie telefonisch einbestellt. Aber Besprechung ist Besprechung.«

Andy schaute etwas verdrossen Heiner Kuntze an, der hoffnungsvoll aufgestanden war. Kuntze erwartete insgeheim eine Sonderbehandlung, zumindest hätte er nichts dagegen einzuwenden gehabt, bevorzugt eine Audienz zu bekommen. Immerhin war er der Vertraute von Glanz, und er brachte neueste Nachrichten über einige Investments mit, die Glanz auf der Party erwähnt hatte. Heiner studierte jeden Tag akribisch die Wirtschaftszeitungen und -magazine, ihn zog es zu den Spekulanten, das war sein Lebensinhalt. Er wollte keinen Betrieb führen, in dem er sich um Absatzmärkte, Neuentwicklungen, Kundenpflege, Belegschaft und eine lästige Gewerkschaft kümmern musste. Lieber konzentrierte sich Heiner auf gebündelte Scheine, Schecks und schnelle Rendite. Er hatte alles schon durch: Aktien, Devisengeschäfte, Kursspekulationen und Fonds.

Einer wie Dieter Glanz war ihm dabei aber noch nicht untergekommen. Bei ihm unterschrieb man einmal eine Beitrittserklärung zu seinem limitierten Kreis von Anlegern und ein paar Geschäftsbedingungen. Dazu zählte auch ein Passus, in dem es hieß, dass das Risiko des Totalverlustes des eingebrachten Betrages nicht auszuschließen sei, da die Anlageberatung und Vermögensverwaltung in spekulative Investitionen erfolgte. Da es sich um Risikokapital handelte, konnte Glanz nie den genauen Zeitablauf der Einlage und die damit verbundene Ausschüttung bestimmen. Er vergaß auch nicht davor zu warnen, dass ein eventuell auftretender Verlust des investierten Risikokapitals nie die wirtschaftliche Existenz des Anlegers gefährden dürfe. Woran niemand glaubte, allein deshalb, weil er jeden Anleger mündlich darüber unterrichtete, niemals wirklich riskante Geschäfte zu tätigen. Sein Geld sei eigentlich schon verdient und wartete nur noch darauf abgerufen zu werden. Auch das glaubten ihm seine Kunden ohne Nachprüfungen. Nach der Unterschrift genügten Überweisungen, und man wurde nie wieder von Formalitäten belästigt. Keine Börse der Welt erbrachte solche Gewinne wie eine Investition bei Glanz. Nun zuckte Heiner nur gleichmütig mit den Achseln. »An das Warten müssen Sie sich bei Dieter gewöhnen!«

Ein Herr mit eisiger Miene, einer Brille und einem Bürstenhaarschnitt eilte vorbei und grüßte Kuntze wortlos.

Kuntze blickte ihm respektvoll nach und schürzte die Lippen.

»Dr. Engels! Der löst Ihnen jedes Steuerproblem.«

»Ich habe keine Steuerprobleme«, antwortete Andy. Im Wartezimmer löste diese Bemerkung befremdendes Kopfschütteln aus. In diesen Kreisen galt jemand nur etwas, wenn er ein möglichst großes Steuerproblem zu lösen hatte.

Andy machte zwei älteren Herren Platz und trat ans Fenster. Durch die Lamellen konnte er in den schönen Garten hinausblicken. Er stutzte. Auf der Terrasse unten sonnte sich seelenruhig: Dieter Glanz. Er verzehrte Würstchen mit Kartoffelsalat und schlürfte genüsslich ein Glas Champagner. Andy musste grinsen. Es amüsierte ihn, dass alle hier warten mussten, weil sich Dieter Glanz ein Päuschen gönnte. Er spürte, dass er kurz vor dem Ziel stand. Er fand Zutritt zum erlauchten Kreis um den erfolgreichsten Spekulanten Europas. Luxus, schnelles Geld, Partys. Die Welt stand ihm offen. Da musste ein Mann wie Dieter Glanz keine Rücksicht auf Termine nehmen. Nein, für ihn galten andere Gesetze. Seine eigenen. Und offenbar akzeptierten das auch alle, die in diesem Wartezimmer saßen. Selbst wenn die meisten aussahen, als verdienten auch sie ein Vielfaches von dem, was Andy als Immobilienmakler mit nach Hause brachte.

Jetzt rief Jutta ihn in das Konferenzzimmer. Andy betrat den Raum durch die schweren Eichentüren. Edelholzregale beherbergten alte Schiffsmodelle und Gesamtausgaben von Shakespeare, Goethe, Schopenhauer und Nietzsche. In der Mitte des Raums stand majestätisch ein schiffsrumpfförmiger Designertisch, aus dem Holz einer alten Fregatte gedrechselt. An den Wänden hingen historische Stiche von Hamburger Kaufleuten neben Flachbildschirmen, auf denen die Börsenkurse liefen. In den dunklen Teppichboden waren mehrere Motive historischer Seeschlachten eingenäht. Andy schaute sich vorsichtig um, und da Jutta sich wieder ihrer Arbeit widmete, nahm er einen Moment lang auf dem Thron Platz. Dabei handelte es sich um einen großen Sessel, der mit einem kunstvoll handgeschnitzten Holzgestell tatsächlich zu einem Thron umgebaut worden war. Vom Sessel aus fiel sein Blick auf die Gegenseite des Raumes, wo in einem Glasregal eine goldene Königskrone lag.

»Jeder sollte den Platz einnehmen, der ihm zusteht«, donnerte die Stimme von Dieter Glanz durch den Raum. Andy sprang auf.

»Ich wollte nicht … äh …«

»Schon gut, Herr Schroth. Sie können sich auch gern die Krone aufsetzen. Aber es wird nichts nutzen. Echte Diamanten, englisches Königshaus, siebzehntes Jahrhundert. Ich habe sie von einem dankbaren Anleger. Herr Schroth, wir spielen in der Königsklasse. Sehen Sie die Klassikerbände dort?«

Andy nickte und bekam kein Wort aus seinem trockenen Hals, als Glanz ihm beiläufig die Hand reichte.

»Mein Innenarchitekt hat sie ausgesucht. Es sind die schönsten Ausgaben, die Farbgestaltung der Einbände passt perfekt zu den Räumen. Kennen Sie Shakespeare?«

»Nicht so gut«, antwortete Andy.

»Genau wie ich. Aber ich kenne Sie. Sie wollen Geld anlegen. Wenn Sie gute Literatur suchen, lesen Sie Shakespeare. Wenn Sie Geld anlegen wollen, gehen Sie zu einer Bank. Wenn Sie außergewöhnlich erfolgreich sein wollen, kommen Sie zu mir. Aber kommen Sie nicht mit leeren Händen.«

Glanz eilte davon und winkte Andy zu. Er sollte ihm folgen.

»Aber, ich wollte doch, äh, Immobilien sind …«

Glanz riss die Tür zu seinem Büro auf. Er ging zu seinem Schreibtisch und sah die neuesten Mails am Notebook durch. Andy folgte ihm mit tippelnden Schritten. Im Büro hingen alle Wände voll mit gerahmten Fotos, und alle zeigten sie Dieter Glanz mit berühmten Persönlichkeiten. Andy stand da wie ein kleiner Junge und schaute wartend auf die überwältigende Menge an Beweisen für die Einzigartigkeit des Mannes, der vor ihm stand.

»Sehen Sie sich ruhig um, Herr Schroth. Ich möchte, dass Sie sich erst mal bewusst werden, in welchem Umfeld wir agieren. Immobilien, hm? All diese VIPs haben Bargeld bei mir angelegt.« Glanz lief stolz die Parade ab und zeigte auf einzelne Fotos. »Diana Ross, ohne die Supremes, Michael Jackson, Dieter Bohlen, Rudi Carrell, Frank Elstner, Thomas Gottschalk, Mick Jagger, Paul McCartney, Michael Douglas, Brad Pitt, Tom Cruise, Daniel Craig, Jennifer Lopez, Tom Hanks, Halle Berry, Jennifer Aston, Sharon Stone, Steven Spielberg, Sylvester Stallone – sie alle vertrauen meinen Anlageinstinkten. Glauben Sie, die kommen mit ein paar Hunderttausend? Die untere Schwelle ist sechsstellig, nach oben offen. Warum erzähle ich Ihnen das?«

Glanz schaute Andy an. »Das erkläre ich Ihnen beim Essen. Begleiten Sie mich auf die Baustelle zum Knochenmark-Center. Fototermin! Da sehen Sie gleich, wie man verantwortungsvoll mit dem großen Geld umgeht. Ich weiß nämlich, was ich der Gesellschaft schuldig bin.«

Jutta legte einen Stapel neuer Beitrittserklärungen auf den Schreibtisch.

»Gehen Sie schon mal in die Tiefgarage. Wir nehmen den gelben Lamborghini«, sagte Glanz. Andy verließ das Zimmer, und Glanz wandte sich an Jutta.

»Jutta, das Bild mit Alfred Hitchcock muss weg da, der ist 1980 gestorben, der konnte mich nicht als Investor kennen. Sonst kommen wir noch in den Verdacht, dass die Bilder gefälscht sein könnten.«

Jutta lächelte. »Tschuldigung, da hatte ich wohl den Überblick verloren. Wie wäre stattdessen ein Foto von Ihnen mit Nicole Kidman? Die ist gerade gut im Geschäft.«

»Nicole Kidman? Gut. Wir beide in Abendgarderobe, und im Hintergrund unterhält sich der amerikanische Präsident mit einem Unbekannten.«

Jutta machte sich Notizen und begann, im Internet nach Bildern zu suchen, die sie fototechnisch perfekt bearbeiten konnte.

Glanz eilte zur Tiefgarage, wo Andy vor dem gelben Lamborghini wartete, der neben dem blauen Testarossa und dem roten Ferrari stand. Schroth war heute tatsächlich am Ziel seiner Träume angelangt. Dieter Glanz nahm sich Zeit, mit ihm Essen zu gehen.

Nachdem Andy auf der Baustelle für das neue Hamburger Knochenmark-Center beobachten konnte, wie souverän Dieter Glanz bei Fototerminen mit seiner Popularität umging, wie er sich von Fotografen in den besten Posen ablichten ließ, sich mit und ohne Zigarre in Szene setzte, während hinter ihm Materialien vom Lastwagen abgeladen wurden, fuhren beide zum Restaurant. Glanz amüsierte sich innerlich darüber, wie hilflos und tapsig Andy versuchte, seine verdreckten Schuhe mit einer Serviette vom Bauschlamm zu befreien und dann doch einige Spuren auf dem Teppich des Hauses hinterließ. Genauso war es ihm bei einem seiner ersten Gehversuche auf dem Spekulantenparkett ergangen. Der Oberkellner servierte, sofort nachdem Dieter Glanz Platz genommen hatte, den Wein. Er wusste, was er zu kredenzen hatte. Glanz kostete und stimmte der Sorte zu.

»Schönes Lokal«, sagte Andy.

»Gutes Publikum! Die richtigen Leute. Vermutlich sind die meisten schon über Leichen gegangen, um ihr Vermögen zu machen. Sehen Sie den Weißhaarigen da drüben? Versandhaus-Millionär. Lässt Kinder in Indien billig für sich arbeiten. Hier spielt er den Wohltäter. Tja, ohne Schurkerei wird keiner reich.« Glanz lachte.

»Sie auch nicht, Herr Glanz?«

Dieter Glanz musterte ihn verblüfft. Diese Frage hatte ihm tatsächlich noch keiner seiner Klienten gestellt.

»Touché! Wer den Zweck will, muss die Mittel akzeptieren!«

Glanz winkte dem Weißhaarigen freundlich zu.

»Was machen Sie am Wochenende?«, fragte er Andy.

»Lesen, über meine unsterbliche Seele nachdenken.«

»Ist sie unsterblich?«, fragte Glanz interessiert.

»Ich hoffe es«, antwortete Andy.

Glanz zerschnitt das Fleisch auf seinem Teller.

»Und manchmal bezweifeln Sie es? Kein Wunder, dass Gott so launenhaft ist, wenn wir es schon sind. Falls es ihn überhaupt gibt. Gott!«

Andy schaute ihn mit einem tiefen Bewusstsein für den Ernst der Frage an. »Dann wäre ja alles erlaubt.«

Glanz schmunzelte. »Ist es das nicht?«, fragte er Andy.

Doch dem war jetzt nicht mehr nach Philosophieren. Gott musste warten. »Herr Glanz, eine unverhoffte Bonuszahlung ermöglicht es mir, zweihunderttausend bei Ihnen anzulegen, wenn Sie …«

Es war nicht zu übersehen, dass Gloria das Lokal betrat. Dieter Glanz stand auf und signalisierte ihr, wo er saß und dass er gleich zu ihr eilen würde.

»Manchmal vergesse ich, dass sie meine Frau ist, dann gibt es mir förmlich einen Ruck, wenn ich sie sehe! Sie sind nicht mit einem silbernen Löffel im Mund zur Welt gekommen. Das gefällt mir. Bin ich nämlich auch nicht. Sie wollen sich nach oben durchkämpfen. Etwas aus Ihrem Leben machen. Das respektiere ich. Ich brauche keine Immobilien von Ihnen. Und zweihunderttausend? Also, wenn Sie nicht mehr zusammenkriegen, mein Bester … Ich habe Gloria versprochen, mit ihr einkaufen zu gehen. Eine ihrer liebsten Beschäftigungen.«

Er ging mit einem angedeuteten Gruß davon und bedeutete dem Oberkellner beim Hinausgehen, dass er die Rechnung beim nächsten Mal begleichen würde. Dieter Glanz verfügte auch hier über einen vermutlich unbegrenzten Kredit.

Andy schaute ihm nach. Dieter Glanz mochte ihn anscheinend. Jetzt war es seine Aufgabe, Kapital aufzutreiben und Leute zu finden, die ihm, Andy Schroth, ihr Geld anvertrauten.

Glanz hakte Gloria unter und dachte an Andy Schroth. »Der Junge kann wohl kaum mehr als 200 000 auftreiben. Wenn er bloß bei seinen Immobilien bleiben würde. Wie ich diese sentimentalen Momente hasse!«

Andy Schroth erinnerte ihn an seine eigenen Anfänge. Irgendwie glich der Junge ihm. Auch er war nicht mit einem silbernen Löffel im Mund zur Welt gekommen. Andy Schroth konnte niemanden mal eben um ein paar Hunderttausend anpumpen. Solche Leute gehörten eigentlich nicht zur Gemeinde von Glanz. Ihn suchten Leute auf, die mehr Geld hatten als sie brauchten und noch mehr davon wollten. Die im Neuen Markt nur eingestiegen waren, um schnell abzuzocken, und ihn dann ebenso schnell verließen. Mit diesen Leuten wollte er Geschäfte machen. Beim Gedanken an einen Deal mit Andy sträubte sich etwas in ihm. Nein, den würde er nicht abzocken. Der könnte so etwas werden wie ein Freund, ein echter Freund, der es nicht ausschließlich auf sein Geld abgesehen hatte.

# Kapitel 4

Schon am nächsten Morgen begann Andy Schroth mit seiner großen Sammelaktion. Natürlich dachte er zuerst an seinen Kollegen Joern. So konnte er sich mal für die Streiche revanchieren, ihm zu einem großen Geschäft verhelfen und sich seine Freundschaft auf ewig sichern. Diesmal musste er ihm keine Provision abluchsen, diesmal konnte sein Kollege selbst wählen, wie viel er riskieren wollte. Sollte Joern ruhig sehen, welches Talent in ihm steckte.

»Neieieieiein«, betonte Joern seine Ablehnung etwas zu stark.

»Lass mich wenigstens ausreden«, Andy lief hinter dem Kollegen her durch das Maklerbüro.

»Du hast ausgeredet. Ich sage Nein. Ich bin zufrieden mit dem, was ich habe«, wehrte sich Joern.

»Bist du nicht!«

»Doch. Vielleicht seh' ich nicht so aus, aber« – er zögerte – »wieviel würde denn dabei rausspringen?«

»Das Dreifache! In nur sechs Wochen!«

Und genau mit diesem Argument versuchte Andy auch Nicole zu überzeugen. Die schüttelte aber ratlos den Kopf.

»Im Moment bin ich nicht flüssig! Auf meinem Konto herrscht totale Ebbe.«

Andy verstand die Welt nicht mehr. »Nicole, verkauf dein Auto! Beleih deine Wohnung, was weiß ich. Nur sei nicht so blöd und lass diese Chance sausen! Das Dreifache!«

»Aber wenn dieser Glanz so reich ist, wieso braucht der dann meine Kröten?«, fragte Nicole bockig.

Andy war für einen Moment sprachlos. Diese Frau begriff nicht, dass Glanz kein Geld von ihr brauchte, sondern ihr die Gnade erweisen würde, das kleine Sümmchen zu vervielfachen.

Wenigstens schlug seine Abteilungsleiterin ein, sie zögerte nur ein paar Sekunden. Sein Frisör schnitt ihm vor Aufregung ins Ohr, als er von der wundersamen Verdreifachung hörte. Sein Zahnarzt unterbrach sogar eine Behandlung, um Andy einen Scheck auszustellen. Schon nach ein paar Tagen war Andy selbst wie berauscht von der Leidenschaft, mit der seine Anleger bereitwillig ihm in die große Gerüchteküche folgten. Jeder kannte eine Geschichte über Glanz, jeder wollte am großen Rennen um die dicken Gewinne teilnehmen. Auch Nicole hatte über Nacht begriffen, was ihr entgehen würde, und legte ihre Ersparnisse am nächsten Tag auf Andys Schreibtisch.

Das Prickeln an der schwerelosen Geldvermehrung steckte alle an. Andy bastelte gleich an mehreren Modellen, mit denen er seinen Kleinanlegern Glanz' Investitionen schmackhaft machen wollte.

Die Glanz Financial Group hatte den Markt neu erfunden. Wer Beziehungen aufbauen konnte, der gehörte dazu. »Bei Glanz muss man mehr haben als Geld, man muss an ihn herankommen. Mir ist es gelungen, ich kenne Glanz. Mein Frisör oder Joern wären dazu nicht in der Lage gewesen. Ich muss erst mal die kleinen Kunden für den Kapitalmarkt erschließen. Das kann ich. Wenn ich angelegt habe, gehe ich an die Großen«, dachte Andy Schroth.

Geld, das sich auf wundersam einfache Art vermehrte, indem es an die richtige Adresse floss, vermochte eine ungeheure Gier zu entfachen. Kaum jemand hatte Andy länger als zehn Minuten zappeln lassen oder grundsätzlich gezögert. Bei der Aussicht auf verlockende schnelle Gewinne verkauften Kunden sogar alle Aktien. Nach Andys Berechnungen entstand nach einer Ausschüttung durch Dieter Glanz ein Gewinn, der in keinem Verhältnis zu den mickrigen Ausschüttungen an der Börse stand. Es war alles so einfach, zudem Andy in Aussicht stellte, das gewonnene Kapital weiterarbeiten zu lassen, wenn es gewünscht wurde. Das ließ die Zukunft noch rosiger erscheinen. Über Andy nahmen sie nun alle am großen Reibach teil. Glanz kannten sie nur vom Hörensagen, aber Andy, der war ihnen vertraut, der konnte sie nicht betrügen. Jetzt musste Andy nur noch seine Eltern überzeugen.

In der Weinhandlung seines Vaters, der gerade die Bestände überprüfte, redete Andy zwischen riesigen Eichenfässern geduldig auf seinen Vater ein. Groß, gutmütig wie ein Bär und mit einem wohlgenährten Bauch zog der kleine Weinproben aus den Fässern und machte sich Notizen, während er dem Sohn zuhörte. Dann meinte er: »Du bist ein guter Junge, aber leider ein lausiger Geschäftsmann.«

Andy wurde sauer. »Ich bin ein guter Geschäftsmann. Also erlaube mal. Ein ganz ausgebuffter Geschäftsmann. Erzähl mir nichts anderes«, erregte er sich.

Sein Vater blätterte den Prüfbogen um.

»Jetzt sei nicht gleich eingeschnappt. Wie alt bist du? Bald vierzig?«

»Vierunddreißig«, korrigierte ihn Andy.

»Und glaubst du immer noch an Märchen?« Der Vater

klopfte seinem Sohn liebevoll auf die Stirn. »Das Dreifache? Niemand verschenkt Geld. Auch nicht Multimillionäre.«

Er kehrte in den Laden zurück. Andy folgte ihm erbost.

»Aha, spricht hier die Stimme der Erfahrung? Wer hat mir denn immer gepredigt, dass ein Verlierer ist, wer so viel Angst vor dem Verlieren hat, dass er es nicht mal riskiert?«

»Herr Schroth, Sie denken bitte an die Lieferung?«, mischte sich kurz der Chef ein. Andys Vater nickte, und der Mann verschwand gleich wieder.

Vater und Sohn stritten sich noch am Mittagstisch. Da hatte Andy bereits schlechte Laune. Sein Vater hatte es wieder einmal geschafft. Andy saß in der etwas altmodischen, aber gemütlichen und großzügigen Wohnung verärgert mit seinen Eltern beim Essen und linste bereits zur Uhr. Er wischte sich den Mund ab.

»Aber du musst doch jetzt nicht gleich wieder los? Schmeckt's dir nicht?«, fragte ihn seine Mutter, die ihn gern noch ein wenig bei sich gehabt hätte.

»Ich hab tausend Termine, Mama«, antwortete Andy und stand auf.

»Papa könnte unsere Lebensversicherung beleihen! Und meinen Schmuck könnten wir verkaufen«, schlug seine Mutter plötzlich vor.

Wie versteinert starrte der Vater die Mutter an, als wollte er seinen Ohren nicht trauen. Andy setzte sich wieder. Es war das erste Mal, dass seine Mutter mit der Familientradition gebrochen hatte. Solange Andy denken konnte, hielten sein Vater und seine Mutter sich daran, immer nur so viel auszugeben wie sie einnahmen. Ihnen eine unnötige Ausgabe aufzuschwatzen glich einer unlösbaren Aufgabe. Nun wollte seine Mutter die kostbare Lebensversicherung beleihen? Andy war den Tränen nahe. War es endlich so weit? Seit Jahren versuchte er ihnen zu erklären, wie sehr sich die Zeiten geändert hatten, dass heutzutage nicht das Eigenkapital zählte, sondern das geliehene, und wie clever man daraus ein Vermögen machen könnte. Natürlich gab es Aktienabstürze und Immobilienpleiten, aber was war das gegen das Geld, das vorher damit verdient wurde? Bisher stieß er mit seinen Beispielen immer auf taube Ohren. Sein Vater mochte weinselig und sinnenfroh sein, seine Mutter eine herzliche und liebe Frau, aber beide kamen sie nie über ihre kleine bürgerliche Vorstellungswelt hinaus. Ein Blick in die Erfolgsgeschichten der großen Immobilien- und Aktienspekulationen zeigte ihnen eine Welt, die sie nicht verstanden. Sie hielten sie nicht für real. Andy hatte sich längst von diesen Wurzeln abgenabelt. Er begriff, dass er etwas anderes suchte, dass die Welt voller Möglichkeiten steckte. Er verdiente, nach den Vorstellungen seiner Eltern, ungewöhnlich viel Geld. Aber was war »viel Geld«? Andy hatte inzwischen Leute kennenlernen dürfen, die sich keine Gedanken mehr machen mussten, woher das Geld kam. Nun schienen seine Ansichten und Überzeugungen das erste Mal in seinem Elternhaus gehört zu werden. Und wenn seine Mutter sie respektierte, dann würde sein Vater wenigstens darüber nachdenken.

Am Abend lag Andy im Bett und blätterte in seinen Notizen. Er las nun schon zum wiederholten Mal in den Unterlagen von Glanz. Sabine beobachtete ihn. Andy schüttelte den Kopf und meinte halb zu sich selbst:

»Ehrlich gesagt, ganz kapiert habe ich die Sache mit

dem Investment nicht. Glanz ist immer so in Eile, und man will ja auch nicht ganz blöd dastehen, indem man dauernd nachfragt.« Er schlug die Mappe zu.

»Aber seine Kunden, das sind doch ausgebuffte Geschäftsleute. Die werden das schon alles überprüft haben«, beruhigte ihn Sabine. Während Andy seinen kleinen Koffer packte und Sabine ins Bad ging, erzählte er ihr gut gelaunt von seinen Erfolgen in den letzten Tagen. Sabine erschien plötzlich entrüstet in der Badezimmertür.

»Du kassierst von deinen Freunden Vermittlungsprovision? Von deinen Eltern?«

»Na wenn schon!« Andy zuckte mit den Schultern. »Schließlich tue ich denen allen etwas Gutes. Warum soll ich nicht davon profitieren?« Nicht einen Moment hatte er daran gedacht, etwas anderes zu tun. Ihm war es schließlich gelungen, den großen Glanz anzubaggern. Wenn er ein Objekt als Immobilie an Land zog, kassierte er doch auch die Provision.

»Sag mal, sind das neue Vorhänge?«, versuchte er, Sabine abzulenken.

»Na ja, die alten waren schon ganz verschlissen und ich dachte …«

»Und der Teppich? Auch neu?«

Sabine lächelte verlegen.

Andy legte den Arm um sie.

»Weder meine Eltern noch meine Freunde sind mit dem ganzen Drumherum belastet. Ich investiere in meinem Namen. Was da wirklich am Ende rauskommt, erfahren die nie. Ich werde das schon so fair und großzügig aufteilen, dass alle zufrieden sind. Verlass dich drauf«, versicherte er ihr.

Sabine nickte. Wenn der warme Geldregen bald auf sie

niederprasseln würde, dann sollte er auch auf einen neuen; samtweichen Teppich fallen. Schließlich schien alles nur eine Frage von ein paar Wochen zu sein. Sie löschte das Licht. Sabine träumte auch in dieser Nacht von der wunderbaren Zukunft ihrer Familie. Sie wollte ihrer Tochter eine gute Ausbildung sichern, vielleicht ein Auslandsstudium. Sie sollte in jedem Fall ihr Pferd samt Reitunterricht bekommen, ihr Notebook und einen Konzertflügel für den Musikunterricht. Sabine träumte vom Anbau eines Wintergartens, und auf jeden Fall wollte sie eine Weltreise mit Andy machen. Einmal in New York richtig shoppen gehen, ohne auf das Geld zu achten, einen kleinen Porsche in Schwarz konnte sie sich auch schon vorstellen.

Dieter Glanz stellte das Foto von sich und Gloria wieder ins Schaufenster des alten Juweliergeschäftes von Alfi Baumer.

»Sehr gut getroffen«, bemerkte er beiläufig, während Gloria auf eine brillantbesetzte Uhr deutete. Leon Grünlich zeigte sich beeindruckt, und Alfi Baumer notierte die Wünsche eifrig auf seinem Zettel. Der schmale, hoch aufgeschossene Alfi trug exakt gescheiteltes Haar. Er kam aus einer alten Juwelierfamilie. Der Mutter gehörte noch die Fabrik, in der hochwertige Einzelstücke auf Wunsch prominenter Kunden aus dem internationalen Jetset gefertigt wurden. Alfi wuchs in der Familie mit dem festen Vorsatz des Vaters auf, ihn später zu einem Experten und gewieften Verkäufer zu machen. Der Plan des Vaters ging auf, heute galt Alfis Name in Hamburg als Garantieurkunde für exzellente Beratung in allen Edelsteinfragen.

»Die Rubin-Uhr? 361 000 minus 40 000 Rabatt für Sie, Herr Glanz.«

Dieter Glanz sah in die Drehspiegel, die die außergewöhnliche Schönheit und Eleganz des roten Rubins vervielfachten.

Seine Gedanken schweiften einen Moment lang ab. In den letzten Wochen beschäftigte ihn nur ein Name. Paulsen. Dieser Mann hielt die Glanz-Klientel in Atem. Glanz zeigte allen Anlegern das Schreiben, in dem der staatsautorisierte Revisor Lars-Peter Arnemann-Paulsen bestätigte, dass 867 Millionen US-Dollar bei Partnership Boston sowie 129 820 Millionen englische Pfund von DAN-Air für die Glanz Financial Group bereitlagen. Allerdings war die Auszahlung zurzeit blockiert. Da es sich dabei nur um eine Formalie zu handeln schien, eröffnete die ungeheure Summe die Tore zu neuen Fantasien für große Investitionen. Glanz musste lächeln.

»Die Rubin-Uhr? Also die willst du haben?«, fragte er Gloria. Die reagierte nicht. Glanz schaute Alfi an. »Wenn sie sich freut, ist das wie Öl auf meiner trockenen Haut.«

Alfi lachte. Grünlich starrte Gloria unverhohlen an. Glanz betrachtete eine andere Uhr. »Die gefällt mir auch.«

»122 400. Für Sie 110 000«, flüsterte Alfi.

»Kein Rabatt«, forderte Glanz. »Sie sind tüchtig! Also sollen Sie auch bekommen, was Sie verdienen.« Er wandte sich Grünlich zu. »Mensch, wäre das nicht was für deine Frau, Leon? Solltest ihr ruhig auch mal was schenken.« Grünlich betrachtete die wunderbare Uhr. Glanz schien zu zögern. »Oder, nein. Ich schenke ihr die Uhr.« Er suchte schon lange einen Weg, um an Grünlichs Frau Vera heranzukommen. Sie besaß das Geld, sie gehörte zu der Schicht der Schwerreichen in Hamburg.

In einer kurzen revoltierenden Phase ihrer Jugend hatte sie sich dem zupackenden Bauingenieur Grünlich zugewandt, und der hatte sie auch prompt flachgelegt. Was er im vertrauten Kreise in dieser Form auch gern mal zum Besten gab. Vera hatte ihn schließlich geheiratet und zum Bauunternehmer gemacht, der sich dem florierenden Geschäft ihres Vaters anschließen durfte. Um an die Gelder für die Glanz-Investitionen zu kommen, hatte sich Grünlich in der Firmenkasse bedient. Wenn Glanz die versprochenen Gewinne ausschüttete, würde er das Geld unbemerkt zurücklegen. Danach wäre er endlich unabhängig und nicht länger gezwungen, nach der Pfeife seines Schwiegervaters zu tanzen. Grünlich konnte es gar nicht glauben: »Bist du verrückt?«, lachte er. »Ich kann dich nicht die Uhr kaufen lassen. Die ist doch viel zu teuer.«

»Da hat er Recht«, meinte Gloria kühl. »Soll er sie gefälligst selber seiner Frau kaufen.«

Grünlich tat so, als suche er seine Brieftasche. »Ich habe nicht mal Kreditkarten dabei!«

Glanz lachte: »So kommst du mir nicht davon, Leon.« Er zog Alfi etwas beiseite und flüsterte: »Er hat bei mir einen Haufen Geld investiert und bekommt demnächst einen viel, viel größeren Haufen zurück. Ich lege Hände und Füße für ihn ins Feuer.«

Alfi blickte zu seiner Frau Uschi hinüber, die auf den ersten Blick etwas streng und geschäftsmäßig wirkte, was aber nur ihre Warmherzigkeit und mütterliche Freundlichkeit verbarg. Wenn sie Glanz recht verstand, sollten sie für den neuen Kunden 110 000 Euro anschreiben!

»Für einen Freund von Herrn Glanz ...«, gab sie schließlich milde nach.

So wechselten teure Uhren ohne Bezahlung ihre Besitzer, und Uschi und Alfi Baumer hatten, ohne dass sie es ahnten, ihren ersten Schritt in die verführerisch funkelnde, aber ebenso gefährliche Glanz-Welt getan.

Am folgenden Nachmittag hastete Andy mit seinem Koffer über das Flugfeld des Hamburger Flughafens, auf dem sich schon eine kleine Gruppe der Anleger vor einem Privatjet versammelt hatte. Schon von weitem konnte er die Gruppe um Dieter und Gloria Glanz erkennen. Es wehte ein milder Wind, und der Fluglärm einer startenden Maschine dröhnte herüber. Dieter Glanz hielt seinen Schäferhund Billy an der kurzen Leine. Andy erkannte Isa und Hajo Novak, Eva Wendler und Tommy, den General, sowie Leon Grünlich und Nadja, die etwas verlegen abseits wartete. Sie schien nicht gerade erfreut darüber, ihren Schwager hier zu treffen. Jedenfalls nickte sie ihm zu kühl zu, als gehörte er nicht wirklich zum auserwählten Kreis, der in der Nähe des Meisters im Sonnenglanz der zu erwartenden Gewinnausschüttungen das Leben genießen durfte.

Die fröhlich aufgekratzten Gäste dieses Fluges in den Urlaub der Träume bedienten sich an einem exklusiven Buffet. Kellner mit weißen Schürzen und Handschuhen servierten Champagner und Kaviar. Ein Akkordeonspieler gab Hamburger Lieder zum Besten, nur Glanz musste sich wieder mit Geschäften befassen. »Seine Augen waren wohl größer als sein Magen, Holger«, bellte er ärgerlich in sein Handy. »Anderthalb Millionen! Wenn der Kerl absäuft, ist das nicht unser Problem. Über die Risiken war er doch informiert.«

Glanz legte auf. Offenbar spielte ein Anleger verrückt. Glanz sollte anderthalb Millionen zurückzahlen, oder der

Anleger drohte mit Anzeigen. Glanz atmete tief durch. In letzter Zeit liefen die Geschäfte schlecht. Neue Kunden blieben aus; andere forderten vorzeitig ihr Geld zurück. Er wusste, dass er im Augenblick wesentlich mehr ausgab, als er einnahm. Tommy hüpfte ganz aufgeregt herum und zeigte auf Andy. »Hi! Seht mal! Hi!«

Andy winkte den anderen zu. »Hallo. Guten Abend!«

Ein paar Anleger schauten gleichgültig zu ihm, andere blickten sich kurz an und lächelten, als wäre er nun wirklich die überflüssigste Erscheinung des Tages, und wieder andere unterbrachen nicht mal ihre Gespräche. Andy stellte sich verlegen zu den anderen. Es genügte ihm, endlich zu diesem erlauchten Kreis der Jünger um Dieter Glanz zu gehören. Da ihn niemand ansprach, wandte er sich an Eva.

»Ihre liebe Frau kommt nicht mit?«, fragte Frau Wendler ganz nebenbei.

»Sie muss leider arbeiten.« Andy war froh, ein Gesprächsthema gefunden zu haben. Hajo prostete ihm zu. »Wenigstens einer in der Familie, was? Ohne Moos nix los!«

»Sie ist Arzthelferin. Schmeißt mehr oder weniger die ganze Praxis.« Da Eva Wendler inzwischen mit Isa Novak plauderte, wandte sich Andy Hajo und dem General zu. Der nickte uninteressiert. »Donnerwetter! Donnerwetter!« Er setzte sein Gespräch mit Hajo Novak fort und ließ Andy stehen. »Ihre Firma eröffnet demnächst Niederlassungen in Singapur und Hanoi, habe ich gelesen? Respekt.«

»Nein, das, äh, das ist mein Bruder.« Hajo Novak schien auf einmal verlegen. »Der leitet die Firma.«

Isa hielt die Gelegenheit für gekommen, wieder eine ihrer gefürchteten Bemerkungen über Hajos Fähigkeiten zu machen. »Mein Mann produziert nur Verluste«, ergänzte sie so kalt, als würde sie seine Selbstachtung mit einem Eispickel spalten.

Hajo musterte sie böse. Blitzschnell kippte er ihr den Inhalt seines Sektglases ins Gesicht. Die anderen übersahen solche kleinen Ausrutscher. Man wollte sich amüsieren.

Dieter Glanz klopfte Andy auf die Schulter. »Jetzt trinken wir erst einmal was, und dann gibt es Buletten! Selbst gemachte. Meine Spezialität.«

Hajo bestätigte mit erhobenem Zeigefinger. »Dieter ist ein Meisterkoch.«

Glanz zögerte, aber dann warf er alle Skrupel über Bord. Das Leben verlangte von ihm Entscheidungen. Die einen wollten etwas zurück, die anderen wollten, dass er ihr Geld vermehrte. Andy suchte seine Nähe, er kannte seine Geschäfte, seine Warnungen und nun ergab sich die Chance, die Glanz ihm einfach nicht vorenthalten konnte. »Was meinst du, Gloria? Soll ich es ihm gleich sagen?«

Gloria schien ihn nicht zu verstehen: »Was denn?« Sie wandte sich ab und lächelte Grünlich zu, der sie ungeniert anstarrte. Sie betrat als Erste das Flugzeug. Die anderen folgten ihr.

Glanz hakte Andy ein, der etwas verloren neben den anderen stand. »Ich habe was gedeichselt. Anteile freigeboxt«, verriet er ihm mit beiläufiger Vertraulichkeit.

Andy war begeistert. »Mensch, Herr Glanz!«

»Wenn sie anderthalb Millionen zusammenbekommen, sind Sie im Spiel.«

Andy erschrak. Woher sollte er so einen großen Betrag denn nehmen?

»Ich hab noch ein Grundstück, wo wir mal bauen wollen, das kann ich beleihen.« Er holte tief Luft. Nein, diese Gelegenheit würde er sich nicht entgehen lassen. Da musste er eben in nächster Zeit noch mehr Geld eintreiben. »Ich krieg das hin, Herr Glanz! Krieg ich hin«, beeilte er sich zu versichern, um ja keine Zweifel an seiner Investitionsfähigkeit aufkommen zu lassen.

Glanz beugte sich zu Andy hinüber und flüsterte: »Faktor fünf!«

Andy verstand erst nicht. »›Das Vierfache‹ haben Sie gesagt. Das habe ich auch meinen Freunden versprochen.«

Glanz musterte ihn amüsiert: »Was als Gewinn dabei rausspringt, geben Sie brav weiter? Ganz ehrliche Haut? Na, dann werden sich ihre Freunde ja freuen! Faktor fünf heißt das Fünffache. 500 Prozent!«

Andy schaute ihn sprachlos an. Glanz griff nach seinem Handy, als es wieder klingelte. Er winkte den anderen zu. »Nun steigt schon ein!« Dann wandte er sich ab, um seinen aufdringlichen Partner am Telefon unwirsch anzufahren. »Holger! Jetzt nerv mich nicht! Und komm mir nicht mit so einem Scheiß! Das hör ich mir gar nicht an. Der soll sich mal unsere Beitrittserklärung durchlesen. Von einem festen Auszahlungstermin steht da kein Wort. Außerdem hat er versichert, dass das eingesetzte Kapital nicht seine wirtschaftliche Existenz gefährdet.«

Er hatte seine Stimme gesenkt, so dass die anderen möglichst nichts vom Wortlaut des Telefonats mitbekamen.

Andy schaute sich interessiert nach Nadja um, die unschlüssig neben dem telefonierenden Glanz stand. Der klappte sein Handy zu, deutete verstohlen auf Grünlich und flüsterte ihr zu: »Ich verkauf ihm ein Leben, das er sich erträumt. Der Preis ist nicht grade billig, also kümmere dich um ihn.«

Nadja hatte verstanden. Sie nickte gehorsam, lief rasch an Andy vorüber, als sei dieser plötzlich Luft, setzte sich im Flugzeug neben Grünlich und lächelte ihm freundlich zu.

Hajo Novak stimmte das Hamburglied an, spontan fielen die anderen lautstark ein. Die Maschine rollte unter dem Gesang der erwartungsfrohen Gäste zur Startbahn.

# Kapitel 5

Das heitere mallorquinische Licht, das keine anderen Gedanken duldete als die an einen entspannten Urlaub, hatte die Reisegesellschaft um Dieter Glanz bereits angesteckt, als sie vor dem Flughafen auf das Gepäck wartete.

Elektrokarren glitten lautlos die Palmenallee entlang und beförderten die Fluggäste und das Gepäck zu den wartenden Jeeps. Chefsekretärin Jutta, der untersetzte Heiner Kuntze und Rechtsanwalt Dr. Engels standen bei ihren Koffern und warteten gelassen auf den Transfer zur Villa von Dieter Glanz.

Ein kleines Buffet mit erlesenen Spezialitäten wie Champagner, Langusten und Obst sorgte für die kulinarische Einstimmung auf die kommenden Tage. Der Gitarrist begleitete mit wilden Flamencoklängen eine spanische Tänzerin und Sängerin, die mit ihren Kastagnetten ein Feuerwerk entfachte, das jede Menge neidischer Touristenblicke auf die kleine Gruppe um Dieter Glanz lenkte.

Heiner begrüßte die Ankömmlinge: »Gab's für euch Gruppenermäßigung?«

Jutta goss großzügig den Champagner in die Gläser. Und der General bemerkte erfreut: »Hat Dieter also wieder alle seine Jünger versammelt.«

Unter den feurigen Klängen der Gitarre konnte Heiner nicht anders. Erst tanzte er mit Jutta, dann mit Nadja. Und die anderen johlten und juchzten, als seien sie noch einmal in ihrer Jugend angekommen und befänden sich auf einem Schulausflug. Grünlich schwang sich zu einem Duett mit der mallorquinischen Künstlerin auf. Dabei gelang es Gloria mühelos, sein leidenschaftlich gesungenes Schmachten gleichmütig lächelnd hinzunehmen. »Für mich nur ein kleines Schlückchen Champagner, por favor. Und einen kleinen Happen Kaviar«, bat sie Jutta.

Eva Wendler und Isa sahen sich kichernd an. So kannten sie Gloria, und nichts anderes erwarteten sie von ihr. Inzwischen wurde das Gepäck in die Jeeps umgeladen. Glanz verteilte Trinkgelder, wie immer mit der Geste des Lebemanns, der in guter Erinnerung bleiben möchte. Ein plötzlicher einvernehmlicher Blick zu Dr. Engels, der sich etwas abseits hielt, signalisierte Glanz lediglich, dass es offenbar weitere Probleme gab. Auf der gegenüberliegenden Straßenseite stürmten schwitzende Massentouristen ihre Busse und beobachteten die feiernden Glanzianer erschöpft von ihren soeben erkämpften Plätzen aus.

»Ach herrje, also, das ist ja … seht euch bloß dieses Volk an«, amüsierte sich Tommy.

Eva Wendler pflichtete ihm am Champagnerglas nippend bei. »Kurze Hosen, verschwitzte Unterhemden und Birkenstocks an den Füßen.«

Tommy zeigte auf eine Frau. »Die Dicke dort drüben in der roten Bluse sieht aus wie unsere Putzfrau, was, Evchen?«

»Vermutlich ist es Ihre Putzfrau!«, mutmaßte Grünlich.

Glanz musterte seine Gäste finster. Gloria bemerkte es: »Dieter hat immer Mitleid mit solchen Leuten! Hab ich Recht, sweetheart?«

Grünlich musterte Glanz amüsiert. »Also schreiben wir die Bibel um! Bemitleide deinen Nächsten wie dich selbst.«

Alle brachen in herzliches Gelächter aus und stiegen in die vier wartenden Jeeps ein. Andy drängelte sich neben Nadja, doch Heiner kam ihm zuvor. Nun waren alle Plätze besetzt. Hilflos sah sich Andy um, doch keiner nahm Notiz von ihm. Dann fiel sein Blick auf Dieter Glanz, der ihn zu sich nach vorn winkte und seinen Sitz mit ihm teilte. Kaum hatte Andy Platz genommen, fragte Glanz unvermittelt Isa Novak: »Weißt du eigentlich, wo man in Hamburg am besten epibrieren kann?«

Isa antwortete ohne zu zögern: »Jungfernstieg, würde ich sagen.«

»Auch deine Meinung, Hajo?«, fragte Glanz.

»Ich komm ja so selten in die Innenstadt, weißt du«, wich Hajo unbehaglich aus.

Die Jeeps fuhren an, mussten aber wegen der rangierenden Massentouristenbusse sofort bremsen.

Glanz trieb sein Spielchen weiter: »Du hast ein paar Jahre hier in Palma gelebt, Eva. Mit deinem ersten Mann? Oder war's der zweite? Wo haben die da immer epibriert?«

»In der Altstadt«, antwortete Eva Wendler. Ihre Stimme duldete keinen Widerspruch. »Da soll's am dollsten sein. Genau! Jetzt erinnere ich mich auch«, pflichtete ihr Tommy bei. Die anderen nahmen die Aussagen zur Kenntnis, als wollten sie ihr eigenes Wissen um die beste Gegend für professionelles Epibrieren noch ergänzen. Andy hörte verblüfft zu. Er verstand die ganze Unterhaltung überhaupt nicht.

Die schneeweiße Villa von Dieter Glanz mit ihren riesig großen Fenstern bot ausreichend Platz für alle Gäste, die sich schon kurze Zeit nach ihrer Ankunft von der sengenden Hitze am Pool erholen konnten. Hier vernahm man das Rauschen des Meeres, und der schützende Schatten der gefächerten Palmen hielt die pralle Sonne von den Neuankömmlingen ab. Das Zirpen der Grillen war kaum noch zu hören, so ausgelassen tobten die Gäste auf der Poolterrasse, nippten an ihren Drinks und verzehrten Tapas. Die spanische Sängerin sorgte für die temperamentvolle Untermalung jenes Lebensgefühls, das in seiner Mischung aus Sorglosigkeit und Gewinnerwartung zum Inselleben passte. Eva Wendler kreischte vergnügt, als Hajo splitternackt, nur mit einer Sonnenbrille auf der Nase und einem Glas in der Hand, in den Pool sprang. Andy war der Einzige, der sich nicht so richtig akklimatisieren konnte. Das Hemd, die Flanellhose, das Jackett – alles schien zu warm für diese Gegend. Er kam sich selbst zu schüchtern vor und fühlte sich kaum beachtet. Eigentlich war er wegen der Geschäfte hierhergereist. Nun traf er feiernde Anleger und seine Schwägerin. Jeder wusste hier, dass die jungen Damen als Attraktion und Appetithäppchen für die Herren agierten. Andy schaute sich verlegen um und versuchte, wenigstens nach außen einen fröhlichen Eindruck zu erwecken.

Isa musterte Grünlich flirtwillig. »Den wenigsten Frauen genügt ein Mann. Seien wir doch ehrlich.«

Gloria, wie immer elegant gekleidet, tänzelte auf der Terrasse. »Was wäre denn deiner Meinung nach die Lösung, sweetheart?«

»Gesetzliche Vielmännerei«, schlug Isa vor.

In das allgemeine Gelächter rief der General: »Wie Recht Sie haben, Hajo, Frauen mit Hühnern zu vergleichen.«

»Füttere sie regelmäßig und lass sie gackern«, pflichtete ihm Hajo bei.

Nadja zog ihre Bahnen im Pool. Als sie zum Beckenrand schwamm, winkte ihr Andy zu. Sie schaute ihn an, reagierte aber nicht. Als wäre er ein Fremder.

»Länger als zwei Monate habe ich nie gern mit ein und demselben Kerl geschlafen«, verkündete Isa und wandte sich ihrem Mann Hajo zu, der sich an der Bar bediente. »Entschuldige, Muckel, außer natürlich mit dir. Normalerweise werden die Typen nach zwei Monaten doch zur Plage.«

Hajo beugte sich über den Pool und bespritzte Isa, die verärgert von ihrer Liege aufsprang und versuchte, der beginnenden Wasserschlacht zu entrinnen.

Andy bekam unfreiwillig eine Dusche mit einem Gartenschlauch ab. Heiner und Hajo tobten wie die Wilden. Sie lachten, kreischten und johlten, als sie die Frauen und sich gegenseitig vollspritzten. Andy machte gute Miene zum bösen Spiel. Mit nassen Klamotten am Pool zu stehen, gehörte für ihn nicht zu den Höhepunkten einer Cocktailparty. Er kam sich vor wie bei einem Schulausflug. Also schlich er sich davon. Sein Hemd und seine Hose tropften auf den Teppich, so klatschnass war er geworden. Auf seinem Zimmer schnappte er sich ein großes Handtuch und trocknete sich ab. Die Tür stand halboffen, und auf dem Flur hörte er undeutliche Stimmen. Er blickte vorsichtig nach draußen und sah am anderen Ende des halbdunklen Flures Grünlich, der lauschend vor einer angelehnten Tür stand. Jetzt konnte er auch die Stimmen aus dem Zimmer zuordnen. Dieter Glanz schien mit Dr. Engels zu sprechen. Er klang besorgt.

»Besteht denn akute Lawinengefahr?«, fragte Dr. Engels.

»Es kommt zu wenig rein. Aber Druck ist gut. Unter Druck bin ich am besten. Ich will ...«

Dr. Engels unterbrach ihn. »Nein, sagen Sie mir nichts, was ich besser nicht wissen sollte. Ihren Kostenaufwand können Sie nicht etwas reduzieren?«

»Auf keinen Fall. Bloß keine Schwäche zeigen. Schwache werden erdrosselt.«

»Stimmt. Kein Mensch vertraut einem Schwachen auch nur eine Mark an. Also, Sie brauchen ...« Grünlich wollte unbedingt weiter zuhören, aber Isa lehnte sich flirtend an ihn. Sie war nur mit einem Bikini bekleidet und duftete nach warmer Haut und Sonne. Sie presste tänzelnd ihre prallen operierten Brüste gegen Grünlich, während ihre Hand über seine Brust abwärts tastete.

Grünlich schob sie ärgerlich beiseite. Er wollte unbedingt weiter dem Gespräch mit Glanz und seinem Anwalt zuhören. »Hau ab«, forderte er Isa wenig gentlemanlike auf und fügte, als er Hajo an der Bar entdeckte, grob hinzu: »Halt mir die Schlampe vom Leib, Mann!«

»Vielleicht 'ne Schlampe, aber nun mal meine Frau, du Affenarsch!«, lallte Hajo und schlug Grünlich unvermittelt ins Gesicht.

Damit hatte der nicht gerechnet. Die Wucht des Schlages traf ihn so direkt, dass er nach hinten taumelte und dabei über einen Tisch fiel, der krachend umkippte. Er rappelte sich wutentbrannt hoch und ballte die Fäuste.

»Bist du völlig durchgedreht, du Pfeife?«

Andy griff ein und stellte sich zwischen die beiden, um sie auf Distanz zu halten. Dabei lief er in eine gezielte Rechte von Grünlich.

Draußen auf der Terrasse waren die anderen Gäste aufgesprungen und beobachteten verstört die Schlägerei.

Isa sprang aufgeregt um die Kämpfenden herum: »Ja, Muckel! Hau ihm eine rein. Nimm die Lampe und verpass ihm eine!« Endlich setzte sich Hajo mal für sie ein. Grünlich, stieß Hajo von sich weg und stürmte nach draußen.

Glanz, der mit Dr. Engels aus dem Arbeitszimmer gekommen war, blickte Grünlich besorgt nach. Wie viel hatte der von seinem Gespräch mit Engels mitbekommen? Wie konnte es auch passieren, dass die Tür des Zimmers, in dem sie sprachen, nicht richtig geschlossen war?

Isa hängte sich stolz bei Hajo ein, der endlich mal Stärke bewiesen hatte. Genau das, was sie am meisten an ihm vermisste, was sie auch am meisten an ihm hasste, wenn er sie im Suff schlug. Nun wirkten die beiden für ein paar Momente glücklich.

»Also ich denke, Hajo hat ihn ausreichend epibriert«, Glanz trat zu den anderen und blickte Grünlich nach. Die lächelten verkrampft. Glanz wandte sich Andy zu.

»Haben Sie sich verletzt?« Andy wischte sich die blutende Nase und winkte ab.

»Entschuldigung, was heißt eigentlich ›epibrieren‹?«, fragte er.

Glanz musterte ihn voller Sympathie.

»Hätte gewettet, dass Sie nachfragen. Bingo! Epibrieren heißt gar nichts. Reiner Nonsens. Mein Test, um rauszukriegen: Wer hat den Mut zuzugeben, dass er das Wort nicht kennt.«

Andy lachte verblüfft. Glanz fiel in das Lachen mit ein.

»Was dagegen, wenn wir uns duzen?« Andy nickte erfreut. Glanz klopfte ihm auf die Schulter und wandte sich dann dem Haus zu: »Aber erst muss ich unbedingt epibrieren.«

Die anderen schauten ihm betreten nach. Er hatte sie erwischt und sie wussten, dass er es wusste.

Als Glanz ins Haus zurückkehrte, blieb ihm nicht verborgen, dass Grünlich und der General sich in den Schatten einer Palmengruppe zurückgezogen hatten. Dort schien es um das von Grünlich belauschte Gespräch zu gehen. Der General schüttelte verständnislos den Kopf. »Aber Leon! Gucken Sie sich doch nur um! Ich meine, wenn man diesen Aufwand hier sieht … also wer da noch Zweifel an der Bonität von Dieter Glanz hat, dem ist nicht mehr zu helfen.«

Der Mann mit dem schmalen Gesicht mochte keine Zweifler. In den langen Jahren als General für Beschaffungsmaßnahmen in Bonn hatte er ein Kommando geführt, unter dem man ganz nüchtern plante und die Bestände regelmäßig taxiert wurden. Ihm konnte niemand etwas vormachen. Erst recht nicht nach seiner Pensionierung. Durch den Tod seiner Frau hatte er eine nicht unbeträchtliche Summe geerbt und sofort zu spekulieren begonnen. Natürlich nur in sichere Werte, wie es seine Frau immer verlangt hatte. Seinen Lebenstraum, mit ihr zusammen eine einjährige Weltreise zu unternehmen, hatte er nicht mehr verwirklichen können. Dafür sprach er fast jeden Abend mit ihrem Bild und widmete ihr jede Million, die er später erwirtschaftete. Grünlich mochte Zweifel haben, der General war nicht bereit, sie mit ihm zu teilen.

Zur Mittagszeit zog es Andy an den Strand, der um diese Zeit menschenleer war. Er lief ein wenig in Gedanken versunken über den feinen Sand, schnippte mit den Zehen ab und an ein Steinchen in die Luft und genoss die frische Brise. Irgendwo hier musste Dieter Glanz sein. Er schaute sich nach allen Seiten um, bis er ihn vor einer geschlossenen Strandbude entdeckte, wie er düster auf das Meer hinausstarrte. Andy ging zu ihm.

»Hier sind, äh«, er verbesserte sich, »hier bist du. Ich wollte schon 'ne Sucheinheit losschicken.« Er bemerkte das ernste Gesicht von Glanz. »Was ist los? Was hast du?«

»Es ist zum Verrücktwerden. In Oslo ist dauernd besetzt. Gestern hat er mich noch angerufen und heute?«

»Wer?«, fragte Andy.

»Lars-Peter Arnemann-Paulsen, staatsautorisierter Revisor aus Oslo. Ich habe unseren Freunden im Haus versprochen, dass sie heute mal persönlich mit ihm reden können. Bloß um die Gemüter zu beruhigen. Die reißen mir den Kopf ab, wenn das wieder nicht klappt.«

Beide schauten auf das Meer. Plötzlich fragte Glanz: »Sprichst du englisch?«

»Nicht besonders. Wieso?«

»Umso besser! Akzent ist prima! Tolle Idee von dir! Du rufst jetzt im Haus an, stellst dich als Lars-Peter Arnemann-Paulsen vor und lässt mir ausrichten, es wäre bald so weit, die Auszahlung würde unmittelbar bevorstehen.«

Andy glaubte, nicht richtig zu hören: »Dieter, wenn die das spitzkriegen! Wenn einer von denen in Oslo zurückruft.«

Glanz schüttelte den Kopf. »Da ruft niemand zurück.«

»Und wenn die meine Stimme erkennen?«

»Schlimmer als ein Weib, der Kerl: wenn, wenn, wieso, warum!« Glanz schien genervt.

Andy blickte ihn verlegen an. Eigentlich wollte er seinem nun besten Freund ja gerne helfen, doch seine Ehrlichkeit und sein Glaube an die Spielregeln ließen ihn zögern. Er konnte nicht. Ausgerechnet bei so einer Kleinigkeit blamierte er sich vor einem Mann, der zupackte und

Ungewöhnliches leistete wie kein anderer, und der nun ihm vertraute.

»Keiner erkennt deine Stimme! Nun hab dich nicht so! Meine Güte! Hin und wieder muss jeder erfolgreiche Geschäftsmann in seine Trickkiste greifen.« Glanz blickte ihm in die Augen und zuckte dann missmutig mit den Schultern. »Okay, ich will dich zu nichts überreden.«

Er wollte sein Handy wieder einstecken. Es waren die Sekunden, in denen Andy seine Kindheit, sein Elternhaus, seine Erziehung, seine Erfahrung und seine Wertvorstellungen hinter sich ließ. Er bemerkte es kaum, aber er war jetzt bereit. Er nahm Glanz das Handy aus der Hand und wählte die Nummer. Glanz brauchte seine Hilfe. Nur weil ein Norweger sich als unzuverlässig erwies, ließ er doch Dieter Glanz nicht im Stich. »Wenn erst alle ihr Geld in Händen halten, ist der Anruf der Lacher des Abends«, dachte Andy.

In der Villa ging Heiner Kuntze ans Telefon. Während Andy sich als Lars-Peter Arnemann-Paulsen vorstellte und seine Mitteilungen durchgab, beobachtete ihn Glanz mit einem Lächeln. Andy war perfekt, der geborene Vertreter, nur machte er zu wenig aus seinem Talent. Glanz zwinkerte ihm zu. Heiner Kuntze rannte, kaum hatte er aufgelegt, zu den anderen in den Park. »Wisst ihr, wer eben angerufen hat? Ihr glaubt es nicht! Lars-Peter Arnemann-Paulsen. Oslo! Good news, Freunde!«

Andys Anruf versetzte die Gemeinde in helle Aufregung. Endlich war ein zuverlässiger Kontaktmann in Erscheinung getreten und hatte Zahlen genannt. Heiner wiederholte mehrmals den Wortlaut seines Telefonats, auch um allen zu beweisen, dass es seiner kompetenten und raffinierten Gesprächsführung zu verdanken war, dass der Staatsrevisor sich schließlich bereiterklärte, sogar über konkrete Summen Auskunft zu geben.

Die Fenster der Villa waren am Abend hell erleuchtet und Dieter Glanz erfuhr von allen Seiten Zuspruch. Die Lichter spiegelten sich in den kräuselnden Wellen des Pools. In allen Zweigen der Bäume hingen Lampions. Im Rasen steckten brennende Fackeln. Köche mit hohen weißen Mützen grillten Lachs, Garnelen und Krabben. Frische Würstchen und Rindersteaks brutzelten auf dem Rost.

Andy ließ sich eine lange Wurst in ein Brötchen packen und biss herzhaft davon ab. Er schämte sich ein wenig für seine Heldentat, jetzt, wo er die Auswirkungen betrachtete. Heiner bemerkte es nicht einmal, als Andy den Namen »Arnemann« im Gespräch mit ihm aus Versehen mit dem gleichen Akzent aussprach wie am Telefon. Es amüsierte ihn und machte ihm zugleich Angst, denn als Staatsrevisor hatte er auch Auskunft über seinen Anteil des zu erwartenden Vermögens gegeben. Das Einzige, was ihn beruhigte, war Dieters dankbares Lächeln an einen echten Freund.

Eva Wendler, die wieder ein weites ausladendes Kostüm trug, um ihren übergewichtigen Körper etwas schmeichelfhafter erscheinen zu lassen, gab das Motto des Abends aus. »Ich bleibe bei Hummer und Kaviar. Eigentlich bräuchte ich überhaupt nichts anderes mehr zu essen.«

»Aber Sie können es sich leisten, überhaupt nichts anderes zu essen, meine Liebe«, säuselte Gloria, die natürlich das attraktivste Kleid des Abends trug. »Ihr solltet Dieter dankbar sein, dass er euch zeigt, was man mit Geld alles anfangen kann.«

Andy beobachtete, wie Nadja sich demonstrativ zu Grünlich setzte, aber der beachtete sie nicht. Er fragte sich, warum Nadja das tat? Was war an Grünlich dran? Warum ließ sie sich so einspannen? Sie danach zu fragen, das traute er sich nicht. Leon Grünlich starrte weiterhin finster vor sich hin. Das belauschte Gespräch schien ihm keine Ruhe zu lassen, auch der General konnte ihm seine Sorgen nicht nehmen. Hajo Novak versuchte, auf der Gitarre die Akkorde eines alten Kinderliedes zusammenzubekommen und musterte Nadja:

»Was willst du denn mit dem, Schätzchen? Ist der Vorrat an Menschen aufgebraucht?« Er deutete auf Grünlich, mit dem er noch eine Rechnung offen hatte. Plötzlich stellte er seine Gitarre beiseite, zog eine Pistole und zielte auf Grünlich. Die anderen Partygäste riss es augenblicklich aus ihrer alkoholseligen Lethargie. Sie sprangen erschrocken auf. Immerhin hatten sie ein Leben in Luxus vor sich, da ließ man sich nur ungern kurz vorm Ziel erschießen.

Hajo drückte entschlossen den Abzug, zündete sich an der emporzüngelnden Flamme eine Zigarette an und bog sich vor Lachen. Isa, halb betrunken, streichelte ihn zärtlich. Ihr Mann überraschte sie. Er ließ Leon Grünlich nicht in Ruhe, das gefiel ihr, das machte ihn in ihren Augen erst zum richtigen Mann, der es verdiente, mit ihr zusammenzuleben. Sie war zur Nymphomanin geworden. Hajos müdes Sich-treiben-Lassen hatte sie regelmäßig in die Arme anderer Männer getrieben. Nur in solchen Momenten wie heute Abend bekam sie Lust auf ihren Mann.

Glanz trat ans Buffet neben Heiner. »Unser Freund Grünlich hat Liquiditätsprobleme«, flüsterte er. »Kann nicht bis zur Auszahlung vom Investment warten. Will

Anteile verkaufen. Wie wär's? Noch kurz vorm Countdown ein kräftiger Schluck aus der Pulle?«

Heiner war überrascht von dieser schnellen Gelegenheit! »Woher nehmen und nicht stehlen? Die Steuern fressen einen auf«, wich er aus.

»Sag ja oder nein! Aber sofort!«, forderte ihn Glanz in scharfem Ton auf.

Heiner zögerte; ein kräftiger Schluck aus der Pulle? Jetzt, kurz vor der Auszahlung? Er zitterte vor Gier.

Unterdessen war es Nacht geworden, und die Köche flambierten auf der Terrasse Desserts. Hajo spielte auf der Gitarre und sang ein melancholisches Lied, während die anderen ihre Teller mit delikaten Tapas füllten.

Andy ging Nadja, die sich etwas abseits in den dunklen Garten verdrückte, nach. Plötzlich flammte neben ihm in einem Fenster der Villa ein Licht auf. Andy sah, wie Glanz zusammen mit Grünlich sein Arbeitszimmer betrat. Als Glanz flüchtig aus dem Fenster blickte, presste sich Andy an die Wand, um nicht von Dieter Glanz gesehen zu werden. Er konnte die Stimmen der beiden im Garten gut hören.

»Ich mach mir Sorgen! Können wir ganz offen reden?«, fragte Grünlich.

»Reden wir offen«, sagte Glanz.

»Ich mach mir Sorgen, dass ich zu viel bei dir investiert und meiner Firma zu viel Liquidität entzogen habe.«

Glanz blieb kühl. »Kann mich nicht erinnern, dich je aufgefordert zu haben, Anteile zu erwerben. Du ...«

»Nein. Hast du nicht.«

»Die Möglichkeit habe ich dir eingeräumt, aber dir völlig frei gelassen, wie viel du ...«

Grünlich fiel Glanz wieder ins Wort. »Ja, weiß ich. Ist mir klar. Weiß ich alles.«

Auf einmal stand Nadja im Dunkel des Gartens Andy gegenüber. Stumm blickten sich die beiden an. Andy war verwirrt. Wie aus weiter Entfernung hörte er dem Gespräch zwischen Glanz und Grünlich weiter zu. Nadja sah ihm in die Augen. Es war nicht der ablehnende, neutrale Blick. Sie hatte geweint. Plötzlich schlang sie die Arme um Andys Hals und küsste ihn zärtlich. Wie aus weiter Ferne hörte Andy das Gespräch zwischen Glanz und Grünlich.

»Und? Was möchtest du nun?«, fragte Glanz.

»Die Hälfte zurück. Wenigstens die Hälfte. Drei Millionen. Ist das möglich?«

Glanz blieb kühl. »Deine Entscheidung. Willst du die Summe in bar oder als Scheck? Wenn es Schwarzgeld war, sollten wir besser keinen Scheck ...«

»Du hast drei Millionen bar im Haus? Hier?«, fragte Grünlich.

Achselzuckend ging Glanz zum Wandsafe hinüber und gab den Code ein. Seine Miene war angespannt. Seine Hand zitterte leicht.

»Ist schon in Ordnung! – Komm, vergiss es!«, winkte Grünlich ab.

Nadja und Andy sanken vor dem Haus eng umschlungen zu Boden. Vom Blattwerk der Pflanzen halb verborgen, ließen sie ihren unterdrückten Gefühlen freien Lauf. Andy knöpfte hastig ihre Bluse auf, und sie umschlang seine Hüfte mit ihren Beinen.

Im Büro wischte sich Grünlich den Schweiß von der Stirn. »Herrgott, Dieter! Musst mich doch auch verstehen. Lass den Safe zu! Ich brauch keine Beweise.«

Glanz schloss die angelehnte Safetür wieder. Draußen

fegte ein Windstoß durch den Garten und über die Terrasse und ließ Tischtücher und Lampions heftig flattern. Als ein warmer Sommerregen einsetzte, richtete sich Andy schwer atmend auf, linste ins Zimmer und hörte die markante Stimme von Glanz. »Faktor 13. Eintausenddreihundert Prozent!«

»Das ist doch unmöglich!«, staunte Grünlich.

»Ist möglich!«, bestand Glanz auf seinem Angebot.

»Du willst mir sagen, dass du, wenn du deine Öl-Milliarden endlich aus Skandinavien rausbekommst, mir das Dreizehnfache von dem zahlst, was ich dir gegeben habe?«

»Ja«, bestätigte Glanz, als wäre es das Selbstverständlichste auf der Welt.

Die beiden schüttelten sich die Hände. Grünlich wirkte wie berauscht.

Die Gäste flüchteten vor dem Regen in die Villa. Nadja strich ihre Bluse glatt, auch sie hatte ein paar Gesprächsfetzen mitbekommen. Andy wollte sie umarmen, doch sie wehrte ihn ab und rannte davon.

Andy war total aufgewühlt. Aus Nadja wurde er nicht schlau. Gerade hatten sie sich noch geliebt wie nie, und nun?

Die Vorhänge wehten im Durchzug, und Andy konnte erkennen, wie Glanz Grünlich zur Tür begleitete. Als er allein war, schaltete er das Licht aus, doch dann zögerte er plötzlich und trat ans Fenster. »Hab ich doch vermutet, dass da wer ist. Komm unter's Vordach, sonst wirst du nass.«

Andy fühlte sich ertappt. Das zweite Mal an diesem Abend.

Glanz goss sich Wein ein. »Auch einen Schluck? Reichtum ist wie Meerwasser. Je mehr man davon trinkt, desto durstiger wird man.«

Andy trat vorsichtig an das Fenster heran, so als wolle er erst einmal testen, ob Glanz ihn beim Lauschen beobachtet hatte. Heiser fragte er: »Kann ich auch …«

»Was?«, fragte Glanz

»Noch mehr bei dir anlegen.«

»Du hast doch gar kein Geld«, stellte Glanz fast ein wenig erschrocken fest.

Bebend vor Aufregung ergänzte Andy: »Das treib ich schon auf. Faktor 13!«

»Nein! Hör auf!«, befahl Glanz schroff. Verächtlich und beinahe traurig musterte er ihn, setzte sich dann plötzlich erschöpft in einen Sessel und verdeckte sein Gesicht mit der Hand, als würde er sich schämen.

»Wieso willst du mein Geld nicht, und von einem wie Grünlich nimmst du es? Wieso? Ich denke, wir sind Freunde?«, fragte Andy erregt.

Glanz blickte ihn mit glasigen Augen an und gab ihm keine Antwort. Sein Gesicht war aschfahl. Würde er jetzt Andy die Wahrheit sagen, alles würde zusammenbrechen. Glanz hörte Andy weiter auf ihn einreden, und hielt sich mit beiden Händen die Ohren zu.

Die ersten Sonnenstrahlen schossen über die blau gezackten Berge, und die Luft war erfüllt von der salzigen Frische des Meeres. Im Radio kündigte ein aufgedrehter Moderator einen besonders heißen Tag an. Andy lief frisch geduscht und sommerlich gekleidet die breite Holztreppe herunter. In der Küche kümmerte sich das spanische Hausmädchen um das Frühstück, briet Eier und schnitt frische Tomaten und Petersilie. Es roch nach Cappuccino und frischem Baguette. Draußen auf der Terrasse tuschelte Nadja mit Grünlich. Als sie Andy sah, lief sie schnell auf ihn zu. Noch ehe er etwas sagen konnte, presste sie es förmlich aus sich heraus.

»Was da gestern Abend passiert ist, ist passiert. Aber es hat nichts zu bedeuten, klar? Du warst scharf auf mich und ich …«, sie machte eine vage Geste, »es gab eine Gelegenheit. Das war's. Aber es wird sich nicht wiederholen! Klar?«

Ohne seine Antwort abzuwarten, ging sie rasch hinaus. Andy schaute ihr konsterniert hinterher. Nadja wurde ihm immer rätselhafter. Gestern Nacht hatte er noch den Eindruck, dass ihre Zuneigung tiefer ging. Doch Nadja war in der Nacht zur Besinnung gekommen. Der Grund für ihre Leidenschaft war ihr Wunsch gewesen, sich in Andys Armen geborgen zu fühlen, ihre Sehnsucht, auch mal einer heilen Familie anzugehören. Nun sah sie wieder den Schwager, die Schwester und ihr eigenes Ziel, ganz schnell mit einem wohlhabenden Mann eine eigene Familie zu gründen.

Jutta überquerte eilig den Flur und betrat das Arbeitszimmer, in dem Glanz reglos hinter dem Schreibtisch saß. Das Telefon klingelte wieder. Glanz machte keine Anstalten, abzuheben. Jutta ließ die Tür offen stehen. Sie deutete auf das Telefon.

»Die Bank vermutlich. Dr. Teubner will Sie dringend sprechen. Er hat kurzfristig Ihren Überziehungskredit erweitert, weil sonst ein paar Schecks geplatzt wären.«

»Dann verdient die Bank ja wieder ein Schweinegeld an mir«, antwortete Glanz, ohne aufzublicken. Jutta öffnete den Safe, um eine Akte abzulegen. Der Safe war vollkommen leer, aber Andy, der durch den Garten herangekommen war, um Glanz nochmal auf das Investment und Faktor 13 anzusprechen, hatte sich, als er merkte, dass Glanz beschäftigt war, bereits abgewandt. So bekam er nicht mit, dass der Safe, aus dem Glanz am Vorabend für Grünlich Millionen hatte herausnehmen wollen, leer war.

Es blieb Andy nicht mehr viel Zeit. Er bekam Dieter Glanz einfach nicht allein zu sprechen. Ein Termin nach dem anderen machte den Mann unabkömmlich. Auch Heiner sah ihn nur für eine Stunde. Die anderen vertrieben sich die Zeit mit Stadtbesichtigungen oder suchten nach Anlageobjekten, die sie sich nach der Auszahlung zulegen wollten. Seinen ersten Besuch in Mallorca verbuchte Andy trotzdem als Erfolg. Er hatte wichtige Investoren kennengelernt. Seine Kontakte gestalteten sich erstklassig. Er war sich ganz sicher, dass Nadja so schnell nicht wieder bei ihnen auftauchen würde. Sie hatte das nächtliche Liebesspiel vermutlich schon vergessen. Er nicht. Er hatte seine Frau betrogen, und das belastete ihn. Aber zugleich empfand er große Zuneigung zu Nadja und sehnte sich nach ihrer Nähe.

An einem Vormittag, gut zwei Wochen nach der Mallorca-Reise, traf Andy Schroth mit einer Reisetasche bei Dieter Glanz im Büro ein. Jutta lächelte ihn an, und eine junge Frau in einem Stewardess-Outfit brachte ihn in das Konferenzzimmer. Glanz saß auf seinem Thron und surfte an seinem Notebook im Internet.

»Komm nur rein, Andy. Ich habe gehört, du hast was Schönes mitgebracht?«

»Habe ich«, sagte Andy.

Andy stellte die Tasche auf den Konferenztisch und zog den Klettverschluss auf. Dann hob er die in Bündel verpackten Anderthalbmillionen aus der Tasche und legte sie feierlich auf den Tisch.

Glanz stellte das Notebook beiseite. »Na, ist es so schwergefallen? Man muss es nur wollen. Aus dem kleinen Häufchen mache ich jetzt fünfmal so viel.«

»Ja. Für mich … ist es das erste Mal, dass …«, war Andy leicht verunsichert.

Jutta kam mit einem Geldkoffer ins Zimmer. Glanz nickte kurz. Sie steckte die Bündel in den Koffer und verließ die beiden lächelnd.

»Und weg sind sie!«, freute sich Glanz.

»Aber sie kommen ja bald wieder!«, freute sich nun auch Andy.

Glanz nahm ihn in den Arm. »Mit Sicherheit. Andy, ich hatte es im Gespür, dass du zur Glanz-Familie passt.«

»Ich meine, wenn das alles funktioniert, wie du es sagst, dann bin ich bald mit der doppelten Summe bei dir«, versprach Andy.

»Jetzt warte erst mal ab. Es ist ja nicht so, dass ich ständig Anteile frei habe. Da muss erst wieder so ein Angsthase aussteigen. Nicht jeder ist zum Investor geboren. Aber ich denke als Erstes an dich.«

»Klasse, Dieter! Danke!«, freute sich Andy.

»Ich habe jetzt noch einen Termin. Pipelineproduzent, großes Unternehmen, wollen in meine Ölschürfrechte investieren. Wenn du mich dann entschuldigst.« Glanz führte Andy zur Tür.

»Kein Problem Dieter. Äh …«

Glanz öffnete die Tür.

»Herr Glanz«, bat Dr. Engels um Aufmerksamkeit, der bereits mit Unterlagen wartete.

Andy gab Glanz flüchtig die Hand und lief etwas irritiert an Jutta vorbei, die ihm zulächelte. »Ihre Einzahlungsbestätigung!«

Andy nahm das Schriftstück in dem Bewusstsein an, dass er gerade den höchsten Betrag seines bisherigen Lebens in eine Risikoinvestition des Dieter Glanz getätigt hatte. Mit einem etwas flauen Gefühl verließ er das Gebäude.

# Kapitel 6

Es war ein dunkler Regentag, typisch für Hamburg. Die Dämmerung in den Straßen geriet zu einer einzigen Großstadtmelancholie. In der Abteilung für Wirtschaftsstrafsachen tickerte der Fernschreiber. Die Kriminalbeamtin Renate Behrend nahm das Telex an sich und brachte es in den nächsten Raum, der wie alle Behördenräume in kaltes Neonlicht getaucht war und in seiner Einheitsausstattung mit konformen Schränken, genormten Schreibtischen und Stühlen keinen Anflug von Luxus oder Gemütlichkeit aufkommen ließ. Oberstaatsanwalt Dr. Sasse las das Telex sofort. Behrend beobachtete die straffen Gesichtzüge, die korrekte Körperhaltung und die zusammengekniffenen Augen, schaute auf das blau gestreifte Hemd mit grauem Schlips, den grünen V-Pulli und das Tweedsakko und fragte sich, ob Sasse diesmal zuschlagen würde. »Irgendwas stinkt doch an der Sache«, bemerkte Behrend.

»Ich könnte es nicht besser ausdrücken, aber bisher hat noch jeder seine Anzeige gegen Herrn Glanz bald wieder zurückgezogen. An den Kerl ist nicht ranzukommen, und die paar Jahre bis zu meiner Pensionierung habe ich noch eine Menge vor und absolut keine Lust, die Zeit mit diesem Glanz zu vertrödeln.«

Er griff nach seinem Talar und ging hinaus. Achselzuckend steckte Frau Behrend das Telex in eine schmale Akte mit dem Aufdruck »Dieter Glanz«.

Im Haus von Andy Schroth waren die Pläne genauso aufgegangen, wie es sich der junge Makler vorgestellt hatte. Sabine überraschte ihn jeden Tag mit neuen Möbel- und Einrichtungsstücken und plante weit über die nähere Zukunft hinaus. In der Nacht konnte Andy wieder nicht schlafen. Er starrte das Dunkel an, als bildete sich darin das noch fehlende Geld für die nächsten Investitionen. Neben ihm richtete sich plötzlich Sabine auf.

»Kannst du nicht schlafen? Ist was?«, fragte sie.

Andy verdrängte rasch seine Befürchtungen. »Nein. Wieso? Manchmal male ich mir halt aus, wie es sein wird. Stell dir vor, so viel Kohle zu haben, dass du nie wieder arbeiten musst.«

»Was tust du dann den lieben langen Tag? Ich arbeite gern.«

»Ja, aber du müsstest nicht! Das ist der Unterschied. Nie mehr was müssen! Und keiner darf dir mehr ungestraft ans Bein pinkeln«, sagte Andy.

Sabine legte sich wieder hin und schloss die Augen. »Schön wärs.«

Andy stand auf und tappte durch das Dunkel in das Treppenhaus hinaus, schaltete unten in der Diele den blinkenden Anrufbeantworter an und ging in die Küche, um sich ein Glas Whisky einzugießen. Er hörte die Stimme seines Kollegen Joern. »Andy? Keine Ahnung, wo du steckst, aber ruf mich doch mal an. Du hast versprochen, das Geld würde diese Woche kommen. Ich brauch es. Dringend. Also, melde dich! Bitte!«

Andy zögerte erst ein bisschen, denn Joern machte ihm deutlich, dass er bald auszahlen musste. Und er wusste, dass das Geld noch nicht da war. Joern machte ihm Druck, nicht Glanz. Er ließ das Glas stehen und trank aus der Flasche.

Am nächsten Tag traf sich Andy noch einmal mit seinem Vater in der Weinhandlung. Diesmal bat der Vater um das Treffen. In einer stillen Ecke des Geschäftes offenbarte der ihm: »Ich hab unseren Hauswirt angepumpt und ihm versprochen, dass ich bis Jahresende alles zurückzahle. Ab Januar kriegt der dreißig Prozent Zinsen.«

»Dreißig Prozent? Das ist ja Wucher!«

»Aber du hast doch gesagt, spätestens Weihnachten sei das Geld da. Dann ist doch kein Risiko dabei.«

Andy nickte und wollte sich am liebsten gar nicht mehr äußern. Sollte er seinen Vater jetzt zur Vorsicht raten? Ausgerechnet er, der ihn ja erst ermutigt hatte, ihm sein Geld zu überlassen. Er sah seinen Vater an, der ihm nun hundertprozentig zu glauben schien. Und plötzlich überwältigte ihn ein Gefühl der Besorgnis. Es überkam Andy regelrecht, dreißig Prozent Zinsen würde sein Vater ab Januar zahlen müssen. Andy wurde übel.

In der Einliegerwohnung über den Geschäftsräumen der Glanz Financial Group im Harvestehuder Weg beendete der für die Vorbereitungen engagierte Starkoch sein Menü und verteilte alles auf die Wärmebehälter des Menüwagens. Jeden Moment musste der neue Großanleger eintreffen. Immerhin acht Millionen sollten in die Hände von Dieter Glanz fließen. Wie immer hatte er sich eine detaillierte Liste aller Vorlieben seines Kunden von einer Detektei anfertigen lassen, bei der man ihn nur unter einem Decknamen kannte. Auf diese Weise hatte er noch jeden neuen Anleger mit seinem Wissen beeindrucken können, der durch das Ritual des gemeinsamen Lieblingsmenüs in den Kreis der Begünstigten aufgenommen wurde. Erst letzte Woche hatte sich Glanz auf einen Schweizer Anleger vorbereitet, der sich als Sammler alter Whiskysorten spezialisiert hatte, vier Rennpferde rund um den Globus schickte und mit zwei Frauen zusammenlebte, die nichts voneinander wussten. Ein irisches Buch über Whisky, die Rennberichte, eine Abhandlung über Rennpferde und ein paar Seiten aus Casanovas Memoiren hatten Glanz genügt, um den Anleger für sich einzunehmen. Am Ende des Abends war der Gast der Meinung gewesen, wie viele vor ihm, er hätte mit einem Bruder im Geiste diniert. 4,8 Millionen hatte Glanz als Dank für seine Bemühungen in bar kassiert und sie in die kleine handgefertigte Elfenbeintruhe geschoben, die er für diesen Zweck neben dem Tisch stehen hatte. Nun warf er einen flüchtigen Blick in die kleine Truhe, die wie ein hungriger Schlund nach erneuter Fütterung verlangte.

Der Gourmetkoch steckte das Bündel Tausender ein und grüßte zum Abschied seinen Gönner, der sich regelmäßig und zu allen Festen von ihm bekochen ließ. Als Anleger schien der Koch noch nicht zu gebrauchen zu sein, was er verdiente, gab er wieder aus. Und er legte Wert auf Barzahlung. Glanz wollte ihn demnächst ermahnen, nicht so leichtfertig mit seinem Geld umzugehen, denn es wurde Zeit, dass der Starkoch sich ein eigenes Nobelrestaurant zulegte. Es wäre eine gute Gelegenheit gewesen, ihn dafür bei Dr. Teubner einen Kredit aufnehmen zu lassen, den Glanz natürlich gern verzehnfacht hätte. Aber all das vergaß er ganz schnell, als wenig später Jutta an der Tür klopfte und den erwarteten Anleger aus Berlin vorstellte. Ein breitschultriger, groß gewachsener Mann im Armani-Anzug mit Einstecktuch kam mit festem Schritt auf Glanz zu.

»Wie schön Sie zu sehen, Herr Schopfner«, begrüßte ihn Glanz mit Handschlag.

»Freut mich auch.«

»Nehmen Sie doch bitte Platz. Einen Petrus 1989, Pomerol?«

Schopfner schaute sich die Flasche an, die Glanz ihm vorhielt.

»Oh, ein edler Tropfen. Wir schätzen die gleichen Weine, den habe ich auch nicht alle Tage.«

»Besondere Tage sollen sich auch durch besondere Weine auszeichnen. Ich habe ihn bereits dekantiert. War heute noch unterwegs, musste noch zwei Dalís vermitteln, da präsentierte mir mein Weinhändler das Fläschchen. Er bekam letzte Woche Zweihunderttausender Rendite von seiner Anlage zurück, das Urlaubsgeld.«

»Salvador Dalí?«, fragte Schopf interessiert nach seinem Lieblingsmaler.

»Ja, ich habe gesammelt. Mehr oder weniger. Ich habe meine Bilder gerade heute Morgen an einen texanischen Milliardär verkauft«, erzählte Glanz, während er die Grünkern-Spargel-Vorsuppe auftat.

»Nicht schlecht. Und die beiden Bilder?«

»Die gehörten dazu. 35 Bilder fliegen jetzt nach Texas. Tja, Ölmilliardär. Wir kennen uns durch mein Skandinavien-Geschäft. Ich mache ja auch in Öl.« Glanz hielt sich den Zeigefinger auf den Mund: »Diskretion.«

»Natürlich. Ich finde es beeindruckend, wenn sich Leute wie Sie mit Kunst beschäftigen.«

»Es waren zwei schöne Bilder. Und selten. ›Der Leuchtturm von Alexandria‹ von 1954 und ›Die Elefanten‹ aus dem Jahr 1948. Beide in Privatbesitz. Anleger kennen Anleger, verstehen Sie, sonst wäre ich an die Stücke nicht herangekommen. So ist das bei mir.«

Schopfner schlürfte seine Suppe. »Vorzüglich. Nicht nur

die Suppe. Man hat mir nicht zu viel versprochen, als man mir von Ihnen erzählte.«

Glanz griff ebenfalls zum Löffel. »Mir fehlt die Zeit für mehr als ein Hobby. Ich werde jetzt eine Sammlung hochpreisiger Weine anlegen.«

»Großartig. Ich sammle schon lange, vielleicht kann ich Sie beraten.«

»Gern. Über ein paar gute Drähte bekomme ich fünf Flaschen Chateau Lafite 1787«, sagte Glanz und tupfte sich die Lippen mit der Serviette ab.

»Fünf! Das ist ein Vermögen.«

»1985 bei Christies 241 000 DM pro Flasche«, bestätigte Glanz, der sich in den letzten Tagen sowohl in eine Dalí-Gesamtausgabe als auch in ein Weinkenner-Buch vertieft hatte.

»Was planen wir nach dem Essen?«, fragte Schopfner.

»Ich kenne da eine Adresse. Sagt Ihnen Comtesse Purpur etwas?«

Glanz schaute nicht zu Schopfner, wusste aber genau, dass dem fast die Augen herausfielen.

»Nein, kenne ich nicht«, log Schopfner.

Doch Glanz wusste von seinen Besuchen in diesem Luxusbordell.

»Aber ich stehe neuen interessanten Erlebnissen immer sehr offen gegenüber.«

»Freut mich zu hören«, sagte Glanz und nahm noch einen Löffel voll von der Suppe.

»Sind Sie einverstanden mit einer Übergabe meiner Einlage in bar? Ich misstraue Überweisungen«, sagte der Anleger, als wäre es Zeit, die lästigen acht Millionen loszuwerden.

»Geht mir genauso. Kein Problem. Wir arbeiten mit einer Security-Firma zusammen, die unser Geld zuverlässig transportiert«, erzählte Glanz.

»Ich möchte, dass außer uns beiden niemand etwas davon erfährt. Auch ihre anderen Anleger nicht. Ich höre mich mal bei Ihnen um, mehr nicht. Vielleicht steige ich irgendwann ein. Das muss als Legende reichen. Es existieren zu viele Neider. Gerade in Berlin.«

»Geniale Strategie«, lobte Glanz. »Diskretion ist Ehrensache, auch ich kämpfe ständig gegen Neider an. Verleumdungen können einen Ruf schnell zerstören.«

»Wussten Sie eigentlich, dass Südafrika ein wunderbares Land mit tollen Möglichkeiten ist. Ich besitze da mehrere Farmen. Und was das Schöne ist, sollte man mal in Schwierigkeiten sein, liefern die nicht aus, wenn man es richtig anstellt«, erzählte Schopfner grinsend.

»Erzählen Sie Genaueres.« Glanz hob den Deckel des Servierwagens an. »Filet vom Rind mit Seiblingen in Weinsauce.«

Fast schon entschuldigend sagte Schopfner: »Perfekt. Ich mag das Einfache beim Essen. Schenken Sie ein, Herr Glanz, ich glaube, wir machen noch viele Geschäfte zusammen.«

Sie prosteten sich zu, Schopfner erzählt von Südafrika und Glanz freute sich über den dicken Fisch.

Weihnachtsmänner in den Auslagen und Lichterketten über den Straßen kündeten vom bevorstehenden Fest. Kälte und Nebel bestimmten das raue Klima in der Hansestadt. Der Duft der Bratäpfel, des Glühweins sowie die überall präsente Weihnachtsmusik sorgten für den passenden Ausgleich in der Stimmung der Menschen. In den Einkaufsmeilen herrschte Hochbetrieb, wie jedes Jahr priesen die bunt gestylten Werbebotschaften die wichtigsten und schönsten Geschenkideen zum Jahresausklang an. Und auch Andy hatte eine Wunschliste zusammengestellt. Zwar hatte ihn bereits im Oktober eine Mitteilung von Glanz kurz geschockt, doch er hatte sie schnell als bedauerliche Panne abgetan. In dem Fax, das alle Anleger von Glanz bekommen hatten, stand: »Zwar wurde das Investment von Lars-Peter Arnemann-Paulsen inzwischen freigegeben, zur Auszahlung ist aber die Gründung der Global-Private-Bank in London unumgänglich. Ich hatte gehofft, bis Mitte November …«

Und wie ein kleines Trostpflaster hatte Dieter Glanz im gleichen Fax zur Disco-Fete im Partykeller der Glanz Financial Group an Nikolaus eingeladen.

Im Keller des Bürogebäudes am Harvestehuder Weg besserte sich die Stimmung in Sekunden. Man kannte sich, vertröstete sich gegenseitig und lauschte den Beschwichtigungen des Chefs persönlich. Glanz hielt sich nicht lange mit Entschuldigungen auf. Den lästigen Papierkram zur Gründung der Bank erledigte Dr. Engels und der arbeitete Tag und Nacht mit seinen Kollegen, die Glanz ein Vermögen kosteten, an einer schnellen Lösung. Glanz verzichtete großzügig darauf, Vorschüsse für die Gründungskosten der Bank zu verlangen. »Für meine Anleger übernehme ich die Kosten als Weihnachtsgeschenk!«, verkündete er.

Jubel brach aus und die Champagnerkorken knallten. Hajo übernahm die erste Runde auf seine Kosten.

Andy und Sabine tanzten ebenso wie Heiner, Hajo, Isa und all die anderen zur Mottoparty die »Wilden Siebziger« in den Klamotten des Hippie- und Disco-Jahrzehnts. Einrichtung und Ausstattung waren von Gloria und Dieter Glanz persönlich ausgesucht worden. Alles stimmte, die Discokugel an der Decke, der künstliche Nebel und die dröhnenden Boxen mit der wummernden Musik der Rockgruppen und Schlagerstars, deren Texte die meisten mitsangen. Nadja und Jutta standen hinter dem Tresen und sorgten für die Getränke.

Andy sprach Glanz an: »Riesenparty, Dieter. Meinst du, dass wir …«

»Weihnachten bist du Millionär. Ich habs vom Weihnachtsmann persönlich«, versprach Glanz.

»Ein Näschen für Geschenke hat er auch«, freute sich Heiner.

Gloria tanzte im Glitterkleid anmutig nach Leo Sayers »The Show Must Go On«, und Hajo versenkte kleine Pullis beim Wetttrinken mit dem General. Isa schäkerte schon seit einiger Zeit mal mit Alfi und mal mit Schopfner, der seine acht Millionen in guten Händen wusste.

»Könnte ich eventuell von dir eine Flasche Chateau Lafite 1787 kaufen?«, fragte er Glanz vertraulich.

»Eine halbe Million und ich besorge dir vier Stück davon? Schnäppchenpreis. Kleine Anzahlung einhunderttausend?«

»Kein Problem. Lass mich deine Flaschen mal anschauen.«

»Ähm, ja. Die sind auf meinem französischen Gut. Gib mir Zeit bis nach Weihnachten«, antwortete Glanz.

Die Stimmung wurde immer ausgelassener und die ganze Truppe marschierte nun angeführt von Leon Grünlich in der Polonaise durch den Partykeller.

Glanz stand hinter der Bar und schenkte sich ein Bier ein, und Schopfner setzte sich auf den Partyhocker vor ihn. Glanz reichte ihm ein Glas Wein.

»Wir feiern Weihnachten in Frankreich«, log Glanz. »Und lass es die anderen nicht wissen.«

»Ich bringe dir morgen eine kleine Anzahlung vorbei für das Fläschchen.«

Schopfner trank seinen Wein und grinste zufrieden. Isa näherte sich, und die beiden Männer begannen über Dalí zu plaudern.

Ausgelassen feierte die Gemeinde den Reichtum, der sie bald überschwemmen würde. Alfi schwärmte betrunken von Isas unglaublichen Ringfingern, auf die unbedingt ein paar Brillanten gehörten. Uschi, Hajo und Heiner sangen wehmütig im Hintergrund »Goodbye, my love, goodbye«.

Eva Wendler tanzte den Tränen nah mit Tommy eng umschlungen in der Mitte des Raumes. In der hinteren Ecke schmuste Nadja mit Grünlich auf der alten Couch. Andy krächzte zum Falsettgesang der Bee Gees »Ah, ah, ah, ah, stayin alive, stayin aaaaa liiiiiiiiive ...«

»Paaarty«, Sabine bewarf Gloria mit einer Papierschlange, die Gloria auffing und sich um den Hals hängte, so dass sich Sabine ermutigt fühlte, sie anzusprechen. »Manchmal habe ich Angst wegen des Geldes.«

»Mein Mann hat alles im Griff.« Gloria wippte gelangweilt auf der Sesselkante. »Sie kennen meinen Mann zu wenig. Er hat nie Zeit, lässt niemanden an sich heran, immer steht er unter Strom. Sehen Sie doch, ständig sind Anleger um ihn herum. Er hat kein Privatleben mehr. Geld ist immer ein Versprechen auf die Zukunft. Sie wollen es schöner haben, ich will es schöner haben, wir alle wollen das. Deswegen brauchen wir ja mehr davon. Und mein Mann beschafft es uns.« Gloria tanzte versunken in die Melodie von Nazareths »Dream on« davon.

Sabine biss sich auf die Lippen. Vielleicht hatte sie tatsächlich zu viel Angst. Sie zog Andy auf die Tanzfläche. Morgens um vier Uhr ließ Glanz die zufriedene Truppe mit Taxen nach Hause fahren. Im Handgepäck befand sich für jeden ein abgepackter Rollmops in einem Firmenkarton der Glanz Financial Group für das Katerfrühstück. Keiner rechnete damit, zu Weihnachten ein Problem zu bekommen. Sogar einen Tag nach der Feier versicherte Glanz per Glückwunsch-Fax: »... ausgezahlt wird auf jeden Fall noch vor Weihnachten.«

Andy glaubte bis zum 23.12. an ein sorgenfreies Fest. Es kam anders. Und so schwebten die nicht ausgezahlten Gelder wie das Damoklesschwert über dem Weihnachtsbaum. Sabine kam in letzter Sekunde auf die rettende Idee. Mit selbst geschriebenen Geschenkgutscheinen als Versprechen einer goldenen Zukunft wollte sie die paar Wochen bis zur Auszahlung risikolos überbrücken.

Die ersten Wochen des neuen Jahres 2006 war Glanz nicht zu erreichen, und im Februar schrieb er: »... bis spätestens Anfang März hoffe ich alle auszahlen zu können«. Sabines Gutscheine verschwanden sang- und klanglos. Und spätestens als im Schaufenster von Andys Frisörladen bereits eine Osterdekoration stand und an der Scheibe das große Schild: »Räumungsverkauf« auftauchte, wagte es Andy nicht mehr ans Telefon zu gehen. Sabine ließ den Anrufbeantworter den ganzen Tag an. Bald hörte sie ihn gar nicht mehr ab. Dauernd riefen besorgte Menschen an, die Andy Geld anvertraut hatten. Sabine wartete sehnsüchtig auf den für den 5. April definitiv angekündigten Auszahlungstermin. Doch auch der verzögerte sich plötzlich unerwartet. Diesmal waren für eine problemlose Auszahlung des Investments zahlreiche unerwartete bürokratische Hürden zu überwinden. Dieter Glanz bat um Verständnis für die dafür notwendige Zeit. Alles was er schrieb und sagte, klang sehr sachlich, seriös und nachvollziehbar. Es war zum Verzweifeln.

Andy stand vor der Wohnung seiner Eltern, die in einem gediegenen Mietshaus aus Backstein lag, wie es so typisch war für die gemütlichen Altbauten in Hamburg. Er klingelte, seine Mutter öffnete, ihr standen die Tränen in den Augen. Andy nahm sie in den Arm. Im Wohnzimmer fand er seinen Vater zusammengesunken in einem Sessel sitzend, während ein Gerichtsvollzieher die Einrichtung pfändete.

»Der ist schon Stammgast bei uns! Nicht mal die Vitrine, die ich von meiner Mutter geerbt habe, dürfen wir behalten«, klagte der Vater über die unwürdige Szene, die ihn zum Bettler machte. Was konnte es Schlimmeres geben, als die eigene Wohnung von fremden Menschen ausgeräumt zu bekommen, ohne sich dagegen wehren zu können?

Andy griff zum Telefon. »Ich habe mit Dieter Glanz gesprochen. Er …«

»Ja, ja! Versprechungen und nochmal Versprechungen«, fiel sein Vater ihm verbittert ins Wort.

Andy kamen die Tränen. Er schluchzte über das Elend, das er seinen Eltern angetan hatte. Der Gerichtsvollzieher ließ sich nicht stören, obwohl auch ihm nicht wohl zumute schien.

»Jetzt reg dich nicht so auf, Junge. Du hast ja selbst so viele Probleme. Nicht weinen! Komm«, tröstete ihn seine Mutter.

Selbst der Vater reagierte aufmunternd. »Andy! Kopf hoch!«

Im Juweliergeschäft von Alfi Baumer klingelte das Handy von Dieter Glanz. Der zögerte keine Sekunde und schaltete es aus. Er wollte sich bei wichtigen Geschäften nicht stören lassen und hakte Alfi Baumer vertraulich unter. Was Andy von ihm wollte, wusste er nur zu genau.

»Grünlich wäre bereit, Ihnen Anteile an seinem Investment bei mir in der Höhe der Summe, die er Ihnen schuldet, abzutreten. Einhundertzehntausend hat die Uhr gekostet. Bei Auszahlung bekämen Sie dafür das Sechsfache: sechshundertsechzigtausend.«

Alfi räusperte sich. Ganz im feinen Zwirn eines Hanseaten gab er sich distinguiert. Das Angebot kam sehr überraschend.

»Das ... das klingt ja ... absolut fantastisch.«

Mit einer kleinen entschuldigenden Geste verschwand er schnell in seinem rückwärtig gelegenen Büro, in dem seine Frau soeben den Telefonhörer auflegte.

Alfi versicherte sich mit gehetztem Blick, dass ihn Dieter Glanz nicht hören konnte.

»Der Anwalt? Und was sagt er?«

»Da könnte gar nichts schiefgehen. Er möchte selbst fünfhunderttausend bei Glanz anlegen«, flüsterte Uschi.

Alfi fiel ein Stein vom Herzen. Er hatte sich also doch nicht getäuscht. Glanz genoss den hervorragenden Ruf zu Recht. Und alle gegenteiligen Gerüchte gründeten wahrscheinlich auf Neid. Das kannte er zur Genüge.

Glanz breitete seine Arme aus. »Kommen Sie morgen mit nach London. Wir fliegen in die Finanzmetropole, Geld machen.«

»Ich?«, fragte Alfi erfreut und gab sich einen Ruck.

»Natürlich Sie. Entspannen Sie sich. Ich tue etwas für Ihr Geld. Wichtige Termine«, antwortete Glanz vergnügt.

Das Telefon klingelte, als Dieter Glanz die Straße überquerte. Glanz nahm ab. »Ach, Dr. Engels. Was? Schopfner? Nein, sagen Sie ihm, er bekommt seine Lafite-Flaschen, wenn ich die Echtheitszertifikate von der Prüfanstalt habe. Ich mache nur seriöse Geschäfte. Das dauert nun mal. Wie bitte? Tot? Schopfner ist tot? Na was für ein Pech. Ein Autounfall, soso. Tja, nein Unterlagen existieren bei uns nicht. Und wenn, dann sind sie in einer halben Stunde nie da gewesen. Wie Sie meinen. Genau genommen kannte ich den Herrn nicht. Er war auch nur zu einem Informationsgespräch bei mir. Bei der Kellerparty war er dabei, aber er hat nichts erzählt. Die anderen wissen nur, dass er dieses Jahr einsteigen wollte. Nein, Einzahlungen sind mir nicht bekannt. Ja, ist mir recht. Sie nehmen das in die Hand. Wiederhören, Dr. Engels.« Glanz legte auf. Er gedachte einen Moment lang des Dahingeschiedenen und nahm sich vor, ihm zu Ehren heute Abend eine Flasche Petrus zu leeren. Dr. Engels hatte die acht Millionen in die Schweiz transferiert und die Herkunft des Geldes so verschleiert, dass niemand mehr es aufzuspüren vermochte.

Im Amt für Wirtschaftsstrafsachen erreichte eine schmale Akte das Büro von Staatsanwalt Dr. Sasse. Sie wurde der inzwischen dick angeschwollenen Akte über Dieter Glanz beigefügt.

Im Vorzimmer saß der erfolgreiche Anleger und strich über seinen Oberlippenbart. Er hatte mit Glanz gefeiert, bei ihm investiert, bei ihm abkassiert und mit ihm spekuliert. Jetzt vermisste er eine größere Summe, auf deren

Auszahlung er seit Monaten vergeblich wartete. Dr. Sasse musterte den Besucher im Vorbeigehen und betrat sein Büro, wo Renate Behrend auf ihn wartete.

Sasse blickte zu dem Anleger herüber. »Und Satan führte Jesus auf einen Berg und wies ihm alle Reichtümer dieser Welt …«, murmelte er.

»Er fürchtet nichts mehr, als Glanz jetzt anzuzeigen. Weil er dann alles verlieren könnte«, seufzte Behrend.

Sasse zögerte einen Moment, dann bat er seine Sekretärin: »Verbinden Sie mich mal mit dem Finanzamt.«

Wenn in Deutschland einem Täter absolut nichts nachzuweisen war, wenn er immer wieder davonkommt, auch wenn genügend Tatsachen gegen ihn sprechen – auf eine Institution ist immer Verlass: das Finanzamt. Hier kehrt sich die Unschuldsvermutung um. Nicht die Behörde muss dem Beschuldigten die Schuld beweisen, sondern der seine Unschuld. Sogar Al Capone war am Ende am Finanzamt gescheitert und nicht an seinen vielen Auftragsmorden.

Am nächsten Tag fuhren inmitten des brodelnden Verkehrs der Londoner Rushhour Isa und Hajo Novak sowie Juwelier Alfi Baumer in einem Bentley mit edlen weißen Ledersitzen und Edelholzausstattung durch die City. Glanz saß vorn neben dem Chauffeur und parlierte über die zu erwartenden Investitionen. Misstrauisch schaute er auf das Display des klingelnden Handys. Jutta, seine Chefsekretärin, rief aus dem Büro im Harvestehuder Weg an. Sie sprach leise, fast verschwörerisch und schloss dabei die Tür zu ihrem Büro.

»Betriebsprüfung vom Finanzamt! Die stöbern hier überall rum und fragen dauernd nach irgendwelchen Unterlagen, die ich nicht habe.«

»Rufen Sie Dr. Engels an«, forderte Glanz sie auf.

»Der ist auf dem Tennisplatz!«

»Herrgott, ich zahle ihm ein Vermögen, damit er seinen Arsch bewegt!« Glanz legte auf; es tat ihm leid, dass er sich vor seinen Gästen dermaßen hatte gehenlassen. Den Fahrer dirigierte er zu einem Gebäude, an dessen Eingang zahlreiche Anwaltsschilder hingen.

»Da hab ich jetzt ein paar wichtige Termine. Wenn ihr mich bitte in zwei Stunden wieder abholen würdet.«

Der Wagen hielt und der Rest seiner Reisegesellschaft las interessiert die Namen auf den Schildern. Glanz griff nach seiner Aktentasche, stieg schnell aus und betrat das noble Gebäude, als liefe sein Besuchsprogramm in London nach einem strengen Terminplan ab.

Alfi blickte ihm bewundernd nach. »Haben Sie gesehen, wie der vorhin im Hotel empfangen wurde? Die Suite hat er das ganze Jahr durchgebucht. Da muss unsereins erst mal Atem holen.«

Isa lehnte sich flirtend an ihn, während der Bentley anfuhr. Alfi reagierte verwirrt. Hajo schaute weg und Isas schweres Parfüm stieg ihm in die Nase.

Glanz wartete im Treppenhaus, bis der Wagen außer Sichtweite war. Dann machte er sich auf den Weg, um ein paar Häuser weiter einen Mocca zu trinken. Er führte eine alte Dame über die Straße und stutzte plötzlich. In den Auslagen eines Spielzeuggeschäftes hatte er eine Kinderpost mit vielen Stempeln entdeckt. Sein Handy klingelte schon wieder. Diesmal erschien Andys Nummer im Display.

»Andy? – Nein, jetzt nicht! Ich bin in einer Besprechung.«

Glanz klappte das Handy zu und betrat den Spielzeugladen.

Im Maklerbüro der E. und V. Immobilien stritt unterdessen Andy mit seinen Kollegen Nicole und Joern. Der Ton geriet lauter als gewohnt und rief die Abteilungsleiterin auf den Plan. Als Andy sie herankommen sah, beeilte er sich, davonzukommen. Er beschleunigte seine Schritte. Joern war nicht zu beruhigen.

»Du hast gesagt: im November garantiert!«

»Ja, ich weiß«, antwortete Andy genervt.

Nicole holte ihn ein und stellte sich wütend vor ihn. »Ich weiß nicht mehr, wovon ich meine Miete bezahlen soll, ich …«

Andy schob sie beiseite.

»Meine Frau kann uns kaum noch was zu essen kaufen. Und ich habe Tinnitus«, rief ihm Joern hinterher.

Andy lief und lief, aber er wurde die Vorwürfe nicht los. Er fuhr sofort zu einem Besichtigungstermin, in der Hoffnung, seinen Kopf wieder klar zu bekommen. Der Stress drohte ihn umzubringen.

Auf dem Hamburger Golfplatz war die Welt noch in Ordnung. Hier puttete man gediegen die kleinen weißen Bälle, trank seinen Espresso und pflegte das Gespräch über geschäftliche Interessen.

Eva Wendler saß regungslos auf der Clubterrasse, als Heiner Kuntze ihr zuwinkte.

»Wollen wir? Was ist denn mit Ihnen? Sie sind ja ganz bleich«, fragte Heiner.

»Nichts von der Betriebsprüfung bei Dieter gehört? Glauben Sie, er hat etwas zu verbergen?«, ächzte Eva, während sie zum ersten Abschlag spazierten.

»Das ganze Land hat was zu verbergen. Aber Dieter ist bestimmt clever genug, dass ihm die Brüder vom Finanzamt nicht auf die Schliche kommen«, beruhigte Heiner sie und sich selbst.

Eva Wendler holte aus und verschlug ihren Ball.

»Ich kann mich gar nicht richtig konzentrieren. Da wird doch nichts den Bach runtergehen? Was machen wir dann?«

»Ja, pleite.«

Etwas abseits stand Grünlich hinter Nadja und hatte die Arme um sie geschlungen, um ihre Körperhaltung zu korrigieren.

Heiner ärgerte sich über diese Art der Schwarzseherei. »Haben Sie denn Ihre Probleme schon überwunden, Leon? Dieter hat mir auf Mallorca davon erzählt. Ich hab gern ausgeholfen.«

Leon Grünlich schaute erst Nadja an, dann Heiner, als empfände er diese Frage als die pure Frechheit. »Wobei ausgeholfen?«

Dann zog er Heiner Kuntze beiseite und sprach mit ihm im Gehen eine ganze Weile, ohne Nadja weiter zu beachten.

Die Folgen dieses Gesprächs führten Leon Grünlich und Heiner Kuntze am Abend zur Villa von Dieter Glanz. Gloria verließ gerade das Haus und wollte in ihren Sportwagen einsteigen, als Grünlich und Heiner auf sie zutraten. Wie die beiden Männer in der Dämmerung plötzlich vor ihr auftauchten, hatte etwas Bedrohliches, aber Gloria reagierte gelassen und ganz unbeeindruckt.

»Oh, my god! Habe ich eine Verabredung vergessen?«, fragte sie ganz unschuldig.

»Keine Sorge. Wir sind nicht verabredet«, knurrte Grünlich.

Gloria lächelte. »Ich kann Sie auch gar nicht rein bitten. Ich muss zu meinem Fitnesstraining.«

»Sie wirken verdammt fit«, bemerkte Grünlich

»Das soll auch so bleiben, Herr Grünlich. Darum, wenn Sie erlauben …«

Sie deutete mit der Hand auf ihren Wagen und Grünlich trat beiseite.

»Wir müssen unbedingt mit Ihrem Mann sprechen.«

»Der ist verreist, Herr Grünlich.«

»Es gibt da ein paar Dinge, die wir dringend klären müssen.« Heiners Stimme klang ungewohnt energisch.

»Aber die wollt ihr doch hoffentlich nicht mit mir bereden. Von den Geschäften meines Mannes habe ich nicht die geringste Ahnung.« Gloria schien sich zu amüsieren über die lästigen Besucher.

Grünlich ließ nicht locker. »Ich denke, Ihr Mann verspricht einem das Blaue vom Himmel, und dabei legt er einem ganz kaltblütig den Strick um den Hals.«

Gloria fixierte ihn kalt. Das war eine beleidigende Unterstellung und sie konnte nicht so einfach darüber hinweggehen. Sie öffnete die Tür zu ihrem Porsche, stieg ein und ließ die Fensterscheibe herunter.

»Das klingt fast so, als würden Sie ihn fürchten, Herr Grünlich.« Sie wandte sich an Heiner. »Wenn irgendwas nicht in Ordnung wäre, hättest du es doch längst rausgefunden, Heiner. Mit deiner Nase!«

Doch die Schmeichelei verfehlte ihr Ziel. Heiner reagierte nicht. Also versuchte Gloria, Grünlich zu schmeicheln. »Gescheite Männer segeln immer hart am Wind. Sie können nicht anders. Isn't it, Herr Grünlich? Mein Mann ist wagemutig, aber nicht tollkühn. Also machen Sie sich mal keine Sorgen. Meinen Sie, ich hätte zwei Kinder mit ihm, wenn ich denken würde, dass er ein Schwindler ist? Dann wäre ich schon längst über alle Berge. Verlassen Sie sich darauf.«

Beide Männer standen etwas ratlos vor dem Auto. Mit aufheulendem Motor schoss der Porsche davon.

»Guter Body. Aber eine kalte Schlange. Die Lady besteht aus Sumpfkieferholz«, murmelte Grünlich und blickte dem Wagen nach.

»Sumpfkiefer?«, wollte Heiner wissen.

»Das härteste Holz der Welt.«

Dieter Glanz widmete sich in einer Londoner Hotelsuite wichtigen Geschäftspapieren. Er füllte Belege aus. Gerade hatte er eine Zahlungsanweisung über 67 Millionen Pfund an die Glanz Financial Group unterschrieben und abgestempelt. Einer der Kinderpoststempel, die er in der Stadt erstanden hatte, bestätigte »paid«, ein anderer »transferred«. Nun wurde er durch einen weiteren Anruf von Andy unterbrochen. Er seufzte hörbar, als er die Nummer auf dem Display sah; aber als er sich meldete, klang seine Stimme freundlich und gelassen. »Andy, mein Freund, was ist los? Wie ist das Wetter in Hamburg?«

Andy hatte sämtliche Hemmungen davor verloren, Glanz zur Rede zu stellen. Er hatte sein Auto auf einen Parkplatz gelenkt, um ungestört telefonieren zu können.

»Dieter. Die Leute setzen mir zu. Meine Freunde. Bei meinen Eltern ist der Gerichtsvollzieher im Haus: Die brauchen das Geld, Dieter.« Als Glanz unwillig reagierte, fiel ihm Andy ins Wort: »Und um Himmels willen, sei jetzt nicht gleich wieder so empfindlich! Dieser Frisör musste seinen Laden dichtmachen, weil er sich völlig verschuldet hat. Für den ist das ein großes Drama. Die absolute Katastrophe.«

Glanz klang ganz ruhig und gelassen: »Sobald das Investment ausbezahlt wird, kauft er sich einen neuen Laden. Schöner. Größer. Andy, du bist doch noch mein Freund? Wir sind doch Freunde? Jetzt hör mir zu: Die Skandinavier fordern sechzig bis siebzig Prozent Steuern. Um die Summe würde sich euer Gewinn reduzieren. Mehr als die Hälfte! Und in Deutschland müsst ihr natürlich nochmal versteuern. So schmilzt das Vermögen weg. Wenn ihr das akzeptiert, kann die Auszahlung noch diese Woche erfolgen. Ich versuche, die skandinavischen Steuerforderungen auf null zu schrauben. Leider zieht sich das etwas hin. Nein, hör mir zu. Hör mir genau zu! Es ist kompliziert, aber ich will, dass du das kapiert hast!«

Glanz redete lang und ausführlich. Er schilderte Andy jedes Detail; er schilderte, welche Probleme von den Finanzämtern drohten und was er dagegen zu unternehmen gedenke. Andy hörte beeindruckt zu. Glanz ließ ihn auch gar nicht mehr zu Wort kommen.

Sabine trug das Abendessen im Wohnzimmer auf, während Andy ihr von seinem Telefongespräch mit Glanz berichtete. Auf einmal wirkte er wieder sehr zuversichtlich. »Eine geschlagene halbe Stunde hat der mir ohne Punkt und Komma erzählt, warum nicht ausbezahlt werden kann. Wie er die Steuerproblematik lösen will, ohne Punkt und Komma rappelt der das runter. So was kann sich kein Mensch ausdenken! Nie im Leben«, fügte er noch an, als Sabine schwieg. Von der Diele aus rief Jessica.

»Telefon, Papa. Schon wieder Dr. Ruppelt! Er müsste dich dringend sprechen.«

Sabine drehte sich empört zur Tür um. »Der hängt auch mit drin? Unser Zahnarzt?«

Andy stand vom Tisch auf. »Aufgedrängt hat er mir sein Geld. Regelrecht aufgedrängt.«

Sabine streichelte Jessica beruhigend über den Kopf. Ihr Herz schlug rasend, als würde ihr in diesem Moment klar, dass alle Beziehungen zu anderen Menschen, die sie über Jahre aufgebaut hatten, eigentlich kaputt waren. Misstrauen und Unruhe wegen der ausbleibenden Zahlungen hatten alle Geselligkeit, allen Frohsinn erstickt. Sabine dachte nur noch daran, wie es jetzt weitergehen sollte. Sie hörte Andy draußen im Flur den Zahnarzt beruhigen, aber sie achtete nicht auf den Wortlaut des Gesprächs. Sie war mit den eigenen Sorgen beschäftigt.

Am späten Abend saß Nadja an der Bar des Londoner Hotels. Der Pianist spielte dezente Barmusik, gedämpfte Lichter sorgten für leicht verträumte Stimmung, und zwei Männer unterhielten sich melancholisch über Hemingways Alptraum, der den Titel »Ladehemmung« trug.

Nadja wandte ihren versonnenen Blick überrascht von dem versunken vor sich hin spielenden Musiker ab, als Dieter Glanz plötzlich hinter ihr stand. »Alleine hier?«, fragte er und trat neben sie an die Bar.

Nadja schüttelte den Kopf und leerte ihr Glas. Glanz lächelte.

»Hätte mich auch gewundert bei so einer ausnehmend hübschen Frau.«

Nadja reagierte beinahe aggressiv. »Ich bin nicht hübsch. Ich bin sexy. Männer fragen sich, wie es mit mir sein könnte.«

»Wie ist es mit dir?«, fragte Glanz sehr direkt.

»Hat sich noch keiner beklagt!«, lächelte Nadja vielversprechend. Sie blickte Glanz direkt in die Augen. Er schaute verlegen zur Seite.

»Wo steckt dein Begleiter?« Nadja machte eine vage Geste. »Darf man fragen, wer der Glückliche ist?«

Nadja schaute Dieter Glanz an, und es klang ein klein wenig vorwurfsvoll, als sie entgegnete: »Sie wollten, dass ich mich um ihn kümmere.«

»Ach der«, wich Glanz aus.

»Ja, der!« Sie rührte mit dem Strohhalm in ihrem Cocktail.

»Ich bin klug genug, um nicht auf das älteste Märchen der Welt reinzufallen: Liebe.« Auf einmal klang ihre Stimme traurig und verloren.

Glanz nickte anerkennend. Plötzlich neigte sie sich zu ihm vor. »Er wartet oben auf Sie. Und er ist sehr wütend!«

Glanz drückte ihre Hand. »Danke für die Warnung!«

Er ging in die Halle, sprach kurz mit dem Concierge, steckte ihm ein generöses Trinkgeld zu und stieg in den Aufzug.

Nadja bestellte noch einen Drink. Sie bewunderte Dieter Glanz. Er war einer der wenigen, die ihr nicht nachstellten oder sie anmachten. Es reizte sie. Wäre Gloria nicht gewesen, hätte sie vielleicht versucht, mit Glanz anzubandeln. Sie bewunderte seine Treue zu Gloria. Die behandelte ihn manchmal so kühl, so abweisend, aber er hielt ihr eisern die Treue. Er schaute nicht mal nach anderen Frauen. Dabei war er durchaus attraktiv. Er hatte so etwas Flirrendes, Undurchschaubares und Geheimnisvolles an sich. Gloria und er hatten getrennte Schlafzimmer, das wusste sie. Jeder schien seiner Wege zu gehen und trotzdem herrschte eine Harmonie zwischen den beiden, um die Nadja sie beneidete.

Der Hotelflur verbreitete eine unwirkliche Leere. Glanz sah sich um und öffnete die Tür zu seiner Suite. Ein Stempel der Kinderpost lag noch auf dem Schreibtisch. Glanz ließ ihn rasch in seiner Hosentasche verschwinden.

Leon Grünlich stand plötzlich in der Schlafzimmertür, eine dunkle, bedrohliche Silhouette.

»Für letzten Montag hast du verlogenes Arschgesicht mir vier Millionen fest zugesagt.«

Er holte einen Schlagring aus der Hosentasche und zog ihn sich über die rechte Hand.

»Jetzt dreh nicht gleich durch. Die vier Mios kriegst du.« Glanz wich zurück. Vor körperlicher Gewalt hatte er Angst.

»Ach ja? Hast du sie denn?«, Grünlichs Stimme klang gehetzt.

»Da mach dir mal keine Sorgen«, versuchte Glanz aufzutrumpfen, wurde aber merklich nervöser.

»Ich würde mir weniger Sorgen machen, wenn ich sicher wäre, dass du dir genug machst. War interessant zu hören, dass du die Anteile an diesem Milliardenvermögen gleich mehrfach verhökerst. Ich soll also illiquide sein? Und Heiner übernimmt Anteile von mir, die ich gar nicht verkauft habe?«

Grünlich ging bedrohlich auf Glanz los.

Glanz kapierte, was passiert war. Irgendwie, irgendwo waren sich Grünlich und Heiner begegnet und der kleine Wichtigtuer hatte natürlich sofort gequatscht.

»Dir kann es doch völlig gleichgültig sein, wie hoch ich das Investment beleihe. Hauptsache, du kassierst«, versuchte er Grünlich hinzuhalten. Wo blieben denn nur die anderen?

»Nur leider kommst und kommst du mit der versprochenen Kohle nicht rüber.« Grünlich hob die Faust. »Wenn du mich bescheißen willst, mach ich dich platt. Ich bring dich in die Kiste, kostet mich ein müdes Arschbackenrunzeln. Ich ...«

Plötzlich stürmten Isa, Hajo, Alfi und Nadja lachend und laut »Paaaaartytime« johlend in die Suite. Ein Kellner folgte ihnen und schob einen Wagen mit Snacks, einer großen Schale Kaviar und diversen Flaschen Champagner, Whisky und Wodka herein.

Isa schmiegte sich im Vorübergehen an Glanz. »Danke für die Einladung, Dieter. Eine süße Idee.«

Grünlich ignorierte sie. Als Alfi ihm die Hand reichen wollte, steckte er den Schlagring rasch in die Tasche.

»Der Concierge hat uns von dir ausgerichtet, dass wir noch bei dir reinschauen sollen. Wirklich nett«, schob Hajo anerkennend nach.

Alfi reichte Grünlich ein Glas Champagner. »Das Konzert war sagenhaft, Herr Grünlich. Die Rolling Stones! Warum sind Sie nicht mitgekommen? Sie hätten sich glänzend amüsiert. Es hätte Ihnen bestimmt gefallen.«

Er schaute Isa an, die ihn flüchtig küsste, während sich Hajo über die Hausbar hermachte. »Da ist die Glanz-Familie also mal wieder beisammen!«

Hajo stimmte das Hamburg-Lied an, das Glanz zusammen mit der Sängerin auf der Party gesungen hatte. Die anderen fielen sofort mit ein, nur Glanz war auf die Toilette hinausgeeilt. Dort beugte er sich würgend über den Rand der Toilette und erbrach sich.

Sein Handy klingelte wieder. Schweißgebadet hockte er sich in der Toilette auf die Fliesen und nahm das Gespräch an.

»Thomas! Endlich!«

Dr. Engels saß in seinem Büro vor einem Wust von Unterlagen und sortierte die Seiten. Den ganzen Nachmittag hatte er sich mit den Problemen, die durch die Steuerprüfung bei Glanz entstehen konnten, beschäftigt. »Ich mach mir Sorgen. Sie haben jede Menge Ausgaben, aber was sagen wir, wenn das Finanzamt nach Ihren Einkünften fragt?«

Glanz wischte sich den kalten Schweiß von der Stirn. Er überlegte fieberhaft. Er wusste, wenn ihm jetzt nichts einfiel, war er geliefert. »Habe ich nicht letztes Jahr, äh, 600 Millionen in Skandinavien verdient? Aber die kommen erst in den nächsten Wochen zur Auszahlung!«

»Ich versteh nicht.« Engels Stimme klang verstört.

»Es gibt Einkünfte, die ich in meiner Steuererklärung nicht berücksichtigt habe, weil das Geld noch nicht auf deutschen Konten verbucht ist«, erläuterte Glanz ungeduldig.

Dr. Engels verschlug es beinahe die Sprache. »Wollen Sie damit etwa sagen ... eine Selbstanzeige? Niemand versteuert Einkünfte, die er gar nicht hat.«

»Bleibt mir was anderes übrig?« Glanz fuhr sich mit der Hand über die schweißnasse Stirn und beendete das Telefonat. Seine Hände verkrampften sich nervös ineinander. Nadja öffnete vorsichtig die Tür, sah ihn auf den nackten Fliesen, den Rücken gegen die Kloschüssel gelehnt, sitzen und erschrak.

»Du liebe Güte! Ist Ihnen nicht gut? Herr Glanz?«, fragte sie leise.

Glanz wandte den leeren Blick ab. Sie feuchtete ein Handtuch an, kauerte sich neben ihn und kühlte seine Stirn. Ihr Haar streifte seine Wange. Glanz fing plötzlich an zu schluchzen. Nadja streichelte zärtlich sein Gesicht. »Aber, aber! Ich weiß doch Bescheid.«

Erschrocken sah er sie an. »Du weißt Bescheid?«

Nadja nickte: »Sie sind eifersüchtig! Auf Grünlich. Stimmt's?« Sie küsste ihn flüchtig. Eher tröstend als leidenschaftlich. »Wir müssen ja nichts übereilen!«

Glanz nickte erleichtert und war über die Nähe zu ihr gleichzeitig erschrocken. Plötzlich flog die Tür auf. Immer noch wütend maulte Grünlich cholerisch: »Ist doch nicht zu fassen, was wieder alle für ein Geschiss um diesen Großkotz machen.«

Hajo drängte sich dazwischen. »He, he, he, Arschloch! Überleg dir, was du sagst. Das kann sonst teuer werden!«

»Leon, bitte!«, forderte Nadja genervt Grünlich auf. Der stürmte aus der Suite und knallte die Tür zu.

Am nächsten Morgen verließ Glanz sehr früh das Hotel. Dr. Engels war in London gelandet und holte ihn jetzt ab, um ihn zu einem alten Bekannten zu bringen, einem Schweizer Gauner, mit dem er seit vielen Jahren gut zusammenarbeitete. Er wusste, wenn er Glanz jetzt nicht half, drohte für ihn eine lukrative Quelle zu versiegen.

In einem Hotelzimmer des Hilton in London schnappten die Schlösser eines goldenen Metallkoffers auf und der Deckel wurde aufgeklappt. Beinahe ehrfürchtig betrachtete Glanz die zahlreichen Dokumente.

»Das Erste, was man bei einer Bank lernt, ist Unterschriften fälschen. Sieht ja alles verdammt echt aus«, freute sich Glanz.

Sein Gegenüber trug den Namen Siegmar Oelig und

war ein gewiefter international tätiger Berater und Treuhänder, den Dr. Engels aufgetrieben hatte. Siegmar Oelig sollte der Mann für einen neuen Akt im Täuschungsimperium des Dieter Glanz werden. Er genoss unter Spezialisten den Ruf, der beste Legendenbildner seiner Zeit zu sein. Mit anderen Worten, er erfand Alibis für Personen, Geld und undurchschaubare Zusammenhänge und konnte sie stichhaltig beweisen. Als Treuhänder verwaltete er Schwarzgeldkonten und legte Gelder an, wo sie nie jemand vermutete. In seiner Funktion übernahm er alles, was ein Vermögender, der anonym bleiben wollte, nicht tun konnte, ohne dabei in Gefahr zu geraten. Für diesen oft sehr unangenehmen Job überließen ihm die Auftraggeber die Kontrolle über ihr Vermögen. Oelig sollte für Glanz Beweise und Legenden beschaffen.

Dr. Engels hob eine Urkunde aus dem Koffer und nickte anerkennend mit dem Kopf.

»Das ist echt«, darauf legte Oelig Wert. »Kontoauszüge, Bilanzen von Off-Shore-Firmen. Inhaber werden nirgendwo genannt, sehen Sie ja selbst. Das ist der Pfiff bei der Sache. Kein Finanzamt kann Zahlungseingänge bis zum Empfänger zurückverfolgen. Es gibt von dieser Firma nur diese eine Aktie. Wer sie in den Händen hält, ist ihr Inhaber.« Der schwergewichtige Mann mit den funkelnden Brillantringen an den Fingern sprach mit ausgeprägtem Schweizer Dialekt.

»Herr Oelig verwaltet ein paar Hundert solcher Firmen, da verfügt er natürlich über entsprechende Besitzdokumente«, erklärte Dr. Engels.

»Was würde mich das kosten?«, fragte Glanz.

Oelig musterte ihn anerkennend. »Sie konzentrieren sich gleich auf das Steak, nicht auf die Erbsen. Bon! Wir werden gute Geschäfte machen, Herr Glanz«, freute sich Oelig und lachte.

Dieter Glanz hatte bislang auf Testate von Dr. Engels gesetzt oder auf seine gefälschten Papiere. Oelig bot echtes Material. Mit seinen Unterlagen musste er nie fürchten, aufzufliegen. Die würden jeder Nachprüfung standhalten. Jetzt war der Weg frei, um noch höhere Einsätze mit noch höherem Risiko ins Spiel zu bringen. Mit diesem Trumpf machte er sich unschlagbar. Seine Investoren konnten die Papiere in Händen halten, das verlieh seinen Darstellungen die höchste Sicherheit. Und er könnte die Firmenvermögen tageweise beleihen, sich amtlich beglaubigte Kontoauskünfte darüber anfertigen lassen. Es handelte sich um jene amtlichen Beglaubigungen, in denen mit echtem Stempel bestätigt wurde, dass Millionen auf dem Auszug des Kontos standen. Schon einen Tag später wären sie wieder verschwunden und brächten ihrem eigentlichen Besitzer Zinsen.

Dieter Glanz strich mit verträumtem Blick über eine der Bilanzen, als wäre es eine Eintrittskarte ins Paradies. Das Konzert konnte beginnen, die Geldscheinsymphonie sah einem weiteren triumphalen Erfolg entgegen.

# Kapitel 7

Im Wintergarten der Grünlich-Villa saß Leon am Frühstückstisch. Er schnitt ein Brötchen auf, beschmierte es mit Butter und verfolgte die Nachrichten im Fernsehen. Sein Butler schenkte ihm Kaffee nach. Dann widmete er seine ganze Aufmerksamkeit dem Bericht im Fernsehen über die Eröffnung des neuen Knochenmark-Centers. Gerade dankte der Bürgermeister dem »anonymen Spender«. Man sah Fotos von Glanz, und eine Festgesellschaft war bereit, die neue Einrichtung gebührend einzuweihen. Grünlich legte das Messer beiseite und kaute langsam und etwas angewidert auf seinem Brötchen herum. Ihm verging fast der Appetit, als in einem Ausschnitt der Originalton des Bürgermeisters zu hören war: »Der großzügige Spender, meine Damen und Herren, möchte lieber anonym bleiben. Wir kennen ihn ja alle und schätzen seine noble Bescheidenheit. Und ohne seine tatkräftige Unterstützung könnte dieses Knochenmark-Center heute nicht eröffnet werden. Ohne Namen zu nennen: Dieter Glanz!«

Leon hörte Vera draußen im Flur telefonieren, laut und markant. Sie ähnelte schon sehr ihrem alles und alle beherrschenden Vater, dem alten Fürth. Leon hasste die Abhängigkeit seiner Vera von ihrem Vater, und er hasste seine Abhängigkeit von ihr und ihrem Geld.

»Sag ich ihm, Papa!« Als sie in den Wintergarten kam, schaltete Vera im Vorbeigehen den Fernsehapparat ab. »Grässlich, dieser Emporkömmling! Will um jeden Preis auf sich aufmerksam machen.«

»Immerhin, wenn er Millionen spenden kann, muss er ja vorher einiges verdient haben«, verteidigte Leon Dieter Glanz.

Vera Grünlich setzte sich an den Tisch und köpfte ihr Frühstücksei.

»Papa hat eben angerufen. Die Buchhaltung hat ihn auf irgendwelche Fehlbeträge hingewiesen, eingegangene, aber nicht verbuchte Zahlungen. Ob du dich mit denen mal in Verbindung setzt?«

Leon verschlug es fast die Sprache. Heiser und zutiefst erschrocken flüsterte er: »Ja. Ist gut. Okay.«

Jetzt musste er dringend die Fehlbeträge ausgleichen. Wie sich herausgestellt hatte, ließ sich der Schaden nicht mehr verheimlichen. Diverse Summen, die er für Glanz-Investitionen abgehoben hatte, verursachten Probleme. Es drohte Ärger mit dem Finanzamt. Aber, noch viel schlimmer, ihm drohte eine Anklage wegen Veruntreuung. Regungslos, dumpf und mit versteinerter Miene hockte er im Planungsbüro seines Baucontainers und suchte nach einem Weg aus der Misere.

Er begriff immer noch nicht, wie er auf Glanz hatte reinfallen können. Alle glaubten diesem Mann. Er selbst kannte mindestens zehn Leute, allesamt Millionenverdiener, die von ihm in höchsten Tönen schwärmten. Und trotzdem stimmte etwas nicht. Warum gab Glanz ihm sein Geld nicht zurück? Er hatte aus der Abhängigkeit von seiner Frau rausgewollt, und nun war er noch abhängiger von ihr, und jetzt auch noch von Glanz. Er musste irgendetwas unternehmen. Dringend. Auf dem Bau regelte man Schuldenfragen direkt, und auf diese Regel wollte er sich jetzt wieder besinnen. Er öffnete eine Schublade seines Schreibtisches und entnahm einen Revolver. Er verließ das Büro und wies die neben einem Pritschenwagen wartenden drei Bauarbeiter an, ihm zu folgen. Ihr Weg führte sie direkt zur Villa von Dieter Glanz, deren weitläufiger Park mit dem kleinen Teich, dem Swimmingpool und den Blumenanlagen von hohen Eisengittern geschützt wurden.

Dieter Glanz und Gloria wollten gerade ihr Haus verlassen. Noch nervte sie Andy, der Glanz hinterherlief und am Ende seiner Geduld angelangt war.

»Herrgott, Dieter! Ich will meinen Freunden wieder in die Augen sehen können. Die haben mir das Geld geliehen. Also halten sie sich jetzt auch an mich. Meine Eltern, das sind alte Leutchen, Dieter, die ...«

Glanz fuhr plötzlich wütend herum und schnauzte ihn an.

»Hab ich dich nicht gewarnt? Hast du mir dein Geld nicht aufgezwungen?« Glanz äffte Andy nach: »Warum die anderen? Warum nicht ich?«

Erst als ihm Gloria mahnend die Hand auf den Arm legte, ließ er von seiner bösen Parodie ab und meinte: »Schön! Verabrede einen Termin bei Dr. Engels. Erklär deinen Freunden, das sei der Steueranwalt von Hamburg! Der wird ihnen erzählen, was sie hören wollen.«

Die ironische Doppeldeutigkeit des Satzes war ihm in diesem Moment selbst nicht bewusst.

Er wollte in die Limousine einsteigen, da bemerkte er den Pritschenwagen, der die Auffahrt versperrte. Die bulligen Bauarbeiter folgten Leon Grünlich, der auf Dieter Glanz zuging, das Gesicht wutverzerrt, in der Hand die Pistole, aber noch ehe Grünlich zu Wort kommen konnte, richteten sich plötzlich von allen Seiten die Pistolen der Bodyguards auf die Eindringlinge. Dieter Glanz hatte Leon nicht unterschätzt. Und nicht nur ihn. Es hatten noch einige andere Anleger bewiesen, dass sie von Gewaltandrohungen nicht zurückschreckten. Dr. Engels hatte ebenfalls dazu geraten: Irgendwann musste Glanz reagieren, allein um Gloria zu schützen.

»Leon! Was soll das werden?«, fragte Gloria. Ihre Stimme klang beinahe amüsiert.

»Spiel nicht verrückt, Leon! Wir wollen doch nicht, dass jemand zu Schaden kommt.« Glanz ging auf Grünlich zu.

Grünlich schien nicht zuzuhören. »Du wirst jetzt Farbe bekennen, du miese Ratte! Wo sind meine vier Millionen. In London hast du mir versprochen ...«

Glanz ging in die Offensive. »Die vier Millionen liegen zur Auszahlung bereit – glaubst du mir nicht?«, fragte er, als wartete er nur darauf, endlich seine Beweise vorlegen zu können.

»Geglaubt wird in der Kirche«, antwortete Grünlich kalt. Glanz legte ihm freundschaftlich den Arm um die Schultern.

»Du steckst in der Bredouille? Kenne ich, wenn hinter allen Mauerecken welche mit durchgeladener Flinte lauern. Heute bist du ein angesehener Bürger und morgen sitzt du vielleicht schon hinter Schloss und Riegel. Nein, hör zu! Jetzt verlier nicht den Kopf. Du willst Belege sehen, hast du in London gesagt. Gut! Im Gegensatz zur Kirche kann ich beweisen, dass ich halte, was ich verspreche.«

Grünlich schaute ihm misstrauisch in die Augen. Er suchte einen Pfad aus dem ausgeklügelten Vertröstungslabyrinth dieses Mannes. Wie sollte er an sein Geld kommen? Wenn er nicht mehr an die Versprechen von Dieter Glanz glauben konnte, musste er sein Kapital zurückholen, notfalls mit Gewalt. Wenn er das nicht hinbekam, ging seine Firma pleite. Was automatisch das Ende seines bisherigen Lebens nach sich ziehen würde. Grünlich stimmte schließlich zögernd zu. Sollte Glanz ihm mal etwas zeigen, womit er argumentieren konnte, worauf er bauen konnte. Vielleicht gab es ja doch noch einen Ausweg.

Beeindruckt sahen sich Andy Schroth, sein Vater, Joern, Nicole und Leon Grünlich in der weitläufigen Empfangshalle der Glanz Financial Group um. Andy stellte ihnen Dr. Engels vor. Durch einen Türspalt war im Büro der schwergewichtige Oelig zu sehen, der darauf wartete, zu gegebener Zeit den goldfarbenen Metallkoffer zu öffnen. Glanz eilte voller Elan auf die Wartenden zu.

»Alle versammelt? Prima! Leon! Herein in die gute Stube!«

Jutta quittierte draußen ein Einschreiben und reichte es sofort Glanz. Die Aufschrift Finanzamt war von allen deutlich zu erkennen.

»Das mache ich selbst«, wies Glanz den dicken Oelig an, der etwas zurücktrat, um ihn an die Zahlenschlösser zu lassen. Der Metallkoffer schnappte auf – Grünlich warf einen Blick auf die Kontoauszüge, Inhaberaktien und Bilanzen. Dann erst öffnete Glanz den Brief vom Finanzamt. Aber ehe er den Bescheid lesen konnte, drangen von draußen laute erschrockene Rufe herein.

»Fenster auf! Macht das Fenster auf! Herr Schroth! Hören Sie mich?«

»Ein Glas Wasser. Schnell! Einen Krankenwagen!«

Glanz riss die Tür auf. »Was ist denn los?«

Andys Vater war im Vorzimmer zusammengebrochen. Die Atmung des alten Mannes schien auszusetzen. Glanz tätschelte ihn. »Herr Schroth, Hallo!« Entschlossen schob er den verstörten Andy beiseite und begann mit der Herzmassage. Sein keuchender Atem war bald das Einzige, was man auf dem Flur hörte. Schweißtropfen rannen Dieter Glanz von der Stirn. Immer wieder beugte er sich über Vater Schroth, um ihn von Mund zu Mund zu beatmen. Von Ferne näherte sich bereits die Sirene eines Krankenwagens.

Nur Leon Grünlich kümmerte sich nicht weiter um das Schicksal des alten Herrn Schroth. Im Sitzungssaal nahm er, allein zurückgeblieben, den Brief vom Finanzamt und las beinahe ungläubig den Bescheid. Es war eine Aufforderung zur Steuernachzahlung über 289482050 Euro.

Angesichts dieser Summe stockte ihm der Atem! »Donnerwetter!«

Nun beachtete er die Papiere im goldfarbenen Metallkoffer nicht mehr. Was konnten die ihm noch mitteilen, wenn schon das Finanzamt offiziell bestätigte, was Dieter Glanz verdiente.

Glanz ließ es sich nicht nehmen, mit Andy und dessen Mutter ins Krankenhaus zu fahren. Dort schoben sie Andys Vater auf die Intensivstation. Glanz verlangte den Chefarzt zu sprechen, der auch sofort ausgerufen wurde. Kurze Zeit später rannte Sabine über den gebohnerten Linoleumboden den kahlen Flur entlang. Endlich entdeckte sie Andy, der mit seiner weinenden Mutter auf einer Bank saß.

»Wir wissen noch nichts Genaues. In den letzten Wochen hat er sich einfach zu viel Sorgen gemacht und überhaupt nicht mehr geschlafen«, erzählte Andy.

»Aber wieso kippt denn er um? Ich hab's doch am Herzen!«, verzweifelte seine Mutter.

Alle schwiegen, als sie Glanz im Gespräch mit dem Chefarzt herankommen sahen.

»Du hattest mich neulich angerufen, Axel. Tut mir leid, aber ich hatte dermaßen viel um die Ohren und habs einfach nicht geschafft, dich zurückzurufen.«

»Ja, pass auf, Dieter, wegen der siebenhunderttausend, die ich bei dir …«

»Jetzt ist sein Vater erstmal wichtiger. Herr Schroth ist ein guter Freund von mir. Du kümmerst dich doch persönlich um ihn«, drängte Glanz.

»Aber selbstverständlich! Wenn du das wünscht! Wegen der siebenhunderttausend können wir da einen kleinen Moment …«

»Du legst ihn bitte erster Klasse«, fiel ihm Glanz ins Wort. »Die Mehrkosten übernehme ich. Aber schick ihn nicht gleich zur Computertomographie. Ich weiß, dass du alle da hinbringst, weil du Provision kassierst.« Der Professor überging die Frechheit.

»In deinem letzten Rundschreiben hieß es, die Auszahlung würde im Juli erfolgen, dann plötzlich im August.«

»Ich kann dir das erklären, aber jetzt ist nicht der richtige Zeitpunkt dafür. Erst kümmere dich um den alten Herrn.«

Eine Schwester rief den Chefarzt ans Telefon. Glanz lächelte den Wartenden beruhigend zu.

»Bei Professor Hanke ist Papa in den besten Händen.«

»Vielen Dank, Dieter. Ohne deine Hilfe …«, stammelte Andy.

Glanz wirkte plötzlich sehr traurig und aufrichtig. »Mein Vater ist so gestorben. Plötzlich umgekippt. Das war der schlimmste Tag in meinem Leben.«

Die Sektkorken knallten im Juweliergeschäft von Alfi Baumer. Vergnügt schenkte Uschi Isa, Heiner Kuntze und dem General ein. Sie stießen auf das Wohl von Dieter Glanz an.

Uschi Baumer wusste die neuen Informationen genau zu bewerten. Als erfahrene Geschäftsfrau analysierte sie: »Wenn jemand fast 290 Millionen Steuern nachzahlen muss, bloß nachzahlen, dann überlegt mal, was der verdient haben muss! Und das ist ganz sicher?«

Der General beeilte sich, den Beweis zu bekräftigen. »Leon hatte den Steuerbescheid mit eigenen Augen gesehen.«

Isa drückte zärtlich Alfis Hand. Uschi bemerkte es und schaute ihn irritiert an. Ihr Mann verhielt sich in den letzten Wochen sehr reserviert ihr gegenüber. Er veränderte Kleinigkeiten. Mal ließ er sich den Bart drei Tage stehen, dann wählte er andere Hemden aus als üblich. Noch wollte sie abwarten, aber lange würde sie da nicht mehr schweigend zusehen. Diese Isa hatte es auf ihren Alfi abgesehen; und der Idiot fiel auf die Avancen dieser mannstollen Person auch noch rein. Als sie Alfi zur Rede gestellt hatte, hatte der nur bockig reagiert. Isa war für ihn ausschließlich eine Bekannte, die hin und wieder aus Kummer über die Trinkereien Hajos ein Gespräch mit ihm suchte. Alfi fühlte sich in seiner Hilfsbereitschaft von Uschi missverstanden. Die allgemeine Freude über das schon immer vermutete und nun bestätigte Riesenvermögen des Dieter Glanz bot ihm Grund genug, Isas kleine

Annäherungen zu erwidern. Schließlich feierten hier nur Freunde miteinander, da konnte auch Uschi nichts dagegen haben.

Heiner Kuntze schwärmte: »Jeder von uns würde bei so einer Summe durchdrehen, aber Dieter … habt ihr gesehen, wie gelassen der das nimmt? Dieser Schlingel! Dieser Schlingel!«

Im Büro der Glanz Financial Group herrschte wieder Hochbetrieb. Etliche neue Kunden waren dazugekommen, und die Glückssträhne des Chefs schien nicht abzureißen. Im Wartezimmer drängten sich die Leute. In seinem Büro entschuldigte sich Glanz kurz angebunden bei Eva Wendler und ihrem Tommy, dann eilte er zum Telefonieren ins Nebenzimmer. Kaum hat er die Tür geschlossen, beugte er sich zum Schlüsselloch hinunter und sprach laut weiter, als würde er telefonieren.

»Lars-Peter Arnemann-Paulsen? Schön, dass ich Sie endlich erreiche. Das Geld ist nach London überwiesen – auf die Global-Private-Bank. Wie bitte …?«, sagte er so laut er konnte, um die Wendler in Sicherheit zu wiegen.

Dabei sah er, wie sie dem Gespräch lauschte, dann aufstand und auf seinen Schreibtisch linste. Als sie den Steuerbescheid las, der auf einem Aktenstapel lag, fasste sie nach dem stützenden Arm von Tommy und musste sich Kühlung zufächeln. »290 Millionen?«

Hinter der Tür grinste Glanz. Wenn es Eva Wendler wusste, war die Nachricht bald überall herum. Jetzt konnte er beruhigt Phase zwei seines Planes angehen. Wenn sich erst verbreitet hatte, dass er seine Freunde nie belogen hatte und seine Gewinne existierten, nur andere Umstände die Auszahlung verhinderten, wofür er persönlich nichts konnte, dann würden die Gewinne wieder sprudeln.

Einige Wochen später, an einem trüben Novembertag, als der Wind das Herbstlaub über die Straße wirbelte, rüttelte Eva Wendler an der Tür der Glanz Financial Group. Die aber war verschlossen. Verwundert drehte sie sich nach Tommy um. Nur kurze Zeit später fanden sich die Anleger in der Villa von Dieter Glanz ein. Andy kam gerade noch rechtzeitig, um zu sehen, wie Polizisten unter der Aufsicht der Kriminalbeamtin Renate Behrend die Haustür aufbrachen. Die weitläufigen Räume waren vollkommen leer. Ohne Möbel und Teppiche wirkten sie merkwürdig düster und trostlos. Verstört irrten einige der Anleger durch das Haus.

»Also, ich mach mir überhaupt keine Sorgen«, machte sich Heiner selbst Mut. »Der hat sich abgesetzt, weil er die vielen Steuern nicht zahlen will, das Schlitzohr. Nie würde der uns im Stich lassen. Wir sind doch Freunde!«

Andy nickte. Dieser Freundschaft waren sich beide gewiss. Heiner aus der Erfahrung der letzten Jahre und Andy aufgrund seiner persönlichen Eindrücke. Natürlich hatte Glanz sie nicht über die Flucht informieren können. Dafür hatten sie beide Verständnis. Wer sein Geld so clever anlegte wie er, musste nun mal mit ungewöhnlichen Methoden arbeiten. Er vereinbarte mit Heiner, dass sie sich gegenseitig sofort anrufen würden, wenn sich Glanz bei einem von beiden meldete.

Andy holte sich in den nächsten Tagen fast jede Zeitung, in der Schlagzeilen über Dieter Glanz zu lesen waren: »Steuerhinterziehung! Millionär auf der Flucht«, »Steuerbetrüger Glanz! Die Spur führt nach Chile«, »Mit

Millionen Steuerschulden in die Karibik«, »Der Ölprinz. Dieter Glanz in Südafrika – Milliardär prellt Finanzamt.« Ein Foto vom siegesgewissen Dieter Glanz aus besseren Tagen unter der knalligen Überschrift erinnerte Anleger und Banker daran, wer ihr Geld auf so vielversprechende Weise verschwinden ließ. Auch Andy suchte nun wie die anderen Geschädigten nach einem Weg, seinen Einsatz zu retten. Sabine schien sich bereits auf einem anderen Weg zu befinden. In der Nacht entzog sie sich seiner Hand, als er zärtlich nach ihr griff.

Doch noch war nichts verloren. Denn der enge Kreis um Dieter Glanz war sich sicher, dass die alleinige Schuld für das Debakel bei den Behörden lag, bei verängstigten Anlegern, die Anzeigen bei der Polizei machten oder bei Bürokraten, die künstliche Hindernisse aufbauten, um Glanz zu schaden.

Im Hamburger Rathaus ärgerte sich die Senatorin über die Schlagzeilen. Verstimmt stürmte sie mit der Kriminalbeamtin Renate Behrend die große Freitreppe herunter. Staatsanwalt Dr. Sasse folgte den beiden mit besorgtem Gesicht.

»Haben Sie das gelesen? Wie finden Sie das denn? Ist doch unglaublich!«, regte sie sich auf.

»Ja, absolut«, stimmte Behrend zu.

»Die Schmierfinken von der Presse scheinen ja kein anderes Thema mehr zu haben als diesen Steuerflüchtling. Der Bürgermeister hat schon angerufen. Auf keinen Fall darf der uns durch die Lappen gehen!«

»Der Bürgermeister?«, fragte Behrend verwirrt.

»Nein. Der Glanz!«, berichtigte die Senatorin.

Jetzt mischte sich Dr. Sasse ein. »Leider haben wir bisher nicht die geringste Handhabe gegen ihn, Frau Senatorin!«

»Keine Handhabe? Keine Handhabe, wenn der Staat um ein paar Hundert Millionen geprellt wird? Wissen Sie, wie lang 'ne alte Frau dafür stricken muss? Herrgott, Leute, jedem kleinen Steuerzahler gehen wir an die Eier, wenn er mal tausend Euro nicht versteuert, und die Großen lassen wir davonkommen.«

Sasse verfiel in einen dozierenden Ton. »Wegen Steuerhinterziehung liefert Südafrika nun mal nicht aus.«

»Die liefern nicht aus?«, fragte die Senatorin entrüstet. »Aber gleichzeitig kassieren sie Entwicklungshilfe? Wie sollen wir das den Bürgern verklickern? Du lieber Gott! Den Bimbos da unten haben wir doch nicht Gesetz und Ordnung beigebracht, damit sie die dann gleich gegen uns verwenden! Wir haben in einem Jahr Wahlen. Also werden wir an diesem Mr Superreich ein Exempel statuieren. Haben wir uns verstanden? Ist doch möglich, dass der Kerl ein Hochstapler ist?«

»Sie meinen, statt Steuerstrafverfahren?«, fragte Dr. Sasse. Ihm verschlug es die Sprache. Schlug ihm die Senatorin da ganz offen einen Rechtsbruch vor?

Die Senatorin rastete beinahe aus. »Ein Betrugsverfahren! Nun seien Sie nicht so zimperlich! Großer Gott! Wenn Glanz dann seine Steuern zahlt, plus gehöriger Strafe, schlagen wir das Betrugsverfahren nieder. Kleiner Irrtum beim Amt. Hauptsache, in den Zeitungen steht nichts mehr über steinreiche flüchtige Steuersünder, die der Staat nicht an den Wickel kriegt.«

Sie musterte Staatsanwalt Sasse argwöhnisch. Sasse zögerte. Eins war doch klar, ein Strafverfahren wegen Betruges musste das Steuerverfahren außer Kraft setzen. Beide schlossen sich gegenseitig aus. Entweder war Glanz ein Betrüger, oder ein steinreicher Steuerhinterzieher! Offenbar wollte die Senatorin über ein Strafverfahren, das irgendwie zusammengezimmert wurde, an die Gelder von Glanz heran, damit der seine Steuern bezahlte. Das würde sie in der Presse gut dastehen lassen. Und nur darum ging es ihr.

Sasse ärgerte es, wenn Politiker ihm vorschreiben wollten, wie er seine Ermittlungen zu führen hatte. Noch gab es so was wie Gewaltenteilung in Deutschland.

*Die Senatorin musterte ihn noch immer.*

»Falls Sie den Eindruck haben, die Geschichte wächst Ihnen über den Kopf und Sie kriegen sie nicht in den Griff …«

»Wir haben alles unter Kontrolle, denke ich«, entgegnete er kalt.

»Denken Sie? Oder haben Sie?«, fragte die Senatorin zurück. Ihre Vorbehalte gegen diesen arroganten Beamten versuchte sie nicht mehr zu verbergen. Der Kerl versuchte mit kleinlichen juristischen Bedenken sie bei dem lobenswerten Versuch auszubremsen, dem klammen deutschen Staat ein paar Steuermillionen zurückzuholen.

Es war einer dieser düsteren Novembertage in Hamburg, an denen der Regen gar nicht aufzuhören schien und die Luft voller Schwermut war über den unvermeidlichen Winter. In dieser trüben Stimmung wirkten die hell erleuchteten Fenster der Bürocontainer wie kleine Leuchtfeuer gegen die bleierne Dunkelheit, die über der Stadt lag. Grünlich und seine Mitarbeiter beugten sich über die Baupläne und sprachen über Änderungen, bevor Leon in das Chefbüro zurückkehrte, in dem Nadja auf ihn wartete. Er legte seinen Bauplan auf dem Schreibtisch ab. »Nett, dass du's gleich einrichten konntest. Setz dich doch.«

Nadja reagierte ein wenig eingeschnappt. Sie hatte lange nichts von Grünlich gehört. Seit Glanz verschwunden war, waren auch ihre sämtlichen Einnahmequellen versiegt.

»Ich dachte schon, du würdest dich überhaupt nicht mehr melden.« Sie lächelte ihn an; sie war sich sicher, zu wissen, warum er angerufen hatte. Er sehnte sich nach ihr.

»Sag mal! Die Rolle im Fernsehen spielst du jetzt doch nicht, hab ich gehört?«, erkundigte sich Leon.

»Die Ärsche haben die Serie abgesetzt, bevor ich meinen ersten Drehtag hatte, stell dir das mal vor!«

Grünlich hörte mit großer Befriedigung, dass sich Nadjas Fernsehkarriere verzögerte. »Pech. Du siehst trotzdem verdammt gut aus.«

»Ja? Danke. Du siehst scheiße aus«, erwiderte Nadja verärgert.

»Nein. Ehrlich. Klasse siehst du aus.« Grünlich sah ihr tief in die Augen. Nadja versuchte ihn zu provozieren.

»Du überhaupt nicht. Ehrlich.«

»Zu wenig Schlaf, zu viele Sorgen«, beklagte sich Grünlich.

Er deutete auf Zeitungen mit Berichten über Glanz, die auf seinem Schreibtisch lagen. Grünlich hatte sie alle gesammelt. Farbige Glaskugeln beschwerten sie.

»Mal 'ne direkte Frage«, kam Leon gleich auf den Punkt.

»Nur zu«, lächelte Nadja nun schon wieder zutraulicher.

»Hattest du was mit ihm?«

»Mit Dieter Glanz?«, fragte Nadja überrascht.

»Mit Dieter Glanz«, ahmte Grünlich sie ironisch nach.

Durch eine ungeschickte Handbewegung brachte Nadja die Kugeln auf den Papieren ins Rollen. Völlig verdattert versuchte sie die Glaskugeln am Herunterfallen zu hindern. Grünlich blieb ganz ruhig und nickte.

»Hat dich mit Geschenken überschüttet und im Sturm erobert. Schon klar. Umso besser! Ich möchte dir was vorschlagen«, kam er zur Sache.

Was Nadja dann zu hören bekam, verschlug ihr fast die Sprache. Nur fast. Denn es war zwar ein ungeheuerlicher Vorschlag, aber sie wollte auf ihn eingehen. Schließlich sollte sie sich ja um Grünlich kümmern, so hatte Dieter Glanz es gewünscht. Wenn er es wohl auch nicht so gemeint hatte, wie es Grünlich vorschwebte.

In Kapstadt sah sich Dieter Glanz vor ganz andere Probleme gestellt. Er schaute in der Dämmerung aus dem Fenster seines Arbeitszimmers auf seine Farm. Gefächerte Palmen wiegten sich sanft im Wind. Die Luft flimmerte unter der sengenden Sonne. Von der weitläufigen Terrasse aus eröffnete sich ein großartiges Panorama: in der Ferne gewaltige Bergketten, davor das silbern schimmernde Meer und, ganz nah, die wuchtigen Umrisse von Kapstadts Wahrzeichen: dem Tafelberg. Mehrere Swimmingpools glitzerten im Abglanz der schwachen Abendsonne, einheimische Gärtner beschnitten die blühenden Sträucher und pflegten die bunte Pracht der Blumenbeete. Glanz' Blick fiel vom Haupthaus im Schatten der gefiederten Palmen auf das elegante Gästehaus. Er beobachtete Gloria, die um das riesige Grundstück herumjoggte und immer wieder den Bodyguards davonrannte. Es war eine paradiesische Idylle, und doch schien sich Glanz zu langweilen. Er wirkte sehr einsam. Unschlüssig starrte er auf sein Handy.

Natürlich erreichten ihn Unmengen SMS und seine Mailbox war vollgestopft mit Nachrichten aus Deutschland. Jeder wollte wissen, wie es weiterging. Neben den besorgten Angsthasen sprachen ihm auch viele Wagemutige auf die Box, die ihm gratulierten, dass er dem Finanzamt ein Schnippchen geschlagen hatte. Es schien, als würden diese Verfolgten des Wohlstands tatsächlich ihr Geld opfern, um dieser Behörde endlich mal zeigen zu können, was sie von ihr hielten. Dieter Glanz war aber nicht angetreten, um das Finanzamt zu bekämpfen. Er wollte Anerkennung und Geld verdienen, wenn auch auf sehr ungewöhnliche Weise. Ihm gefielen leichtsinnige Anleger, berauschende Partys, die Leichtigkeit des Lebens nach der Lösung sämtlicher monetärer Probleme. Seine Welt waren die großen Geschichten rund ums Geld. Das goldene Kalb wollte er neu erfinden. Bis zu einem gewissen Grad hatte er zumindest schon einen neuen Tanz darum erfunden. Ihm fehlte dieses Wechselspiel gegenseitiger Unterhaltung, ihm fehlten seine Abhängigen, die sich in die Gesellschaft ihres Freundes Dieter Glanz einkauften, ohne ihn je wirklich kennenzulernen. Und jetzt fehlte Glanz sogar der tägliche Trubel, die Nachfragen und die persönlichen Gespräche der um sein Vertrauen buhlenden Anleger. Gloria ging es gut, ihm ging es gut, seinem Geld ging es gut. Das reichte Glanz aber nicht, er wollte mehr, es sollte ihm immer bessergehen. Genau so hatte er sich sein Leben eingerichtet, genau so wollte er auch sein Leben künftig genießen, nach einer langen Durststrecke, die nach seiner Geburt begann und erst vor wenigen Jahren endete. Glanz stand im Zenit seines Lebens.

Besser noch, er wähnte sich kurz vor dem Zenit. Dieter Glanz hatte doch keine Niederlage erlitten. So dachte er, und so motivierte er sich, um nun in das ganz große Geschäft einzusteigen. Jede Epoche kannte ihr Auf und Ab, derzeit orientierte er sich nur um und suchte einen neuen Weg, seinen Anlegern nahezubringen, wie sie sich mit neuen Millionendeals das Leben versüßen könnten. Dafür lohnte es sich, eine kleine Auszeit zum Nachdenken, Auftanken und Feiern zu nehmen. Seine Jünger sollten wieder den Weg zu ihm finden. Das Anwesen war einfach zu schön, um hier nicht weiteres Schwarzgeld und andere finanzielle Reserven von der deutschen High Society und allen, die sich unberechtigterweise dazuzählten, entgegenzunehmen. Denn wo viel Geld war, da war immer auch gute Stimmung. Wer fragte schon nach dem Kater am nächsten Morgen, wenn der Dom Perignon in Strömen floss und die neuen Eurozeichen die Pupillen weiteten. Die Hoffnung auf den Megagewinn, die Superrendite und die sorglose Zukunft starb zuletzt. Dieter dachte an sein Ölvorkommen und ein Schmunzeln umspielte seine Lippen. Dieses Szenario bot noch genügend Platz, seine wahren Talente als Geschichtenerzähler zum Vorschein kommen zu lassen. Im alten Orient hätte er vermutlich Marktplätze mit solchen spannenden Erzählungen gefüllt. In Kapstadt wollte er sich mit kleineren Runden zufriedengeben, so bescheiden war er dann doch.

Im Haus der Schroths schmückte Sabine auf der Terrasse einen Christbaum. Nadja stand neben ihr und rauchte nervös eine Zigarette.

»Du meine Güte! Du löst doch keine Probleme, indem du einfach alles hinschmeißt und davonläufst«, sagte Sabine vorwurfsvoll.

»Ich lauf nicht davon! Ich, ich muss ein bisschen Geld

verdienen und ich freu mich auf die Reise«, antwortete Nadja und zog an ihrer Zigarette.

Sabine deutete besorgt zum Haus hinüber. Durch die erleuchteten Fenster sahen sie Andy im Wohnzimmer mit Renate Behrend sprechen.

»Die Kripo ermittelt gegen diesen Glanz.«

»Wegen Steuerhinterziehung?«

»Wegen Betrugs.« Nadja antwortete nicht. Sabine wandte sich ab. »Wie willst du begründen, dass du da plötzlich auftauchst? Meine Schwester besucht den großen Dieter Glanz?«

Nadja plusterte ihre Backen auf. »Es läuft nicht mit der Schauspielerei. Ich hab die Nase voll von Deutschland, dabladi, dablada.« Insgeheim hoffte Nadja, dass ihre Schwester nicht länger nachfragte. Doch die tat ihr diesen Gefallen nicht.

»Ich begreif das nicht. Du bist schön, gescheit und charmant. Da denkt man, was für Probleme kann die schon haben?«

»Bring mich bloß nicht dazu, dass ich jetzt mit einer Generalbeichte anfange«, lächelte Nadja traurig.

Sabine fing plötzlich an zu schluchzen. »Manchmal denke ich, wir sehen von unserem Geld keinen Pfennig wieder. Dann weiß ich nicht mehr, wie wir über die Runden kommen sollen. Ich hab schon Angst, die Post zu öffnen, weil wieder nur Mahnungen und Rechnungen drin sind.«

Nadja zuckte mit den Schultern. Sie wollte jetzt keine Klagen ihrer Schwester hören.

»Ich sag's ja: Man braucht Geld, wenn man nicht grade vorhat, morgen zu sterben.«

Sabine packte sie plötzlich am Arm. »Pass bloß auf dich auf. Dieser Glanz ist der Teufel. Der leibhaftige Teufel. Er hat Andy total vereinnahmt.« Sie fuhr fort, den Baum zu schmücken. Plötzlich sagte sie leise: »Ich denke darüber nach, ihn zu verlassen.«

Nadja dachte erschrocken an die Küsse auf Mallorca. Aber offensichtlich schien Sabine nichts davon zu wissen. »Nein! O nein! Warum willst du Andy verlassen?«

»Ich hab jemanden kennengelernt. Es funktioniert seit einer Weile nicht mehr zwischen Andy und mir.«

Beide schauten wieder durch die Fenster ins Haus. Und beobachteten, wie Andy in die Diele lief, wo das Telefon schrillte. Nadja dachte darüber nach, ob sie ihrer Schwester raten sollte, alles nochmal zu überdenken. Die Gefahr, dass sie eines Tages auf ihre kleine Affäre mit Andy kommen könnte, verunsicherte sie. Letztlich hatte Sabine sich nie für sie eingesetzt. Auch wenn alles zwischen den beiden harmonisch zu sein schien. Nadja kannte ihre Schwester. Niemals hätte sie ihr verziehen. Oder doch? Hatte sie ihre Schwester falsch eingeschätzt? Offenbar betrog die doch jetzt ihren Mann.

Andy wirkte am Telefon völlig verwirrt. Er sprach schnell und erregt, schloss dann rasch die Tür zum Nebenzimmer.

Sabine wusste nun nicht mehr, ob sie ihrer Schwester gegenüber zu offen gewesen war. Letztlich ging es ja nicht nur um Geld. Jetzt war sie es, die die Regeln brach und aus ihrem vermeintlichen Familienidyll ausstieg. Das Vorrecht, so zu handeln, hatte sie bisher gern Nadja überlassen.

Im Wohnzimmer stand die Kriminalbeamtin auf und ging zu Andy. Der unterbrach sein Telefonat und nahm die Karte von Frau Behrend entgegen, die sich verabschiedete. Kurz danach legte Andy auf und kam auf die Terrasse, wo er die Schwestern schweigend beim Christbaumschmücken vorfand. Er selbst wirkte auf einmal ganz vergnügt und fröhlich.

»Störe ich bei einer schwesterlichen Aussprache?«

Zärtlich massierte er Sabines Rücken. »Was bist du denn so verspannt?«

Sabine und Nadja schauten sich tief in die Augen, und Sabines füllten sich mit Tränen, die sie unterdrückte. In den letzten Wochen waren ihr alle Träume verlorengegangen, in denen sie die Zukunft ihrer Familie in den schönsten Farben erlebt hatte.

Am nächsten Morgen erreichte Andy ein Anruf seines Vaters. Er fuhr sofort zu dem Mietshaus in dem sich die Wohnung seiner Eltern befand. Als er aus seinem Auto ausstieg, sah er seinen Vater schon auf der Steintreppe vor der Haustür des dunkelroten Klinkerbaus hocken.

»Mein Gehalt wurde wieder gepfändet. Da haben sie mich gefeuert. Fristlos. Ich hab Angst, hochzugehen und es Mama zu sagen.« Der Vater versuchte, die Tränen zurückzuhalten.

Andy setzte sich neben ihn und nahm ihn in die Arme.

»Er hat mich angerufen.«

»Wer? Glanz?«

»Gestern Abend. Er will mich auszahlen. Vor allen anderen. Er hatte vor dem Finanzamt flüchten müssen. Er sagt, wenn ich nach Südafrika komme, kriege ich Geld. Vielleicht noch nicht alles, aber wenigstens so viel, dass wir wieder festen Boden unter die Füße bekommen. Er hat mir sein Ehrenwort gegeben, Papa.«

Der Vater seufzte.

»Was soll ich dazu noch sagen? Dann hols dir, unser Geld.«

Der alte Weinhändler hatte schon manches erlebt, aber ihm fehlten die Worte für das, was sein Sohn und seine Familie mit diesem Glanz mitmachen mussten. So etwas wie Hoffnung hatte er längst aufgegeben, sich mit dem Verlust schon abgefunden. Aber Andy schien wieder Mut zu fassen. Vielleicht hatte sein Sohn doch Recht. Man durfte nie aufgeben. Und so gab er sich innerlich einen Ruck und nahm sich vor, seinem Sohn zu vertrauen, der sogar bereit war, persönlich das Geld in Südafrika abzuholen. Dann würde sich doch noch alles zum Guten wenden. Er, Vater Schroth, wäre dann sogar bereit, diese riskanten Investitionen doch noch gutzuheißen, vielleicht sogar noch eine weitere einzugehen. Aber eben nur, wenn das Geld tatsächlich mal auf seinem Tisch liegen würde.

Sabine hockte im Halbdunkel reglos in der Küche, starrte zum Fenster hinaus und machte sich Gedanken über ihre Zukunft, als Andy nach Hause kam.

»Hier bist du? Warum kommst du eigentlich nicht mit?«, fragte er.

»Nach Südafrika? Bist du verrückt? Wovon denn?«, sagte Sabine aufgebracht.

»Die Tickets zahlt er.« Andy folgte ihr in die Küche. »Vielleicht hab ich mich wirklich wie ein Vollidiot benommen, aber Leute ganz anderen Kalibers vertrauen ihm doch auch.« Plötzlich klammerte er sich an seine Frau. »Hilf mir! Bitte. Sabine, hilf mir«, wiederholte er leise.

Sie streichelte ihn, antwortete aber nicht. Andy wandte sich enttäuscht ab.

»Na, schön! Vergessen wir's.«

Sabine rief ihm hinterher. »Und er zahlt?«

»Jaaa«, rief Andy zurück und schöpfte aus dem ungläubigen Klang von Sabines Frage die Zuversicht, seiner Frau in Kapstadt ein Wunder zu präsentieren.

Sabine setzte den Kessel mit Wasser auf. Sie dachte an ihren neuen Lover. Wollte sie wirklich nochmal mit Andy nach Südafrika fliegen? Es war möglich, dass sie ihm Unrecht tat. Vielleicht gab es bei diesen enormen Renditeversprechen tatsächlich andere Spielregeln, die keiner wirklich kannte. Immerhin war nichts normal an diesen Geschäften, sonst hätte man sie ja bei jeder Bank machen können. Sie war sich nicht sicher. Andy hielt zu ihr und zur Familie, andererseits hatte er sie an den Rand des Existenzminimums manövriert. In guter Absicht, aber was nutzte das? Welche Entscheidung war jetzt die richtige? Ihre Intuition, ihr Bauchgefühl sagte nur: »Alles sehr aufregend.« Aber das war nicht das, was sie jetzt als Richtschnur brauchte. Bei Dieter Glanz auf seiner Farm in Südafrika sein, wollte sie das überhaupt? Nach all dem Theater, nach all der Schande? Was wäre allerdings, wenn dort doch plötzlich die Scheine auf den Tisch kamen, während sie zu Hause voller Gram über das Ende ihrer Beziehung nachdachte? Die Sache schien es wert zu sein, zumal Glanz die Tickets zahlte. Und wenn er wieder nur bluffte, würden sie diesmal gar nicht erst abfliegen, denn die Tickets waren am Flugschalter hinterlegt. Also, was sollte schon schiefgehen? Sabine gab sich einen Ruck.

»Andy, ich packe schon mal die Sachen.«

»Heißt das, du kommst mit?« Ihn durchströmte eine Fröhlichkeit und Zuversicht, wie lange schon nicht mehr.

# Kapitel 8

Die dunkel schimmernden Umrisse des Tafelbergmassivs, das aus dem Devils' Peak, dem Lions Head und dem Berg der Zwölf Apostel bestand – als hätte die Natur die großen Themen von Macht und Gnade symbolisch in Stein gehauen –, bildeten die perfekte Kulisse zur Meeresbrandung vor Kapstadt. Weiße Villen verbargen sich hinter hohen Mauern auf den Hügeln, die Immobilienmakler als die beste Lage der Stadt bezeichneten. Fremde ließen diese mit Marmor und Edelholz ausgestatteten Häuser im Unklaren über die tiefe Kluft zwischen Reichtum und der Armut in den Townships. Die Luft stand flimmernd über dem rissigen Asphalt. Die Hitze bewirkte ihre eigene bizarre Form der Wahrnehmung, sie veränderte das Gefühl für Farben und Formen. Sabine und Andy fuhren an der Küste entlang. Der Wagen schnurrte leise, und das Meer spiegelte die Sonne wie in einem Brennglas. Sabine fotografierte aus dem Auto heraus, aber Andy war unempfänglich für die Schönheit der Landschaft. Nervös griff er nach ihrer Hand. Ihn plagte seit ihrer Abreise das sichere Gefühl, hier seiner letzten Chance zu begegnen.

»Ist das nicht schön?« Sabine deutete auf den Tafelberg. »Wenn wir das Geld bekommen, könnten wir hier Urlaub machen. Vielleicht auch ein Ferienhaus kaufen?«

Andy schaute sie überrascht an. Sabine machte Pläne mit ihm. »Äh, ja natürlich, ja. Wenn wir das Geld bekommen, auf jeden Fall. Ich freue mich auch auf das Wiedersehen. Ich glaube, es ist wichtig, wenn ich mal ganz allein mit Dieter sprechen kann. Ohne die anderen. Ich habe es auch niemandem gesagt. Ich meine, dass wir auf seine Einladung hier runtergeflogen sind.«

Sabine fotografierte. »Muss ja auch niemand wissen.«

Unterdessen saßen die Jünger von Dieter Glanz im Farmhaus und lauschten andächtig den Ausführungen ihres Meisters. Spärlicher Sonnenschein sickerte durch die dichten Vorhänge und schützte die Gruppe vor der brütenden Hitze. Gloria, Hajo, Isa, Eva, Heiner, Alfi, Uschi und der General – sie alle hingen an den Lippen von Glanz. Der saß, umringt von seinen Freunden, im Halbdunkel der Bibliothek und paffte an seiner Zigarre. Dann und wann nahm er einen Schluck aus dem Weinglas und streichelte den Schäferhund zu seinen Füßen. Der blaue Zigarrenrauch kräuselte sich in der Luft.

»Ich spaziere also mit Olaf, das ist einer der letzten echten Wikinger, jedes Jahr habe ich ihn und seinen Sohn Joern, wegen seiner großen Hände wurde er auch Joern der Hammer genannt, am Fjord besucht; da lebt die Familie seit Ewigkeiten, seit Olaf dem Grausamen, auch Olaf der Schlitzer genannt. Schon gehört?« Alle in der Runde nickten, als wären sie Experten in skandinavischer Geschichte, insbesondere was grausame Wikinger betraf.

»Der hatte der Familie das Wassergrundstück als Bezahlung für Thurid, die Schöne, übertragen. Auch genannt ›die Liebreizende‹, in der Hoffnung, dass sie bald den Namen ›die Gebärfreudige‹ führen würde.«

Die Zuhörer kicherten verhalten.

Draußen näherte sich die Limousine dem weit gestreckten Farmhaus inmitten des riesigen, mit Stacheldraht umzäunten Parkgeländes. Sabine zeigte auf die Wachen.

»Sperren die Eindringlinge aus oder die Bewohner da drin ein?«

Andy zog die Schultern hoch. »Tippe eher auf die Bewohner dieses Prachtanwesens, die vor der Gier und dem Neid der anderen, die draußen bleiben, beschützt werden müssen.« Er stieg aus dem Auto und sah sich tief beeindruckt um. Glanz musste im Geld schwimmen. Da gab es nicht den geringsten Zweifel.

Dieter Glanz kraulte seinen Hund. »Also, Olaf und ich spazieren am Fjord entlang. Plötzlich rieche ich etwas. Tränen steigen mir in die Augen. War das ein alter Wikingerfriedhof? So einen bestialischen Gestank hatte ich noch nie gerochen. Olaf beruhigte mich. Im Laufe der Jahrhunderte wären die Fischreste so tief in den Sand eingedrungen, dass der ganze Schlamm stinkt. Aber es roch noch nach was anderem!«

Die Zuhörer wagten kaum zu atmen. Gloria musterte die anderen spöttisch, streckte sich gähnend und lächelte Hajo zu.

»Mein Gott, Gloria! Interessiert dich denn gar nichts außer deiner eigenen Person?«, maulte Heiner ärgerlich.

»Nicht viel«, gab Gloria leise und arrogant zurück und stand gelangweilt auf.

»Plötzlich, ich weiß nicht warum, verspürte ich dieses berühmte Zucken in meinem rechten Daumen.« Glanz demonstrierte es andeutungsweise.

»In deinem Geldzählfinger«, fragte Hajo atemlos. Glanz nickte: »Es zuckte nicht nur mein Daumen, sondern auch meine Nase. Ein untrügliches Signal, dass ein gutes Geschäft in der Luft lag«, verfeinerte Dieter Glanz seine Darstellung.

Heiner fiel in das hektische Gelächter mit wichtigtuerischer Geste ein. »Kenn ich! Kenn ich! Die Nase!«

»Es war Öl. Ich hatte Öl gerochen«, gab Glanz mit sonorer Stimme bekannt.

Jubelnd applaudierten die Zuhörer und prosteten Glanz so begeistert zu, als habe sich der Ölfund soeben noch einmal wiederholt.

»Klingt wie ’n Märchen«, rief Alfi Baumer.

»Ja, nicht wahr?«, bestätigte Glanz amüsiert.

Keine Frage, er hatte wieder ins Schwarze getroffen. Seine gierige Truppe suchte in den Hinterköpfen bereits nach monetären Quellen, um sich im Ölgeschäft endlich die ihnen zustehende Rolle zu verschaffen. Schließlich hatten sie alle die TV-Serie »Dallas« gesehen, also waren sie auch prädestiniert für das Leben im Wohlstand der Ölclans. Dieter Glanz treu zu bleiben hatte sich schon jetzt gelohnt. Je mehr Glanz über seine Quelle berichtete, desto mehr nährte er die Fantasie, dass die Ölvorkommen noch wertvoller sein könnten, als im Moment bekannt war. Nach Glanz prognostizierten Experten die Ausbeutung der Vorkommen für eine Laufzeit von mindestens fünfzig Jahren. Wenn die Quelle einmal angezapft war, sprudelte sie jeden Tag, unaufhörlich. Darauf war Verlass.

Die Sonne küsste kurz den Horizont und versank dann schnell im Ozean. In der Dämmerung wirkten die bewaffneten Wächter, die auf den Plattformen patrouillierten, wie fremdartige Tiere. Eine Traumkulisse, getaucht in warme Ockerfarben, bot sich den Neuankömmlingen Andy und Sabine Schroth. Tief beeindruckt von dem sichtbaren Reichtum, den ausladenden Nebengebäuden des reetgedeckten Haupthauses, der liebevoll gepflegten Parkanlage, in deren Mitte eine weiße Pagode stand, und der herrschaftlichen Atmosphäre, die diese Farm verströmte, stiegen die beiden aus der großen Limousine.

»Es ist schön, dich zu sehen«, ertönte plötzlich Nadjas Stimme.

»Es ist schön, dich zu sehen! Was, was machst du hier? Also, jetzt bin ich ja platt«, antwortete Andy verwirrt. In diesem Moment brach seine Hoffnung zusammen, sich mit Dieter Glanz im Geheimen zu treffen. Nadja, die ein Geheimnis hütete, das Andys Ehe zerstören konnte, ausgerechnet diese Frau begrüßte ihn zu seinem wichtigsten Treffen mit König Midas.

Nadja küsste ihre Schwester, die natürlich wusste, dass sie Nadja hier antreffen würde; von dem Gespräch seinerzeit aber ihrem Mann nichts berichtet hatte.

»Wie geht's euch?«, fragte Nadja.

»Wie geht's denn dir?«, wollte Sabine wissen.

»Gut. Wirklich prima. Manchmal muss mich Dieter allerdings daran erinnern, dass ich seine Rechtschreibfehler korrigieren soll, nicht er meine.«

Sabine lächelte höflich und fühlte sich an ihre Schulzeit erinnert. Ihre Schwester schien sich treu zu bleiben. Sie tat nur das Nötigste, aber sie kam damit durch.

Aus dem Haus drangen vergnügte Stimmen.

»Ist das eine tolle Geschichte, was? Menschenskinder«, rief Alfi.

»Wahnsinn! Der reine Wahnsinn. Er war es also, der in Norwegen das Öl gefunden hat. Gigantisch. So ein Schlingel«, begeisterte sich Heiner.

Glanz ging begeistert auf Andy zu und umarmte ihn. »Hast du abgenommen? Steht dir überhaupt nicht! Oder war der Flug so anstrengend?«

»Na ja, elf Stunden in der Holzklasse«, beschwerte sich Andy, der nun das volle Ausmaß seines Irrtums erkannte. Hier herrschte ausgelassener Gruppenfrohsinn, eigentlich hatten nur noch er und Sabine gefehlt. An ein ruhiges klärendes Gespräch mit Dieter Glanz war nicht zu denken. Er wusste, wie schnell einer der anderen Freunde störte oder ihn misstrauisch nach seinen Anteilen fragen würde. Sie belauerten einander, und wenn sie es nicht taten, sorgte ein neues Angebot für Unruhe.

Glanz war empört. »Holzklasse? Nadja, haben wir ihm ein Ticket in der Holzklasse geschickt?«, fragte er ungläubig.

Nadja wollte protestieren, aber Andy kam ihr zuvor.

»Nein, Dieter, ich wollte, dass Sabine mitkommt, und da …«

Glanz beachtete Sabine überhaupt nicht. Und was Andy jetzt noch sagen hätte können, wollte er nicht hören. »Du fliegst nicht Businessclass? Wenigstens Businessclass? – Nadja, meine Schöne, was machen wir mit ihm? Nächste Woche ist er Multimillionär und fliegt Holzklasse.«

Die Freunde, die auf die Terrasse hinausgetreten waren, lachten herzlich über die Sprüche von Dieter Glanz, der den Charme der Reichen und Schönen über sie goss wie Gott den Regen über den Erdball.

Sabine und Andy stellten ihre Taschen und Koffer in dem geräumigen Gästezimmer ab, das mit dunklen Intarsien getäfelt war und ein großes Bett aus afrikanischem Nussholz in seiner Mitte präsentierte.

»Du hast doch gesagt, er wollte dich allein treffen? Ohne die anderen«, meinte Sabine.

»Alles vom Feinsten hier«, wich Andy aus.

Ganz nebenbei zerriss er die Visitenkarte, die ihm Renate Behrend von der Kripo gegeben hatte.

»Komm, wir gehen zu den anderen«, forderte Andy Sabine auf und hakte sie unter. Sie wollte ihm jetzt nicht in den Rücken fallen. Immerhin empfing Glanz ihn wie einen guten Freund. Und auch auf sie machte er immer noch einen großzügigen und freundlichen Eindruck. Sogar einen Tick herzlicher als es damals auf der Gartenparty der Fall gewesen war. Sie gab sich Mühe, all ihr Misstrauen und die miesen Erinnerungen der traurigen Stunden in Hamburg zu verdrängen. Geschrieben hatte er allen ja immer, auch wenn er sie nur vertrösten wollte. Vielleicht tat man ihm Unrecht, wie Andy vermutete. Jetzt, wo es wieder zu laufen schien, schöpfte auch Sabine Hoffnung, dass er Wort halten würde. Nur eine Kleinigkeit störte sie. Glanz hatte sie nicht beachtet, sie nicht angesprochen, sich nicht nach ihrem Befinden erkundigt. Noch war sie bereit zu glauben, dass es an ihr oder einer unschönen Marotte des Geld-Gurus lag. Besondere Menschen trugen nun mal ihre Ticks mit sich herum, das wusste auch Sabine.

Die Gesellschaft hatte bereits zum Essen auf der Terrasse Platz genommen.

Eva Wendler begrüßte Andy und Sabine betont herzlich. »Na, wie finden Sie's hier? Sagenhaft, einfach traumhaft, wie?«

»Wir haben ein Haus gekauft: Landadno-Bay. Superblick. Jede Menge Schlafzimmer und Terrassen«, verkündete Hajo.

Sabine schaute ihren Mann augenzwinkernd an, der sich an ihr Gespräch im Auto erinnerte und wissend nickte. Uschi Baumer plante ebenfalls für die Zukunft. Die Juweliersgattin wollte mit den Superreichen mithalten. »Wir haben uns noch nicht entschieden, ob wir nicht auch herziehen. Wenn Dieter jetzt auszahlt, gibt es hier natürlich ganz andere steuerliche Möglichkeiten.«

Isa Novak stimmte wichtigtuerisch zu. »Bloß nichts dem Finanzamt in den Rachen schieben, klar. Seit Wochen erkunde ich da schon Schleichwege.« Sie lächelte Alfi an, als wäre er auserkoren, dieses traute Heim künftig mit ihr zu teilen.

Andy Schroth schaute sich nach den anderen um. Sofort fiel ihm der schwergewichtige Oelig auf, der mit einer halbwüchsigen Schwarzen schäkerte. Wie immer hatte er eine dunkle Brille auf der Nase und eine Zigarre zwischen die brillantengeschmückten Finger geklemmt.

Glanz stellte ihm Andy vor. »Mr Oelig ist hier, weil das Investment jetzt unmittelbar vor der Auszahlung steht. Er organisiert die Abwicklung, bringt alles auf die Reihe.«

»Nice to meet you«, strahlte Andy.

»Du kannst mit Herrn Oelig ruhig deutsch sprechen. Er ist Treuhänder aus der Schweiz.«

Sabine blühte inzwischen auf, gönnte sich erleichtert einen neuen Hoffnungshorizont, an dem die Sonne nie untergehen würde. Südafrika tat ihr gut, Glanz und seine Jünger taten ihr gut. Sie hörte gerade Hajo Novak zu.

»... seine Firma betreut auch unser Haus in Monte Carlo. Jede Woche geht einer von seinen Angestellten da rein, lässt das Wasser laufen, schaltet das Licht ein, hinterlässt einen Rotweinfleck auf dem Teppich und bringt ihn dann zur Reinigung. Alles, um dem Finanzamt zu beweisen, dass wir die ganze Zeit da wohnen.« Zu Isa gewandt fragte er: »Noch was zu trinken, Schatz?«

»Du trinkst doch schon für uns beide, Muckel«, antwortete Isa bissig und zog Alfi hinter sich her auf die Wiese, um mit ihm zu tanzen. Die Gäste applaudierten, als Gloria im tief dekolletierten Sommerkleid herantrat.

Glanz rief mit großer Partygastgebergeste: »Tolles Kleid! Wo ist der Rest davon?«

Gloria hatte plötzlich eine alte Lederjacke in der Hand, die sie herumreichte.

»Die hat Dieter damals getragen. In Norwegen. Voller Ölflecken, seht ihr? Smell it! Riecht noch nach Öl.«

Glanz lächelte anerkennend. Nadja setzte sich neben Sabine.

»Dass es so ein Leben gibt, habe ich gar nicht gewusst. Durch Dieter lerne ich eine Welt kennen, zu der arbeitslose Schauspielerinnen normalerweise keinen Zutritt finden.«

Sie sah, dass Andy zu ihr herüberblickte und prostete ihm zu. Wieder klingelte ein Handy, das auf dem Tisch lag. Da Glanz gerade dabei war, Spaghetti zu verteilen, meldete sich Nadja.

»Hallo? Wer ist denn da?«

Glanz nahm ihr das Handy ab. Was dann an sein Ohr drang, passte so gar nicht zur Stimmung des Abends. Leon Grünlich wünschte ihn zu sprechen. Grünlich sah während des Telefonats durch das Fenster seines Baucontainers, wie draußen im Hof Gerichtsvollzieher seine Maschinen pfändeten.

»Ich fühl mich von dir angeschissen. Ich hab dir gesagt, du sollst mich nicht anscheißen. Ich hab dir gesagt, ich mach dich alle. Wenn ich hier absaufe, tust du's auch, verlass dich drauf. Die Staatsanwaltschaft will, dass ich gegen dich Anzeige erstatte, ich ...«

»Leon, das Problem von denen ist, dass keiner von den

angeblich Betrogenen sich selbst als Betrogener sieht. Halt dich von denen fern, Leon. Du kriegst dein Geld, aber halt dich von der Scheiß-Kripo fern.«

Er trat etwas beiseite, niemand sollte ihn jetzt hören.

»Du hast gesagt, die vier Millionen …«

»Hallo? – Hallo!« Glanz hatte nun genug. Er legte nicht einfach auf. Er folgte geradezu der Forderung von Grünlich aufs Wort, aber was konnte er schon dafür, wenn die Leitung zusammenbrach. Glanz dachte einen Moment daran, wie viel Informationen, dringende Mitteilungen und jede Menge Wahrheiten in echten Funklöchern weltweit verschwanden, und um wie viele mehr in vorgetäuschten Funklöchern. Er ließ Grünlich weitersprechen. »Wenn du nächste Woche nicht mit dem Geld rausrückst, passiert ein Unglück, und zwar eins, das du nicht überlebst.« Grünlich redete immer noch, aber Glanz zuckte mit den Achseln und schaltete sein Handy aus.

»Die Verbindung ist unterbrochen«, sagte er, bevor er das Handy wegsteckte.

Er ging wieder zu den anderen.

»He, Uschi! Wir brauchen was zu trinken. Unbedingt was zu trinken«, rief Alfi Baumer seiner Frau zu. Die regte sich entgegen ihrer sonstigen, geradezu mütterlichen Zuneigung zu ihrem Mann diesmal aber nicht. Uschi hoffte, dass Alfi ihre Missachtung bald auf Isa übertragen würde. Vorerst wollte sie es bei dieser Hoffnung belassen. Andy beobachtete, wie Heiner Nadja zum Tanzen aufforderte.

»Schöne Gartenmöbel, Dieter«, freute sich Heiner.

»Von deinem Geld bezahlt, Heiner«, antwortete Glanz wie im Spaß, obwohl er es bitterernst meinte.

Heiner lachte. Glanz spürte den tadelnden Blick von Gloria und prostete ihr vergnügt zu. Seine Frau war zwar cool bis auf die Knochen, aber dem Spiel mit dem Feuer konnte sie nicht immer Vergnügen abgewinnen.

Blinzelnd trat Sabine auf die Terrasse der weißen Strandvilla hinaus. Es war ein zweistöckiger Bau, modern, mit Swimmingpool, großen Fenstern, eleganten Marmorböden im Haus und Holzverschalungen auf der Terrasse. Fast schien es, als würde die schäumende Meeresbrandung bis hierhinaufspritzen.

»Toll! Ein Wahnsinn! Gefällt es dir?«, fragte Sabine.

Andy hängte sich vergnügt bei ihr ein und schaute sich um. »Mir gefällt, dass es dir gefällt.«

»Kostet es viel?«

»Neunzehn Millionen Rand! Verglichen mit der Summe, die wir in den nächsten Tagen kassieren, ein Klacks«, sagte Andy.

Sabine umarmte ihn glücklich. Die beiden küssten sich und Sabine war heilfroh, dass sie ihre Fluchtpläne aus dem häuslichen Kerker der Zweifel nicht weiterverfolgt hatte. Die große Welt passte doch besser zu ihr. Und Andy hatte auch nichts gemerkt. Er vertraute Dieter Glanz, das schien zu genügen.

Unterhalb eines großen rosenfarbenen Hotels lag im Schatten sich sanft wiegender Palmen ein Strand, dessen Sand so feinkörnig war, dass er zwischen den Zehen wie sanfte Federn entlangstrich. Drum herum standen Landhäuser und Bungalows, deren graue Dächer aus einem lichten Palmenwald herausragten. In der Ferne brach sich das Licht an den dunklen Bergketten. Die Anlieger dösten, vom Sonnenöl glänzend, unter weißen Segeln und genossen den stürmischen Wind, der ihnen die Hitze erträglich machte.

Tommy und der General rösteten auf einem Grill frischen Hummer. Der General befand sich zwar im Ruhestand, befahl aber selbst den Muscheltieren noch, was sie zu tun hatten. »Ordentlich Knoblauch, dazu frische Tomaten. Die lassen wir ein bisschen schmoren. Jetzt den Hummer. Alles hört auf mein Kommando. Rein damit!«

Tommy zierte sich. »Nein! Igitt, ich kann kein lebendiges Wesen in heißes Fett werfen, das bringe ich einfach nicht über mich.«

Der General schmunzelte. »Was wollen Sie sonst? Vorher nochmal mit ihm Gassi gehen?«

Die anderen schauten lachend herüber. Isa cremte sich die Beine ein. Alfi ließ sie nicht aus den Augen, denn längst geriet sein angeblich so harmloses Verhältnis zu Isa zu einer kleinen Abhängigkeit. Uschi war das nicht entgangen, sie sprang wütend auf und lief ein Stück am Strand entlang, um ihren Frust abzubauen, der sie fast umbrachte.

Andy strampelte vergnügt im tiefblauen Wasser, während Sabine sich wohlig, mit dem Gesicht nach oben, treiben ließ. Alfi war Uschis heftige Reaktion nicht entgangen. Er lief ihr nach, in Gedanken legte er sich eine logische Erklärung zurecht. Als er sie eingeholt hatte, liefen sie mit ernsten Mienen ein paar Meter wortlos nebeneinander. Bis Uschi ihm Vorwürfe machte und ihn aufforderte, sein Techtelmechtel mit Isa zu beenden. Trotzdem versuchte er sich zu rechtfertigen.

»Erlaube mal! Das sind sehr vermögende Leute. Vielleicht können wir sie als Kunden gewinnen.«

Uschi unterdrückte nur mit Mühe ihre aufgestaute Wut. »O ja, toll! Du denkst nur ans Geschäft. So ein Blödsinn!«

Alfi sah ein, dass er nicht mehr glaubwürdig wirken

konnte. Zu oft provozierte Isa vor den Augen Uschis deren Eifersucht.

Südafrika sorgte in seinem Kopf für andere Gefühle, er war nicht mehr sicher, wie er angemessen reagieren konnte. Uschi nicht zu verärgern war das eine, Isa nicht im Stich zu lassen das andere. Alfi wischte sich über die Stirn. Er sah einfach nicht ein, sein Verhalten zu ändern.

Die Sonne hatte ihren Höchststand erreicht und die Luft flimmerte über dem ausgedörrten Land. Der Wind hatte sich etwas gelegt, und die Wellen schwappten jetzt in kleineren Formationen an Land.

Hajo unterhielt sich am Handy mit seiner Mutter. »Aber Mama, wenn es dir nicht gutgeht, komm doch her! Ich weiß, dass Robert nächste Woche Geburtstag hat, aber vielleicht kann er einmal ...« Die Verbindung war zusammengebrochen. Hajo rief noch ein paarmal »Hallo«, klappte dann aber sein Handy ratlos zusammen. Es schmerzte ihn, dass seine Mutter immer nur für seinen Bruder da war. Nie für ihn. Robert war der Tüchtigere von ihnen, keine Frage. Er leitete die Firma; er zahlte seinem Bruder jeden Monat Geld, damit der ihn bei seiner Arbeit nicht störte. Aber trotzdem hätte seine Mutter doch hin und wieder auch ihm – Hajo – ein Stück von ihrer Mutterliebe zuteilwerden lassen können.

Vorn an der Straße war das Quietschen der Bremsen zu hören, ein Auto hielt und Heiner stieg aus.

»Morgen wird ausbezahlt.« Er lief eilig auf den Strand zu. »Morgen ist Zahltag. Definitiv. Der Countdown läuft, Leute!«

Schon kurze Zeit später drängten sich die Freunde des schnellen Geldes aufgeregt im Vorzimmer des Farmhauses, in dem Jutta, Nadja und eine weitere Sekretärin arbeiteten.

Finanzberater Siegmar Oelig verkündete feierlich: »Konkret kann ich Ihnen bestätigen, dass seit heute Morgen eine erste Rate von 782 Millionen bei der Chase-Manhattan-Private-Bank bereitliegt.«

Wie betäubt schauten sich die Anleger an. Jetzt schien es endlich so weit zu sein. Oelig war ein Garant für Seriosität. Dieter Glanz flipperte am Spielautomaten im Flur.

»Weißt du eigentlich, was du für ein Vermögen kassierst?«, fragte er Andy.

»Genau nicht, Dieter. Hauptsache, es kommt jetzt überhaupt was.«

»Round about?«, fragte Glanz Oelig.

»Schroth, Andy?« Oelig sah auf die Liste. »76 Millionen 785 Tausend.«

»Alfi?«, fragte Glanz. Als Oelig die Summe »252 Millionen« nannte, wirkten Uschi und Alfi wie betäubt.

Eine solche Nachricht verlangte nach einer ausgiebigen Feier. Glanz gönnte seinen Jüngern die Tollerei. Die Freunde tanzten auf der Terrasse. Alfi spielte ausgelassen Klavier. Isa riss die Sonnenbrille herunter und wirbelte um sich selbst. Eva Wendler tat es ihr nach. Die Männer klatschten im Takt der Musik, die Stimmung wurde immer ausgelassener. Sabine und Andy hüpften um den Pool herum. Nadja beobachtete das Treiben lächelnd und freute sich mit leiser Wehmut über die wiedergefundene Harmonie zwischen den beiden.

Während sich die Partygesellschaft amüsierte, bereitete Dieter Glanz am Telefon seine nächste große Aktion vor. »Und? Alles in die Wege geleitet?«

Sein Gesprächspartner Grünlich verließ gerade das Gerichtsgebäude in Kapstadt. Das lag umringt von modernen Bürogebäuden direkt in der Stadt, war im klassizistischen Stil gebaut und wirkte genau so, wie es die schweren Säulen an der Frontseite symbolisierten. Hier befand sich jenseits der Moderne die Institution, vor der man sich von jeher zu beugen hatte. Leon Grünlich fächelte sich Kühlung zu und stieg in ein Taxi. »Genau wie du es vorgeschlagen hast. Den Antrag auf Einleitung eines Konkursverfahrens gegen dich und die nötigen eidesstattlichen Erklärungen habe ich eben unterschrieben.«

Oelig betrat das Büro und schloss die Tür zum Vorzimmer. Der Raum lag im Halbdunkel.

Als Glanz aufgelegt hatte, schüttelte Oelig seufzend den Kopf. »Ich frag mich, wie Sie die nächsten Tage heil überstehen wollen? Die da draußen massakrieren Sie doch«, sagte er in einem für einen Berater seines Typs ungewöhnlich besorgten Ton.

»Erst mal freuen sie sich. Und Vorfreude ist doch die schönste Freude.« Gedankenverloren starrte Glanz in das grünlich leuchtende Aquarium.

Die aufgeputschte Runde verlangte nach einer angemessenen Feier, die niemand vergessen würde, und Glanz tat ihnen den Gefallen. An diesem windgepeitschten Abend raste die dreizehnköpfige Partygesellschaft in getrennten Autos die Küste entlang. Gloria saß neben ihrem Mann. Sie hatte sich heute das Kleid »Vorfreude« angelegt, einen eleganten Fummel, der Isa und Eva noch bis in ihre Träume verfolgte. Isa warf wachsame Blicke auf Alfi, der ihr inzwischen mit seinem zu erwartenden Vermögen ein guter Ersatz für ihren Hajo erschien. Uschi Baumer versuchte glücklich auszusehen, dabei platzte sie fast vor Eifersucht. Für sie war nur eins sicher auf dieser Welt: dass ihr Alfi letztlich nur bei ihr glücklich werden konnte. Aber sie tröstete sich damit, dass ihr Aufenthalt hier in Südafrika bald vorbei sein würde. Sobald das Geld da war, würden sie abreisen. Ein neues Leben beginnen. Alfi würde wieder zur Vernunft kommen und Isa vergessen. Bodyguards begleiteten die Gesellschaft und lenkten auch die Autos. In diesem Land waren Überfälle und andere Verbrechen an der Tagesordnung, zumal sie als wohlhabende Weiße leichte Ziele abgaben.

Die Stimmung war ausgelassen, als sie ihr Ziel erreichten. Zu der Anlage gehörten ein elegantes Restaurant mit Blick auf das Meer, ein Pub und eine Diskothek. Eine Band spielte Calypso- und Salsamusik gemixt mit afrikanischen Rhythmen. Die gesamte Terrasse war offenbar für Dieter Glanz und seine Freunde reserviert. Als Glanz, von Bodyguards flankiert, das Lokal betrat, schienen die anderen Gäste beeindruckt vom Pomp des Auftritts. Barbara Ewert, eine elegante Dame mit aufgespritzten Lippen und straff operierten Gesichtszügen, deren gelegentliche Gesangsauftritte das Restaurant erfolgreich gemacht hatten, stellte ein Schild auf: »Geschlossene Gesellschaft«. Paul Ewert begrüßte mit vielen Bücklingen das Ehepaar Glanz. Der Finanz-Guru ließ sich nicht lumpen und erfüllte die in ihn gesetzten Erwartungen prompt: »Champagner, Paulchen! Dom Perignon. Den 76er. Bring mal gleich ein Dutzend Flaschen!«

Barbara Ewert konnte auf eine Schlagerkarriere Ende der 70er-Jahre und Anfang der 80er-Jahre in Deutschland zurückblicken. Nach mehreren misslungenen kosmetischen Operationen hatte sie die Bühne verlassen, da die chirurgischen Fehlleistungen auch von geschickten Maskenbildnerinnen nicht mehr zu retuschieren waren. Barbara hatte selbst entschieden, sich so nicht mehr zu präsentieren. Ihre Karriere endete abrupt mit einem Interview, in dem sie ihren Rückzug ins Private erklärte. Wenige Tage später stand sie hinter dem Tresen, wo sie auch einst entdeckt wurde. Paul hatte bereits die Anlage in Südafrika gekauft. Die Jahre vergingen und andere Trends beherrschten die Hitparaden, aber Barbaras Fans blieben ihr treu. Und so sang sie regelmäßig in der eigenen Diskothek und manchmal auch im Restaurant ihre großen Hits und gab bereitwillig Autogramme. Barbara sang sehr intensiv und gefühlvoll, bot noch alle Posen wie einst im Fernsehen und tanzte so anmutig wie am Anfang ihrer Karriere. Und wenn sie in die strahlenden Gesichter ihrer Fans schaute, die alle Texte auswendig mitsangen, spürte sie die unheimliche Liebe zu ihrem Beruf. Sie vermisste diese Auftritte, aber sie lächelte tapfer, als sie wieder die Bestellungen aufnahm. Dem Umsatz tat es gut, der wäre ohne die Schlagerfans vor allem im Winter eingebrochen. Seitdem Südafrika durch immer attraktivere Reiseangebote erreichbar geworden war, zog es immer mehr Deutsche an das Kap der Guten Hoffnung. Barbara und Paul Ewert machten seit zehn Jahren viel Geld mit ihrem gastronomischen Unterhaltungstempel. Dieter Glanz sah in Paul schon lange ein großes Investitionspotenzial schlummern, und wie Paul so um ihn herumbuckelte, wusste er, dass er heute Abend ein ganz großes Geschäft in die Wege leiten würde. Dazu bedurfte es erst einmal einer kräftigen Umsatzsteigerung, um die nötige Vertrauensbasis herzustellen.

»4700,– die Flasche«, meldete Heiner mit einem Blick auf die Karte.

Glanz konterte nonchalant. »Ich hab meine Brieftasche vergessen. Lieb von dir, Heiner, dass du heute Abend die Rechnung übernimmst.«

Gemeinsam mit Hajo amüsierte er sich über Heiners verzweifelte Miene. Hajo gab Andy lachend einen guten Rat. »Tja, passen Sie auf! Wenn die Armut überwunden ist, kommt die Habsucht.«

Andy versuchte, einen Platz neben Nadja zu ergattern, aber die hatte sich auf die andere Seite des Tisches zu ihrer Schwester gesetzt.

Hajo seufzte. »Irgendwie tut's mir leid, dass jetzt alles vorbei sein soll. War doch eine tolle Zeit hier, ha?«

Heiner suchte Nadja. Plötzlich hatte ihn eine tiefe Wehmut erfasst. »Wo ist denn die kleine Dunkelhaarige? Eben war sie doch noch hier, 'ne verdammt heiße Nummer. Hat den ›Na, wie wär's mit uns beiden‹-Blick drauf. Aber immer wenn ich sie suche, verschwindet sie.«

Heiner war es nie aufgefallen, dass in den letzten Jahren nicht eine begehrenswerte Frau für ihn erreichbar gewesen war, die er nicht vorher dafür bezahlt hatte.

Aus der Bar klangen sanfte Klaviertöne. Alfie hatte sich dort ans Klavier gesetzt.

»Wow! Spielt er nicht super«, schwärmte Isa.

»Eigentlich wollte ich Pianist werden, aber seit Generationen sind alle in meiner Familie Juweliere, also musste ich auch ins Geschäft«, erzählte Alfi, während ihn Isa anschmachtete. Beide übersahen, wie Uschi sie voller Eifersucht beobachtete.

Heiner gab seine Suche frustriert auf. »Zu schade! Bei der hätte ich heute Abend landen können. Garantiert.«

Die Band spielte ein Liebeslied und die Sängerin tänzelte im Takt ihres Songs um den Mikrofonständer. Nadja nahm wieder Platz und blickte zu Andy hinüber, der ihr schüchtern zulächelte. Sabine entging diese Vertrautheit nicht.

Isa zog Alfi in die Damentoilette. Sie klebte an seinen Lippen, knallte die Tür zu, knöpfte ihm hektisch die Hose auf, und Alfi öffnete ihre Bluse. Er löste sich von ihr.

»Was tun wir da?«

»Was wir tun müssen. Hast du Angst? Etwa vor deiner Frau?«, fragte Isa.

»Lass Uschi aus dem Spiel.«

Isa riss sich ihr Höschen runter. »Morgen sind wir Millionäre. Dann können wir machen, was wir wollen«, japste sie.

»Is doch jetzt alles egal. Die können uns doch alle mal«, stimmte ihr Alfi zu und drückte sie gegen die Tür.

Hajo hatte inzwischen bereits mehrere dreistöckige Wodkas intus. »Wo ist meine Frau? Hat irgendwer meine Frau gesehen?« Obwohl er angetrunken taumelte, schien er plötzlich von gefährlicher Klarheit zu sein.

»Ja, eben in der Toilette. Ich schau mal, wo sie bleibt«, beschwichtigte Gloria ihn.

Sie schritt zügig die Treppe nach oben und ging den Flur entlang.

»Isa, mein Schatz. Dein Mann verlangt nach dir! Isa darling«, rief sie laut.

Vor einer Tür blieb sie stehen. Isa und Alfi stöhnten und ächzten so heftig, dass unschwer zu erkennen war, dass sie im Stehen kopulierten. Gloria klopfte vorsichtig an die Tür. Doch niemand öffnete. Sie hatte nichts anderes erwartet. »Bist du da drin?«, fragte sie.

Alfi und Isa hielten erschrocken inne. Isa ächzte. »Moment. Ich komme sofort. Ich habe mich nur ein bisschen frischgemacht.«

Gloria lächelte wissend und drehte sich auf dem Absatz um. Andy saß mit Glanz zusammen. Der wirkte schwermütig und betrunken, von einer merkwürdigen dunklen Traurigkeit überschwemmt.

»Wie die Geier werden sich ab morgen alle auf dich stürzen. Die Parasiten! Die Schmeichler! Reiche und nicht ganz so Reiche. Alle wollen sie nur eines: durch dich noch reicher werden. Ich kenne die Bande! Wie oft haben mir meine Freunde hier erzählt, wie sie, nur so zum Spaß, Existenzen vernichtet und Konkurrenten geschluckt haben.«

Uschi sah entsetzt, wie Alfi sich mit betretenem Gesicht unter die Gesellschaft mischte. Sie versuchte die Tränen zurückzuhalten. Sie fühlte genau, was passiert war. Die Atmosphäre war überhitzt, als würde der Alkohol die wahren Absichten, die wahren Lebensziele und die wahren Charakterzüge gegeneinander ausspielen. Die schrille Stimme von Isa unterbrach das Durcheinander. »Rühr mich nicht an. Ich steche zu, wenn du mich anrührst.« Sie hatte sich an der Bar einen Eispickel von der Theke genommen und stand drohend vor Hajo.

»Vorsicht. Das gibt ein Unglück!«, warnte Heiner.

Der General war der Einzige, der sofort reagierte und mutig dazwischenging. »Komm, Mädchen, gib mir das Ding.«

Doch Isa wich vor ihm zurück, hob den Eispickel und ging auf Hajo los.

»Stich doch zu! Mach doch, du Dreckshure«, reizte er sie weiter.

Jetzt griff Glanz ein. »Heee«, rief er, ging auf Isa zu und nahm ihr mit einem beherzten Griff den Eispickel aus der Hand.

»Wenn du dich beruhigt hast, kauf ich Paulchen den Eispickel ab und schenk ihn dir, Isa«, frotzelte er. Zu den anderen meinte er achselzuckend: »Sie streiten ein bisschen. Davon geht die Welt nicht unter.«

Alle lachten erleichtert, nur Isa weinte. Glanz bemerkte, wie Andy die anderen anstarrte, jene Wohlhabenden, in deren Kreis er doch unbedingt aufgenommen werden wollte.

In dieser Nacht konnte Andy nicht schlafen. Er war sehr früh aufgestanden, ohne Sabine zu wecken, und durch den riesigen Park spaziert.

Die Wiesen und Terrassen vor der Farm lagen friedlich in der Morgendämmerung. In den Häusern schliefen die Investoren den tiefen Schlaf der Gerechten. Die ersten Vögel erfüllten die Luft mit ihren zwitschernden Gesprächen, als wollten sie die Aufgaben des Tages planen. Den wichtigsten Tag der letzten Jahre wollte Andy in jeder Minute auskosten. Allein spazierte er, voll freudiger Erwartung, am Pool entlang. Der Tag roch noch frisch und unschuldig.

Plötzlich sah er, wie zahllose Männer in blauen Uniformen wie bei einem Militärschlag über den Zaun kletterten und auf das Haus zurannten. Polizeifahrzeuge passierten in hohem Tempo die bewachte Schleuse und hielten mit quietschenden Reifen vor dem Eingang. Polizisten sprangen heraus. Blitzschnell wurde das Farmhaus von einem Polizeikordon umzingelt. Andy blieb erst wie angewurzelt stehen, dann folgte er langsam den Polizisten.

Es polterte an der Tür. Glanz eilte die Treppe herunter. Draußen wimmelte es von Fahrzeugen und wichtig dreinblickenden Menschen, die Einlass forderten. Church, ein gut aussehender Mann, braungebrannt, elegant gekleidet, hielt Glanz ein Papier vor die Nase.

»Herr Glanz? Church, Konkursverwalter. Machen Sie bitte keine Schwierigkeiten«, sagte er in holprigem Deutsch.

Die Polizeieskorte verteilte sich in der Halle. Glanz' Schäferhund knurrte und fletschte die Zähne. Sofort richteten Sheriffs und Polizisten ihre Gewehre auf ihn.

»Der tut nichts. Keine Sorge.«

Glanz zerrte den Hund mit sich. Im gesamten Haus wurden Schränke aufgerissen, Schubladen durchstöbert und sämtliche Wertgegenstände beschlagnahmt.

Im Obergeschoß standen die Kinder angstvoll in der Tür. Glanz kauerte sich zu ihnen. »Ihr braucht keine Angst zu haben, hört ihr? Uns haben die Komantschen überfallen. Aber ich werde mit denen schon fertig. Das glaubt ihr mir doch?«

Die Kinder nickten. Glanz sah das erschrockene Gesicht von Andy im Erdgeschoß auftauchen. Dessen Erwartungen an den Tag waren binnen Minuten gedämpft worden. Er wünschte sich wieder auf die Wiese zurück, in die Stille und in seine geordneten Gedanken. Noch wusste er nicht, was das alles wirklich zu bedeuten hatte. Nur eins spürte er ganz sicher: Die Welt war wieder mal aus den Fugen, und Dieter Glanz konnte nichts dafür.

Sabine hörte laute Stimmen und eilte aus dem Gästehaus. Isa Novak stieg gerade aus ihrem Auto. Beklommen betrachteten Uschi, Alfi und der General die zahlreichen Polizeifahrzeuge in der Einfahrt. Eva Wendler und Heiner kamen jetzt auch verschlafen aus dem Gästehaus. Jutta, Nadja und eine weitere Sekretärin standen hilflos im Büro und beobachteten, wie die Beamten alles durchsuchten, Papiere in Kisten packten und die Korrespondenz beschlagnahmten. Sie waren machtlos.

Glanz bat sie alle wenig später zur Krisenkonferenz. Verstört umringten die Anleger ihren Meister auf der Terrasse.

Traurig verkündete er: »Tja, ich wollte euch heute eigentlich gern auszahlen. Aber jetzt darf ich nicht. Sämtliche Konten sind gesperrt. Ich kann mir denken, was für ein harter Schlag das für euch ist.«

Andy verbarg den Kopf in den Händen und setzte sich auf die Treppenstufen. Eva Wendler begann zu weinen. Sie dachten mehr oder weniger alle das Gleiche. »Warum verschwor sich die ganze Welt immer genau zu diesen wichtigen Auszahlungsterminen gegen sie?«

Sabine fragte verzweifelt: »Gibt's denn gar nichts, was man tun kann?«

Nadja sah, wie Andy nach der Hand seiner Frau griff. Eigentlich brauchten jetzt beide Halt. Sabine wiederholte ihre Frage. Oelig trat wichtig mit dem goldfarbenen Metallkoffer heran und dozierte: »Ich fürchte, nein. Es sei denn, dass Sie denjenigen, der dieses Konkursverfahren in Gang gesetzt hat, überreden, seine Anzeige zurückzuziehen.«

Plötzlich war Grünlich da. Lächelnd und schweigend stand er Glanz gegenüber und musterte ihn.

Heiner Kuntze ging außer sich vor Wut mit den Fäusten auf Grünlich los.

»Bist du blödes, blödes Arschloch denn völlig durchgeknallt?«, schrie er.

»Hee, hee! Wir sind Geschäftsleute, Heiner! Keine

Gangster«, beruhigte ihn Glanz. Sein Handy klingelte, und er verließ die anderen in Richtung Garten, vorbei an Sabine und Andy, die dort tief verstört standen, einander umarmend. Keiner von beiden wusste, wie es ohne das Geld weitergehen sollte. Sie waren bereits ruiniert. Was kam nach dem Ruin?

Der Anruf für Glanz kam von Dr. Engels aus Mallorca. Im Hintergrund konnte Dieter Glanz hören, wie das Boot, das »Wallstreet« hieß, durch die Wellen pflügte. Dr. Engels, der es von Glanz als Bezahlung für seine Dienste übernommen hatte, stand offenbar am Steuer und telefonierte.

»Solange das Konkursverfahren läuft, gibt es keinen Zugriff auf das Geld. Auch wenn Sie gerne auszahlen möchten, Sie dürfen nicht! Kunstvollere Sprünge sind, soviel ich weiß, noch nie von einem so wackligen Sprungbrett gelungen. Ich gratuliere!«

Engels lachte hinterhältig.

Für alle Anleger sollte dies eine lange Zeit trauriger Gewissheit werden. So hielt der Winter 2007 Einzug und die schwermütigen Tage in Hamburg gerieten kalt und öde. Die Wolken hingen so tief, dass sie die Hausdächer fast berührten. Das Gesicht von Andy, der den Wagen durch den Nieselregen und Schneematsch lenkte, wirkte wie erstarrt. Er war auf dem Weg zu Leon Grünlich. Nach einer Viertelstunde machte die Sekretärin Grünlich darauf aufmerksam, dass Andy im Vorzimmer wartete.

»Kann der einen denn nicht in Ruhe lassen? Ich habe ihm doch schon am Telefon gesagt, dass es reine Zeitverschwendung ist«, hörte Andy ihn durch die halboffene Tür giften. Er drängte vorsichtig in das Büro.

»In den vergangenen Wochen habe ich mit vielen Leuten gesprochen, die bei Dieter Glanz angelegt haben. Die sind alle völlig verzweifelt, Herr Grünlich.«

»Dass die mir bloß nicht zu nahe kommen. Unglück steckt an«, entgegnete der zynisch. Die Sekretärin ging lächelnd hinaus, sah Vera Grünlich die eiserne Außentreppe heraufkommen und verneigte sich respektvoll.

Andy blieb hartnäckig. »Die Ausschüttung des Investments stand unmittelbar bevor. Jetzt müssen wieder alle Geld nachschießen, für Gerichtskosten, Anwälte, Gutachten. Und wir fragen uns natürlich, warum Sie unbedingt an diesem Konkursverfahren festhalten?«

»Nie daran gedacht, dass Glanz ein Betrüger sein könnte, du Suppenkasper? Nein?« Grünlich musterte ihn böse. Einer grundsätzlichen Diskussion über Sinn und Zweck des Konkursverfahrens musste er unbedingt ausweichen. Niemand durfte ahnen, dass er inzwischen mit Glanz unter einer Decke steckte, um den eigenen Hals zu retten. »Das Problem bei großen Summen ist doch, dass man sie nie auf einem Haufen zu sehen bekommt«, fuhr er fort. »Eine Million oder zwei. Immer nur Zahlen mit vielen Nullen auf einem Papier mit vielen Unterschriften und Stempeln. Was, wenn auf diese Unterschriften und Stempel kein Verlass ist?«, fragte Grünlich süffisant, »was, wenn die gefälscht sind?«

Die Stimme von Andy zitterte. »Selbst wenn das Investment überhaupt nicht existiert – ich bin überzeugt, dass das nicht stimmt –, aber selbst wenn, können wir die Nagelprobe doch nur machen, wenn Sie den Konkursantrag zurücknehmen. Wenigstens vorübergehend. Ist dann innerhalb von, sagen wir, zwei Monaten das Geld immer noch nicht da«, Andy fürchtete sich, den Satz zu Ende zu sprechen. Grünlich erschrak, als seine Frau plötzlich in das Büro trat.

»Er hat Recht, Leon. Ich will mich nicht einmischen, es sind deine Geschäfte. Aber wichtiger, als diesem Glanz jetzt zu schaden ist doch, wie du euch jetzt nutzen kannst.«

»Danke!«, sagte Andy, und seine Augen füllten sich gegen seine Willen mit Tränen.

Grünlich starrte ihn an und dann seine Frau. Ihm blieb keine Wahl. Er musste diesem ungebetenen Besucher entgegenkommen, ihm den Gefallen tun und das Konkursverfahren aussetzen – wenn auch nur für ganz kurze Zeit. Wie hätte er sein Verhalten sonst seiner Frau gegenüber rechtfertigen sollen. Es war schon ein verdammtes Pech, dass sie zufällig das Gespräch mit Andy Schroth mitgehört hatte. Seine Frau in seine Verabredungen mit Glanz einzuweihen, kam nicht infrage. Er wusste, das hätte Vera nie gutgeheißen. Das wäre sein Ende gewesen. Er nahm sich vor, noch heute Abend Glanz in Südafrika anzurufen und ihn zu informieren, dass ihm wirklich nichts anderes übriggeblieben war, als zum Schein auf die Forderungen der Anleger einzugehen.

# Kapitel 9

Die ganze Ebene vom Tafelberg bis zu den Weinbergen im fernen diesigen Osten war lückenlos besiedelt, zugebaut mit niedrigen, einstöckigen Behausungen bis zum Horizont, mit Hütten aus Wellblech, aus Sperrmüll, die Dächer gedeckt mit Plastikfolie. Vereinzelte Eselkarren zogen über rotbraune Erde, fliegende Händler verkauften Obst und billigen Ramsch aus Körben und Plastiksäcken. Rattenfänger boten ihre Dienste an, und Kinder in verdreckten Lumpen spielten mit leeren Blechbüchsen Fußball. Die Limousine von Glanz wirkte in dieser Umgebung wie ein Fremdkörper. Seine Bodyguards hielten die Hände an den Revolvern.

Vor einem baufälligen Kinderheim hielt das Auto, und Glanz verteilte Süßigkeiten an einen Haufen verschmutzter abgemagerter Kinder. Fotografen baten Gloria, sich dazuzustellen. Es stank nach Fäkalien, Krankheit und Dreck. An diesem Ort, wo man jeden außer Dieter Glanz vermutet hätte, fand der Ortstermin mit der Presse statt. Eine ganze Schar von Journalisten ließ sich von Gloria unterrichten.

»Eben hat mein Mann mir versprochen, dass er bis zum nächsten Weihnachtsfest ein anständiges Haus mit richtigen Toiletten und Waschräumen für die Kinder hier bauen lässt.«

Die Umstehenden applaudierten, die Fotoapparate klickten, während Glanz, von Bodyguards abgeschirmt, telefonierte. »Hab ich dir nicht gesagt, du sollst dich von

Grünlich fernhalten? Ein Betrüger! Gegen den läuft ein Ermittlungsverfahren, das weiß ich genau.« Seine Stimme klang sehr ärgerlich, fast schrill.

Am anderen Ende der Verbindung versuchte Andy sein Verhandlungsergebnis zu vermitteln.

»Jetzt hör mir doch mal einen Moment zu. Grünlich räumt uns ein Zeitfenster von vierzehn Tagen ein. So lange wird das Konkursverfahren gegen dich ausgesetzt, und du kannst auszahlen.«

Bei der Aussicht wirkte er äußerst hoffnungsvoll, Glanz dagegen plötzlich sehr besorgt.

»Aber das reicht nicht! Jetzt sieh das doch mal realistisch. Vierzehn Tage sind viel zu knapp. Die Banken wollen sicher sein, dass es sich nicht um kriminelle Machenschaften handelt. Drogengeld, Geldwäsche, was weiß ich?«

Vater Schroth half hinter Andy einigen erschöpften Möbelträgern, Kisten und andere Gerätschaften in das Haus zu schleppen. Niedergeschlagen saß die Mutter inmitten herumstehender Möbel auf einem Stuhl. Jessica trug schluchzend Puppen, Computer, Schulhefte in das enge Arbeitszimmer ihres Vaters, in dem nun auch notdürftig ihr Bett aufgestellt war. Ihre Großeltern mussten ihr ehemaliges Kinderzimmer beziehen. Natürlich alles nur vorübergehend, denn das Geld von Dieter Glanz sollte alle wieder von diesem Zustand erlösen.

Doch der große Spender Glanz kanzelte Andy regelrecht ab. »Ganz schön naiv zu glauben, du gibst bloß deine Kontonummer an und zwei Tage später sind Hunderte Millionen eingegangen! So ein Quatsch! Bist du noch da? Hallo? Hallo?«

Andy hörte schweigend zu, schaltete dann das Telefon

ab und lehnte sich fröstelnd gegen die Hauswand. Misstrauen und Zweifel nahmen ihm fast den Atem. Seine Tochter kam weinend nach draußen gerannt. Andy wollte sie trösten.

»Ist doch nur vorübergehend, dass Oma und Opa bei uns hier wohnen, Jessi!«

Doch seine Tochter sah und begriff die Situation vollkommen anders.

»Alles deine Schuld, sagt Mama! Weil du ein Blödmann bist! So ein Blödmann!«

Andy schaute ihr wie versteinert nach, als sie ihm die Haustür vor der Nase zuschlug. Vor ihm im Freien stand der Toilettentisch seiner Mutter. In den Rahmen des Spiegels war ein Zeitungsausschnitt mit einem Foto von Glanz und Andy geklemmt.

Er konnte seinen Blick nicht von dem Foto abwenden. »Na schön, Dieter Glanz, dann müssen wir es wohl auf ein Kräftemessen ankommen lassen!«, murmelte er.

Doch auch an Dieter Glanz ging dieses Gespräch nicht wirkungslos vorüber. Gloria verließ gerade das Ankleidezimmer, als sie ein Geräusch hörte. Durch die halbgeöffnete Tür sah sie ihren Mann in seinem Zimmer auf der Bettkante sitzen. Er weinte.

# Teil 2

# Kapitel 10

Im Kapstadter Büro des Farmhauses von Dieter Glanz ging es zu wie bei einer Versteigerung. Hajo, Nadja, Alfi, Jutta und er versuchten Gelder aufzutreiben. Seit nunmehr einer Stunde telefonierte diese Truppe freiwilliger Drücker, die einen guten Ruf und viel Geld zu verlieren hatten. Und was konnte sie wohl mehr motivieren, als andere davon zu überzeugen, das Geld aller Anleger zu retten. Was jetzt zählte, war die Hoffnung, doch noch eine Auszahlung hinzubekommen. Dieter Glanz ließ es sich nicht nehmen, an der Rettungsaktion teilzunehmen. Schon um seinen Investoren zu zeigen, dass er ihnen helfen wollte. Seine Argumente erschienen allen mehr als einleuchtend.

»Ich muss jetzt eine Versicherung abschließen, weil die Banken nicht das Risiko übernehmen, dass die Gelder, die ich an euch auszahle, dann doch zur Konkursmasse gehören«, erklärte er und hielt sich ein zweites Telefon ans Ohr. »Otto, kleinen Augenblick!«

Hajo wirkte in seinem beigen Anzug, dem braunen Streifenhemd und mit dem elegant geschwungenen roten Paisleyschal, als organisiere er die nächste Party. »Ich hab den Gerstorf in der Leitung, Dieter! 700 000 kann er zur Verfügung stellen.«

Im Vorzimmer bemühte sich Jutta um einen solventen Investor, der erst kürzlich eingestiegen war. »Ja, ich seh gerade, Herr Glanz möchte Ihnen im kommenden März Geld überweisen. Jetzt bittet er Sie, ihm noch einmal einen möglichst hohen Betrag …«

Auf der anderen Seite überlegte der Investor, aus welchen Schwarzgeldreserven er diese Beträge abziehen konnte.

Nadja stieß auf Schwierigkeiten: »Ich hab hier Fischer! Er sagt, er hat nichts mehr flüssig.«

»Irgendwas wird er doch wohl lockermachen können«, antwortete Glanz.

An einem weiteren Apparat versuchte Alfi sein Glück: »Aber jetzt haben Sie bitte Verständnis: Es ist doch nicht die Schuld von Herrn Glanz, wenn ihm Steine in den Weg gelegt werden. Vielleicht könnten Sie es nochmal überdenken, ich gebe Ihnen mal meine Nummer ...« Glanz setzte sein Telefongespräch mit Andy fort.

»Ich weiß, dass du Probleme hast, Andy, aber sieh zu, was du ermöglichen kannst. Sobald ich die Versicherung habe, wird ausgezahlt. Das schwör ich dir. Beim Leben meiner Kinder.«

Andy legte auf. Seine Mutter legte ihm die Hand auf die Schulter und lächelte ihm liebevoll zu.

»Kannst du wieder nicht schlafen?«, fragte sie.

Andy seufzte. Die Telefonate mit Dieter Glanz gaben ihm nicht gerade das Gefühl von Sicherheit oder versprachen eine schnelle Lösung seiner Probleme. Jetzt sollte er schon wieder Geld auftreiben, obwohl er eigentlich etwas ausgezahlt bekommen wollte. Dieter Glanz sollte ausschütten, und doch hatte Andy etwas in Gang gesetzt, was ihn zu neuen Leistungen verpflichtete.

Der letzte Rest Sommerleben hatte sich in Kapstadt verflüchtigt, und die Strände atmeten unter dem ständigen Wind Schwermut und Trostlosigkeit. Schon seit Jahrtausenden arbeiteten Meer und Wind am Tafelberg und schuf in ihm die größten Sandsteinhöhlen der Welt. Die stürmischen Winde und das wechselnde Klima ließen in dem bergigen Gelände mehr Pflanzenarten gedeihen als in der ehemaligen Kolonialmacht Großbritannien wuchsen. In dieser Zeit des Herbstes verdunkelten sich die Wellen des Ozeans und schwappten über die Ufermauer auf die Straße. Die Urlaubsstimmung der Investoren war verflogen. Vor einer kleinen geschlossenen Strandbude spazierte Alfi Baumer auf und ab und telefonierte mit Andy. »Beteiligungen an dem eigentlichen Investment gibt es nicht mehr. Wir bringen alle nur noch Geld für Anwälte, Gerichte, irgendwelche Gebühren und weiß der Geier was auf. Natürlich mache ich mir Sorgen …«

Mit wiegenden Schritten kam Isa auf ihn zu, er beendete sein Telefonat.

»Kommst du ein Stück mit?«, fragte sie und küsste ihn.

»Ja, warum nicht. Es gibt Probleme …«

»Denke jetzt nicht dran. Hast du mich vermisst?« Sie hakte sich bei ihm ein.

Genervt steckte Andy Schroth sein Handy in die Tasche. Die Nachrichten aus Südafrika zwangen ihn, neue Pläne zu machen. Er marschierte im Sturmschritt den Korridor der E. und V. Immobilien entlang, links und rechts die bunte Schar der Makler, die sich jeden Tag aufs Neue um ihre Provisionen balgte. Die große Brünette, die sich am liebsten die Fingernägel lackierte, wenn sie ihre Kunden am Telefon einwickelte, der hagere Lange, der sich alle Zahlen merken konnte und ständig Vergleiche anführte, um selbst die letzte Bruchbude als kleinen Palast anzupreisen. Die dicke Blonde, die ihre Belohnungskekse nicht versteckte, sondern demonstrativ auf dem Schreibtisch stehen ließ und nach jedem vereinbarten Termin zulangte, oder der Kleine mit der Halbglatze, der als rhetorisch geschulter Amateurschauspieler jeden Kunden so zu umschmeicheln verstand, als würde er an einem orientalischen Hof dem Herrscher um den Bart gehen. Die alle hatten offenbar keine Probleme im Vergleich zu dem, was Andy mit sich herumschleppte. Er beschleunigte seine Schritte, als er bemerkte, dass seine Kollegen Nicole und Joern ihn entdeckten. Wenig später stand er seiner Abteilungsleiterin im gläsernen Büro gegenüber und erwartete die Vorwürfe. Sein grauer Anzug, das blau gestreifte Hemd und der grau karierte Schlips ließen äußerlich keinen Zweifel, er fühlte sich in diesem Laden allen Herausforderungen gewachsen. Und diese Frau sollte ihn jetzt nur nicht nerven. »Tut mir leid. Ich habe noch immer keinen Bescheid von Glanz über den definitiven Auszahlungstermin, aber …«

»Ich wollte mit Ihnen über etwas ganz anderes sprechen«, antwortete seine Chefin mit einer einladenden Handbewegung. »Wir möchten Ihnen ein Angebot machen. Dass Sie nämlich künftig als freier Mitarbeiter für uns arbeiten.«

Andy begriff nicht. Wie vor den Kopf geschlagen, stand er ihr gegenüber. »Was? Wieso? Ich bin doch fest angestellt.«

»Sie haben sehr viele andere Interessen, und Sie haben in letzter Zeit eine Menge Termine versäumt«, bemerkte seine Abteilungsleiterin und hielt ihm eine Liste vor, auf der er mühelos hätte nachprüfen können, an wie viel Terminen er nicht teilgenommen hatte.

»Moment mal, ich …«

Aber seine Vorgesetzte wollte sich offenbar nichts mehr vormachen lassen.

»Wenn Sie sich sowieso kaum noch hier blicken lassen, ist es doch besser, Sie von allen Verpflichtungen zu entbinden, damit Sie Ihre anderen Geschäfte erledigen können.«

»Sie wollen mich rauswerfen?«, fragte Andy fassungslos.

»Genau das wollen wir eben nicht. Nur eine neue Form der Zusammenarbeit suchen. Drei oder vier Freelance-Tage im Monat, die Sie uns als freier Mitarbeiter ...«

»Das ist doch große Scheiße, verdammt nochmal!«, Andy sprang empört auf.

»Setzen Sie sich, bitte! Machen Sie es nicht noch schlimmer als es schon ist.« Die Stimme der Abteilungsleiterin war schärfer geworden. »In letzter Zeit war Ihre Arbeit, nun, sagen wir: nicht sehr ergiebig. Das wissen Sie selbst. Es hätte für eine Abmahnung gereicht. Ich möchte, dass wir das mit so viel Anstand regeln wie möglich.«

Andy holte tief Luft: »Ihr könnt mich nicht einfach feuern!«, sagte er leise.

»Doch! Könnten wir! Es würde nur eine verdammt hässliche Schlammschlacht, und Sie würden garantiert nicht gut aussehen dabei.«

Andy schossen die Tränen in die Augen. Er wandte sich ab. Niemand sollte ihn so sehen. Auf einmal glaubte er zu wissen, warum sich die Abteilungsleiterin so verhielt.

»Ist das jetzt alles nur, weil Sie Angst haben, Ihr Geld zu verlieren, das Sie bei mir angelegt haben?«

Die Abteilungsleiterin winkte ab.

»Ach, wissen Sie, Herr Schroth, ich habe den Versprechungen des Staates geglaubt und fleißig Telekom-Aktien gekauft. Immer hieß es, da steht der Staat dahinter. Mehr kann mich Dieter Glanz auch nicht bescheißen.«

Andy ging grußlos hinaus. Mitten auf der Straße blieb

er wie betäubt stehen. Passanten gingen achtlos an ihm vorüber. Ein Auto hupte laut. Er schaute nur entgeistert um sich und ging weiter. Er wusste nicht, wie es jetzt weitergehen sollte. Nur als Freelancer zu arbeiten, schien ihm schlicht unmöglich. Die Jungs bekamen die schlechtesten Aufträge und sahen von den ersten Adressen kaum etwas. In der Immobilienkrise musste man schon ständig im Büro erreichbar sein oder sich dort vertreten lassen können. Andy hatte es bis jetzt gut arrangiert. Nun sah er, wie genau ihn die Abteilungsleiterin beobachtet hatte und ihre Chance nutzte, ihn abzuservieren. Vermutlich würde es nur ein paar Wochen dauern, bis er zur unerwünschten Person wurde, wenn er nicht bald das Geld von Glanz zurückzahlen konnte. Je länger sich die Auszahlung verzögerte, desto mehr Empörung und Wut staute sich bei den Anlegern auf.

Andy ging wie in Trance weiter. Jetzt musste er mit Dieter Glanz sprechen. Er wählte die Nummer auf seinem Handy.

Verständnislos beobachtete Gloria auf der Farm in Kapstadt, mit welch hingebungsvoller Freude Nadja mit den Kindern auf der Wiese spielte. Es wäre ihr nie in den Sinn gekommen, so viel Zeit mit den Kindern zu vertrödeln. Es gab sie; weil es die Kunden beruhigte, wenn sie um Glanz herum eine intakte Familie sahen. Die Kinder gehörten zur Fassade; Gloria war froh, dass es sie gab, sie mochte sie; aber sie gehörte nicht zu diesen schrecklichen Muttertieren, deren ganzes Denken nur um das Wohlergehen der Kinder kreiste. Sie wollte starke Kinder erziehen und achtete von Anfang an auf eine gewisse innere Distanz. Für die Zukunft plante sie, ihre Kinder in ein Schweizer

Internat zu geben. Dort würden sie beizeiten die richtigen Leute kennenlernen, Beziehungen knüpfen zu anderen wohlhabenden Familien. So bliebe ihnen das Schicksal erspart, mühsam wie ihre Eltern im Erwachsenenalter einen Weg zu suchen, aus dem Dilemma eines Durchschnittslebens herauszukommen. Sie sah ja an ihrem Dieter, wie sehr ihm die frühen Jahre zu schaffen machten. Beide Kinder waren nach Glorias Beobachtungen sehr talentiert. Ihre Tochter wollte sie auf die beste Modeschule schicken und anschließend zu einem Praktikum bei Karl Lagerfeld. Der Sohn konnte nur in die Fußstapfen seines Vaters treten, denn bereits jetzt erzählte er den Investoren, er befände sich im Besitz des Safecodes der Titanic. Tief am Meeresboden lägen unschätzbare Schmuckwerte, die nur gehoben werden müssten. Hajo und Heiner streichelten ihm ungläubig über dem Kopf, als er ihnen davon erzählte. Nur Gloria zwinkerte ihm zu. Er machte schon Fortschritte.

Das Handy klingelte. Nadja nahm ab und versicherte Andy, dass er gleich mit Dieter sprechen könne. Auf ihre Fragen nach dem Wohlbefinden seiner Familie blieb Andy einsilbig. Ihm war nicht nach Smalltalk zumute. Nadja ging zur Terrasse hinüber. Gut gelaunt dinierte dort Glanz mit neuen Kunden. Ihm gelang es seit Stunden immer wieder mühelos, seine Gäste zum Lachen zu bringen. Glanz warf Stöckchen, hinter denen der Hund hechelnd herjagte. Nadja reichte ihm das Handy. »Andy Schroth!«

Glanz fuhr böse auf. »Der soll mich nicht nerven. Ruft dauernd an. Stündlich!«

Verärgert ließ er sie stehen und folgte dem Hund über die Wiese. Nadja schaute ihm einen Moment fassungslos nach, bevor sie Andy halbherzig von einem dringenden

Termin erzählte. Ihr Herz wurde schwer, denn Andy tat ihr leid. Alle wollten mit Dieter Glanz sprechen und sich dabei ein wenig Hoffnung abholen.

Andy Schroth sah das erste Mal gar kein Land mehr. Ohne seinen Job, ohne regelmäßiges Einkommen, verschwanden für ihn alle Möglichkeiten, noch etwas zu bewegen. In einer solchen Lage hatte er sich noch nie in seinem Leben befunden. Und aus dieser Lage wollte er ganz schnell durch eigene Kraft wieder heraus. Zu Hause suchte er sofort in der Zeitung nach Stellenanzeigen. Plötzlich kam in ihm der ganze Frust hoch, erneut übermannte ihn die absolute Ohnmacht und er brach in Tränen aus. Als sein Vater das Wohnzimmer betrat, wischte er sich rasch die Tränen ab. Sein Vater tat, als bemerkte er es nicht, faltete ebenfalls eine Zeitung auseinander und studierte Stellenangebote.

»Und? Hast du ihn erreicht?«, fragte er nach einer Weile. Andy schüttelte mit dem Kopf. »Ich werd noch verrückt, wenn das so weitergeht.«

Der Vater goß ihm ein Glas Wein ein.

Bedrohlich graue Wolken jagten über die Stadt. Windstöße trieben das Laub wirbelnd über feuchte Straßen. Andy, vom Nieselregen durchnässt, rüttelte vergeblich an mehreren Türen der Staatsanwaltschaft. Alle waren sie verriegelt. Endlich entdeckte er unter dem Hinweisschild »Abteilung für Wirtschaftsstrafsachen« einen Klingelknopf. Sekundenschnell wendete er sich ab, als sich die Tür öffnete und Eva Wendler auf die Straße trat. Sie spannte den Schirm auf und ging rasch an ihm vorüber. Sie schien Andy nicht bemerkt zu haben, wirkte fest entschlossen und ohne Zweifel. Andy fragte sich, was die Wendler wohl hier wollte? Zählte sie zu denen, die einbestellt wurden, oder war sie freiwillig hier? Fiel sie etwa auch Dieter Glanz in den Rücken? Wenn sie ihr Geld aus dem Verkauf der Mietshäuser verlieren würde, wäre sie so ziemlich am Ende, soviel wusste Andy. Eva Wendler hatte voll auf Gewinn bei Dieter Glanz gesetzt, und sie war die einzige Frau, mit der er gelegentlich einige Worte wechselte.

Im Büro des Staatsanwaltes in der Abteilung für Wirtschaftsstrafsachen erwarteten ihn bereits Dr. Sasse und Renate Behrend. Die Kriminalbeamtin lehnte sich an die Wand, nachdem Andy Schroth Platz genommen hatte. Oberstaatsanwalt Sasse blätterte in einer Akte.

Andy seufzte. »Manchmal habe ich das Gefühl, ich sitze in einem Fahrstuhl, der runterstürzt. Ich drücke alle Knöpfe und nichts passiert. Ich hab keine Ahnung, wann er unten ankommt, aber genügend Zeit, mich damit abzufinden.«

»Womit abfinden? Dass Glanz ein Betrüger ist?«, fragte Sasse.

»Betrüger? Wenn einer an die 280 Millionen Steuern nachzahlen soll für ein Jahr? Da muss er in dem Jahr doch 'ne Menge verdient haben, oder?«, Andy klang richtig empört.

Sasse zündete sich eine Zigarette an, und Andy stutzte. »Aber vielleicht geht's Ihnen ja bloß darum! Weil Sie anders nicht an ihn rankommen? Brauchen Sie darum einen, der den Verräter macht?«

Renate Behrend reagierte gereizt. »Verräter! Jetzt machen Sie aber mal 'nen Punkt!«

Andy ließ sich nicht beirren. »Das bin ich nicht. Freunde anschwärzen, das ...«

Behrend fiel ihm ins Wort: »Glanz ist der Freund von niemandem. Das müssten Sie doch allmählich begriffen haben.«

Er sah das anders, auch wenn die vergangenen Monate an ihm zehrten. Was wusste eine Beamtin schon von Freundschaft? Sie war nie auf den Festen von Glanz gewesen, nie in Südafrika, und sie hatte keinen Schimmer davon, was auch einfache Leute wie er in dieser Welt erreichen konnten. Wahrscheinlich beneidete sie Dieter Glanz und seine Anhänger. Das war es.

Andy zögerte, die Betrugsanzeige gegen Glanz zu unterschreiben. Er bereute es fast, sich überhaupt auf ein Gespräch mit der Staatsanwaltschaft eingelassen zu haben. Die waren doch nur daran interessiert, die ausstehenden Steuern zurückzubekommen. Wie sollte jemand mit solchen Steuerschulden ein Betrüger sein? Wer Steuerschulden hat, hat auch Vermögen.

Gloria döste noch immer gelangweilt in einer Hängematte auf der Farm. Es war wieder eine dieser drückend schwülen Nächte. Ab und an verglühte eine Mücke knisternd in den Flammen der Fackeln, die rings um die Terrasse in den weichen Boden gesteckt waren. Glanz, im weißen Anzug, saß mit Uschi und Alfi auf der Terrasse.

»Wir müssen dringend nach Deutschland zurück. Hätten wir schon längst ... kannst du uns bitte vorher die offenen Schmuckrechnungen ... bitte, Dieter wenigstens die ...«, flehte Uschi ihn an. Alfi erschrak. So konnte sie doch nicht Dieter Glanz angehen. Er versuchte, zu relativieren:

»Die Bank will mir den Hahn zudrehen. Die Firma und das Geschäft gehören seit Generationen meiner Familie.

Wenn die mir jetzt weggenommen werden, ich bin am Ende, Dieter!«

Glanz machte ihn nach. »Hua! Hua! Wie geht's mir schlecht. Ich bin am Ende ... Was bist du nur für ein Waschlappen mit deiner unbezähmbaren Liebe zum Schwarzsehen! Menschenskind, ich erkenn dich gar nicht wieder.«

»Ich erkenn mich selbst kaum wieder«. Alfi, der in seinem grauen Leinenanzug ziemlich verloren wirkte, konnte die Tränen nicht länger zurückhalten.

Glanz war in seinem Element. Nachhilfe für in Not Geratene. Motivation für Miesepeter. »Glück hat jeder Esel. Nachhelfen muss man dem Glück. Notfalls es zwingen. Ich bin ein gläubiger Mensch. Ich glaube an nichts so zuversichtlich wie an mich selbst.« Er lachte.

Gloria beobachtete ihn amüsiert. So kannte sie ihren Dieter, nie um eine Antwort verlegen, wenn es brenzlig wurde. Er beherrschte es, die Baumers in ihrem Elend zu bestärken, um dann das berühmte Kaninchen aus dem Hut zu ziehen. Soviel wusste sie, nur ob das Kaninchen weiß, rot oder blau war, konnte sie nie voraussagen. Als sie ihn kennenlernte, war er ein Nichts. Dann stellte sie ihn ihren Eltern vor und die vertrauten ihm doch tatsächlich ihr Geld an. Hätte er sich nicht ihr zuliebe so gut verkauft, wäre er nicht wirklich so überzeugend gewesen, niemals wäre dieser Dieter Glanz gesellschaftlich so weit aufgestiegen, dass sogar die konservativen Honoratioren der Stadt Hamburg ihm ihr Vertrauen geschenkt hätten. Glorias Eltern waren es gewesen, die vor fünfzehn Jahren sein erstes Investment ermöglicht hatten. Dieter hatte Gloria alles zu verdanken. Zufrieden hob sie ihr Glas, womit sie andeutet, dass ihr Mann nachschenken sollte.

Er lachte fröhlich, wollte den Champagner nachgießen – und hielt plötzlich inne.

»Das ist es. Die Idee! Das wird die Bank beruhigen. Kinder, darauf müssen wir anstoßen. Die Welt ist eine tückische Bestie, aber sie belohnt Einfallsreichtum und Fantasie.« Glanz erhob sein Glas. »Der Kalenderspruch des Tages: Nur das Überraschende wird vom Erfolg gekrönt.«

Eine Woche danach schlug die überraschende Nachricht bei allen Anlegern wie eine Bombe ein. Auch bei Andy Schroth: »Glanz kommt nach Hamburg!« Er stürmte vom Briefkasten zurück ins Haus. Seine Mutter kochte in der Küche; der Vater räumte derweil schweigend im Wohnzimmer auf. Andy rannte die Treppe hinauf; wieder einmal schien er Hoffnung zu empfinden.

»Jetzt heißt es, dass spätestens in acht Wochen ausbezahlt wird.«

Sabine stand inmitten zahlloser Koffer und Kartons im Schlafzimmer.

»Was ist denn hier los?«, fragte Andy verwundert.

»Wir gehen«, Sabines Stimme war sehr leise. Sie schien ihn erwartet zu haben. Jessica neben ihr weinte leise.

»Was heißt das, ›wir gehen‹?«, fragte Andy verständnislos.

»Ich möchte mich von dir trennen, Andy. Ich möchte, dass wir uns trennen.«

Sie fuhr sich mit der Hand über die Augen.

»Es ist aus. Ich weiß nicht, wie ich es sonst sagen soll. Ich will nicht mehr mit dir zusammenleben. Nicht unter diesen Umständen. Es ist aus.«

Andy glaubte zu verstehen. Sie wollte ihm einen Schuss

vor den Bug setzen. Beschwichtigend ging er auf sie zu. »Aber die Umstände ändern sich doch gerade. Ich weiß, ich hab dich vernachlässigt die ganzen letzten Monate. Ich verdiene es, aber …«

»Ich kann's nicht mehr hören!«, brach es aus Sabine hervor. »Das ganze Gerede von den Millionengewinnen und dem sagenhaften Vermögen. Die tausend Begründungen, warum das Geld jetzt wieder nicht kommt. Es interessiert mich einfach nicht mehr, verstehst du? Ich hab's schon viel zu lange mitgemacht! Glanz vorn und Glanz hinten! Was hat dieser Teufel bloß mit dir angestellt? Merkst du denn gar nicht, wie du dich verändert hast?«

Das wollte Andy nicht hören. Er war auch überzeugt, dass es nicht stimmte, aber er wollte sich jetzt auf keine Diskussion einlassen. »Sabine, bitte, ich kriege wahrscheinlich wieder einen Job. Heute habe ich mich vorgestellt bei …«

»Ich hab jemand kennengelernt.« Sabines Stimme klang eigentümlich flach. »Eigentlich kenne ich ihn schon eine ganze Weile, aber in letzter Zeit …« Sie sprach nicht weiter. Mit einem Mal wusste Andy, dass Sabine ihm nicht nur drohte, dass es ihr ernst war. Er schluckte: »Wer? Von wem sprichst du? Wo wollt ihr hinziehen?«

»In das Haus von Dr. Reinhard.«

»Deinem … dein Chef?«

»So ist es nun mal. Warum sagst du nichts? Beschimpf mich!« Sabine schossen die Tränen in die Augen. »Nun sag schon was.«

»Fickst du mit ihm? Lässt du dich von ihm ficken«, fragte Andy leise.

Er sah Jessica in die Tür treten, ging auf sie zu, aber seine Tochter drehte sich brüsk um. »Ich will nichts mehr hören. Ich liebe euch. Ich lasse es nicht zu, dass du mir mein Kind wegnimmst.«

»Aber siehst du denn nicht, dass sie nicht bei dir bleiben möchte?« Sabine packte ihre Tochter bei der Hand.

»Ich will nichts hören«, herrschte Andy sie an. Er eilte in das Schlafzimmer und warf sich auf das Bett, die Hände um die Knie geschlungen. Er wusste nicht, ob er so viel noch würde ertragen können. Er wusste nicht, wie er jetzt noch weiterleben sollte. Er hatte seinen Job verloren, seine Freunde und jetzt auch noch seine Frau und sein Kind. Seine Eltern, die er ins Unglück getrieben hatte, waren im Erdgeschoss Zeugen seiner Auseinandersetzung mit Sabine gewesen. Sie wussten nicht, ob sie ihn trösten oder ihn alleinlassen sollten. Sie hatten Angst um ihren Sohn. Und Angst vor der Zukunft.

Im Atlantik Hotel strömten die Anleger in den großen Ballsaal. Das mondäne Ambiente, die opulenten Kronleuchter, die klassizistischen Stuckverzierungen und die besondere Atmosphäre des Saals versprachen große Ereignisse. Joern Hickel und Andys Ex-Kollegin Nicole blickten sich beeindruckt und scheu um. Heiner Kuntze, in feinem Anzug mit Weste, dunkelblauem Hemd und hellblauem Schlips, musterte sie abfällig.

»Viel Kroppzeug hier. Kleinanleger mit mal gerade zwanzig- oder deißigtausend Piepen«, erläuterte er seinem Begleiter.

Andys Vater fuhr ärgerlich herum.

»Für Sie hört sich das vielleicht wenig an. Aber viele von denen haben sich damit total verausgabt, alles hergegeben, was sie bisher in ihrem Leben zusammengespart haben.«

Andy fingerte eine kleine Pillenflasche aus seinem olivgrauen Anzug, öffnete sie und schüttete sich ein paar Tabletten in die Hand.

»Was schluckst du da?«, fragte sein Vater.

»Beruhigungstabletten.«

Joern Nickel versetzte ihm einen heftigen Stoß. Wie gut hatte sich Andy immer mit ihm verstanden. Sie hatten herumgealbert und hatten Provisionen geteilt. All das zählte jetzt nicht mehr. »Du hast uns da reingerissen. Damit das klar ist: Nicht Glanz haben wir unser Geld gegeben, sondern dir. Und von dir wollen wir es zurück!«, bellte Joern ihn an.

Nicole bekam einen Wutanfall und schlug mit der Handtasche nach Andy. Sie traf sein Gesicht, seine Nase begann zu bluten. Kellner eilten heran, aber Andy gab ihnen ein Zeichen, dass alles in Ordnung sei. Nicole, die liebreizende Kollegin, die ihn so oft angelächelt hatte, war auf einmal nicht wiederzuerkennen. Dabei bestand an diesem Tag doch gar kein Anlass für diese Reaktion, denn Dieter Glanz würde allen gleich verkünden, wann er ihnen ihr Geld auszahlte.

In der Menge entdeckte Andy Oberstaatsanwalt Sasse und die Kriminalkommissarin Behrend. Inzwischen war Dieter Glanz überfällig. Die Menge wurde unruhig und das Murmeln wurde von Minute zu Minute lauter. Bis die Ersten schimpften. Die Empörung der etwa 200 Kaufleute, Rechtsanwälte, Ärzte, Steuerberater und Journalisten steigerte sich, als Dr. Engels im Ballsaal an ein Mikrofon trat und verkündete: »Herr Glanz hätte sich gefreut, Sie alle wieder zu sehen, aber wichtige Termine halten ihn leider in Kapstadt zurück.«

Laut schimpfend wendeten sich etliche Besucher dem Ausgang zu, als der Saal plötzlich abgedunkelt wurde und ein Vorhang sich vor einer großen Leinwand öffnete. Schroffe Felsen und das wild schäumende Meer am Kap waren zu sehen.

»Er ist uns jetzt live von dort zugeschaltet«, fuhr Dr. Engels fort.

Auf einmal wirkten die Gäste im Ballsaal tief beeindruckt. Auf einem Podium vor der gewaltigen Kulisse des »Kap der Guten Hoffnung« saßen Glanz, in weißem Anzug mit rotem Schlips, und Siegmar Oelig mit einer bekannten Fernsehmoderatorin zwischen sich, die zunächst die Gäste in Deutschland begrüßte.

Danach nahm Glanz das Mikrofon an sich. »Seid ihr alle meinetwegen da? Ich liebe euch! Nehmt doch Platz! Nun setzt euch schon, Leute! Tja, also, das hier neben mir ist Siegmar Oelig, die meisten von euch werden ihn schon kennen. Er ist einer dieser großen bedeutenden und einflussreichen Schweizer Treuhänder. Und was er da in den Händen hält …« – »Ein Gutachten von Professor Ziegler, einem der angesehendsten Wirtschaftsprüfer in Deutschland, Präsident der Wirtschaftsprüferkammer Berlin«, fiel ihm die Moderatorin ins Wort und hielt dann Oelig das Mikrofon hin.

Oelig riss ein versiegeltes Kuvert auf, warf einen Blick auf das Zertifikat und sprach in die Kamera. »Wir sind beide viel gereist in letzter Zeit, Jersey, London, Bahamas, Panama. Wir haben bei den dortigen Banken, völlig unabhängig voneinander, Unterlagen überprüft. Beide kommen wir zum selben Ergebnis. Dass nämlich Dieter Glanz über ein Gesamtvermögen von ›Drei-Komma-Acht-Sieben Milliarden‹ verfügt.«

Ein ehrfürchtiges Raunen ging durch die Menge im Ballsaal. Sprachlos drehte sich Andy zum Staatsanwalt und der Kriminalkommissarin um. Er suchte Blickkontakt zu Joern und Nicole, als wollte er Genugtuung für erlittenes Unrecht einfordern. Doch alle starrten wie gebannt auf die Leinwand.

»Wie lange wird es jetzt noch dauern, bis Sie Ihre Kunden ausbezahlen, Herr Glanz?«, fragte die Moderatorin.

»Acht Wochen. Maximal acht Wochen. Ich versichere euch hoch und heilig, dass jetzt innerhalb der nächsten acht Wochen …«

Die Übertragung war plötzlich gestört, das Bild flackert noch einmal kurz auf, dann riss es endgültig ab. Im Saal setzte donnernder Applaus ein. Heiner Kuntze jubelte. »Menschenskinder! Wie der Junge das hier aufzieht! Dieser Schlingel, was? Mehrfacher Milliardär! Allein die Direktübertragung via Satellit. Was das kostet! Aber der hat's ja. Der hat's ja.«

Es ging zu wie im Bienenschwarm, alle bestätigten sich gegenseitig, was sie soeben gesehen und gehört hatten, als müssten sie sich gegenseitig versichern, dass sie einem Wunder beigewohnt hatten. Jetzt strebten alle dem Ausgang zu. Mit zusammengekniffenen Augen beobachtete Dr. Engels, dass die Kriminalbeamtin und der Oberstaatsanwalt sich mit Andy in einen kleinen Nebenraum zurückgezogen hatten, in dem Tische und Stühle übereinandergestapelt standen. Froh gelaunt trat sein Vater in die Tür.

»Heute Morgen hätte ich diesen Glanz am liebsten noch kaltgemacht. Und jetzt – wow!«

Die drei in dem Nebenraum reagierten nicht. Mit ernsten Mienen setzen sie ihr Gespräch raunend fort. Renate Behrend startete einen erneuten Versuch, Andy Schroth zu einer Anzeige zu überreden. Und in der Tat schien er nicht gläubig wie die anderen Anleger wieder auf die Versprechungen von Glanz hereingefallen zu sein. Sie wussten nicht, warum er so verändert, so bleich und geradezu erstarrt wirkte. Sie wussten nichts von der familiären Tragödie. Sie spürten nur, dass Andy den Versprechungen von Glanz nicht mehr ohne weiteres auf den Leim ging. Dass er zweifelte. Und dass er, wenn auch noch nicht zu einer Anzeige, doch bereit war, von nun an mit der Staatsanwaltschaft in Verbindung zu bleiben und mit ihr zusammenzuarbeiten.

# Kapitel 11

Im Hamburger Rathaus raffte die Senatorin die Zeitungen mit den Artikeln über Dieter Glanz zusammen und verließ die Senatssitzung. Im Flur schaute die Kriminalbeamtin Behrend ungeduldig auf die Uhr.

»Und? Was sagen Sie dazu?«, fragte die Senatorin.

»Der Mann liefert Stoff für Schlagzeilen. Die Zeitungsfritzen sind ganz wild auf den Knaben«, antwortete Behrend.

»Gut sieht das nicht aus.«

»Für den Glanz?«, fragte Behrend.

»Für uns. Wir müssen endlich mal vorankommen. Die Presse hat sich ja regelrecht in den Kerl verbissen. Er liefert Sensationen und die drucken sie ungeprüft. Wenn man das liest, denkt man, der sei ein Freiheitskämpfer oder so was. Till Eulenspiegel gegen den Staat. Wenn sich das mal richtig in den Hirnen einnistet, gibt das ein ganz schlechtes Bild«, mäkelte die Senatorin.

»Die südafrikanischen Behörden mauern. Wegen Steuervergehen liefern die nicht aus. Und solange …«

»Seien Sie nicht so zimperlich! Drohen Sie halt mit Kürzung der Entwicklungshilfe!«, forderte die Senatorin.

»Offiziell?«

»Natürlich nicht so, dass ich nachher in der Presse zitiert werde. Das werden Sie doch wohl selbst wissen, wie Sie das machen. Lassen Sie bloß nicht zu, dass wir kurz vor der Wahl als hilflose Deppen dastehen, die unfähig sind, gegen so einen Steuerflüchtling vorzugehen.«

Die Senatorin stürmte grußlos die Treppe hinunter.

Behrend freute sich, dass die Politikerin endlich handeln wollte. Es lief doch immer auf das Gleiche hinaus. Erst musste alles eskalieren, die Presse darüber berichten und Druck in den Gremien entstehen, dann stellte sich plötzlich der Wille zum Handeln ein. Mit dem Zauberwort Wahlen lief es dann sogar auf eine große Staatsaktion hinaus, ohne die einem Mann wie Glanz sowieso nicht beizukommen war. Renate Behrend machte sich auf den Weg zu Dr. Sasse.

In der Abteilung für Wirtschaftsstrafsachen nahm der Oberstaatsanwalt verärgert hinter seinem Schreibtisch Platz.

»Die kann mich mal! Ich lass mir doch nicht von Politikern vorschreiben, wie ich zu ermitteln habe. Versucht die etwa, die Arbeit der Staatsanwaltschaft zu beeinflussen?«

»Nein, auf keinen Fall! Wir sollen halt nur etwas Druck ausüben. Also, vielleicht …«, Renate Behrend versuchte dem Wunsch der Senatorin den richtigen Rahmen zu geben.

»Ja?«, fragte Sasse interessiert.

»… fliege ich da mal runter! Nach Südafrika. Ich will mir nicht wieder vorwerfen lassen, im Fall Glanz total untätig zu sein.«

»Gut, ja! Oder … ich telefoniere ja dauernd mit den Ermittlungsbehörden da unten, wir haben uns schon richtig angefreundet«, zögerte Sasse.

»Sie wollen selbst fliegen?«, fragte Behrend.

»Von Wollen kann keine Rede sein! Ich komm fast um vor Arbeit hier, aber es wäre fast besser, wie?«

Sasse sagte nichts mehr. Er hielt seinen Gesichtsausdruck

für eine ausreichende und endgültige Antwort. Die Kriminalbeamtin atmete tief durch. Erst drückten sich alle um die Ermittlungen, jetzt wollte jeder plötzlich Ergebnisse herbeizaubern. Südafrika hätte sie auch gern mal auf Staatskosten besucht, nun blieb es bei Ermittlungen auf Sylt.

Das eintönige Brummen der Flugzeugmotoren vibrierte auf der gleichen Frequenz wie die stechenden Kopfschmerzen von Andy Schroth. Er befand sich auf dem Flug nach Kapstadt, zu Beginn des Jahres 2008. Andy schluckte eine Tablette, lehnte sich seufzend zurück und schloss die Augen. In der Comfortclass wurde das Essen abgeräumt. Rechtsanwalt Dr. Engels schlenderte ein paar Schritte in die Touristenklasse. Er liebte Klassenunterschiede, natürlich nur heimlich und ohne jeden öffentlichen Kommentar. Im Flugzeug war die Welt für ihn noch in Ordnung, hier bestimmte das Geld eindeutig, wer es bequemer hatte und wer nicht. Es entsprach in gewisser Weise seiner beruflichen Philosophie. Er vertrat diejenigen, die Vermögen hatten. Diese Mandanten bedurften in der Regel eines höheren Beratungsbedarfs. Mochten die Betrüger kommen und gehen, ihre Anwälte blieben. Und sei es, um die versteckten Gelder ihrer Mandanten über die Knastzeit zu retten. Viele von ihnen lernte er bei Charity-Veranstaltungen kennen, wo sie ihren öffentlichen Ablass leisteten, in der Hoffnung, ihr Engagement würde ihnen helfen, ihr gesellschaftliches Ansehen zu begünstigen. Dafür spendierten sie der Dritten Welt gern ein paar warme Mahlzeiten. Geld war nun mal weder gut noch böse. Den einen half es, die anderen vermissten es.

Unter den zusammengepferchten Passagieren entdeckte Engels Oberstaatsanwalt Dr. Sasse, der ihn knapp grüßte.

»Haben wir dasselbe Ziel?«, fragte Dr. Engels beunruhigt.

»Halte ich für ausgeschlossen«, antwortete Sasse.

»Aber wir sind aus demselben Anlass unterwegs? Dieter Glanz.« Sasse reagierte nicht. »Bloß wegen Steuervergehen liefert Südafrika aber nicht aus. Sie werden die Farbe des Himmels nicht ändern«, tastete sich Dr. Engels vorsichtig weiter. »Wird Herr Glanz nervös? Hat er Sie mit seiner Verteidigung beauftragt?«, fragte Sasse amüsiert.

»Mit der Wahrnehmung seiner Interessen? Noch hat ihn niemand angeklagt.«

»Was nicht ist, kann schnell werden«, antwortete Sasse vielsagend.

»Wollen Sie was von dem Kaviar probieren? Hab ich Ihnen von da vorn mitgebracht«. Dr. Engels hielt ihm das kleine Glas hin. Der dezente Hinweis auf die Klasse, in der solche Leckereien gereicht wurden, sollte auch Dr. Sasse auf seine Stellung in der Hierarchie der Geldgesellschaft verweisen. Nur ließ sich der nichts anmerken.

Er schraubte erfreut das Döschen auf. »Danke! Nobel!«, und ließ sich endlich zu einem Hinweis verleiten: »Die südafrikanischen Kollegen geben mir endlich grünes Licht.«

»Das aber ganz schnell auf Gelb umspringen kann. Glanz will demnächst auszahlen. Innerhalb der nächsten Wochen. Noch nicht gehört?«, fragte Dr. Engels.

Sasse kostete den Kaviar. »Lecker«, bestätigte er.

»Was Sie haben, reicht doch alles nicht, um Dieter Glanz von der Speisekarte zu streichen.«

Sasse reagierte nicht.

Die Stewardess forderte Dr. Engels auf, wieder Platz zu nehmen, weil der Landeanflug auf Kapstadt begann.

Die Partygäste standen plaudernd auf den Terrassen der südafrikanischen Farm, andere schwammen im Pool, wieder andere tanzten zur afrikanischen Soulmusik einer Band. Die jungen Mädchen wippten im Takt der heißen Musik und kreischten, als ein junger farbiger Sänger ans Mikrofon trat und einen Welthit coverte. Gleichzeitig begann auf der Terrasse eine Modenschau. Unter den Mannequins, die die Marmorplatten der Pooleinfassung zum Catwalk machten, erkannten einige sofort Nadja wieder. Die Gäste sprachen über günstige Objekte und aktuelle Preise. Eine Gruppe von Anlegern umringte den dicken Oelig, der als einer der engsten Vertrauten von Glanz ein begehrter Gesprächspartner war. Ständig kamen weitere Gäste dazu und erkundigten sich nach Auszahlungsterminen. Als Andy aus dem Taxi ausstieg, eilte einer der Bodyguards heran, um für ihn den Fahrer zu bezahlen. Andy wertete das als gutes Zeichen.

Der grelle Sonnenschein, der durch die herabgelassenen Lamellen des Farmhauses sickerte, tauchte die Büros in ein warmes Licht. Winzige Staubteilchen tanzten in den einfallenden Sonnenstrahlen, der Rauch einer Zigarre zog seine Kreise, und draußen klatschten die Partygäste im Takt zu den Rhythmen der Band. Mit geradezu stoischer Ruhe im Dinnerjacket an seinem Schreibtisch sitzend, empfing Dieter Glanz einen neuen Kunden. Das Knacken der Dielen erfüllte den Raum, als der Anwalt Michael Luck sich dem Tisch näherte.

Luck setzte sich auf den von Glanz per Handzeichen angebotenen Platz. Luck galt als politisch einflussreich und sehr interessiert an Investitionen, die einen schnellen Rückfluss bescherten. Glanz und er hatten bereits locker miteinander auf der Party geplaudert. Nun ging es ums Geschäft. Glanz klappte den goldfarbenen Metallkoffer auf und zeigte ihm die Inhaberaktien, Besitzurkunden und Schuldverschreibungen. Glanz blätterte, während Luck die einzelnen Urkunden begutachtete, in streng vertraulichen Unterlagen über Finanzierungen zur Ölförderung, die er selbst angefertigt hatte. Mr Luck fragte nicht danach, aber nahm sie aus den Augenwinkeln wahr. Er prüfte Oeligs Unterlagen, denn über die skandinavischen Ölfelder hatte er bereits alles erfahren, natürlich auch über die laufenden Verfahren und die horrenden Forderungen des deutschen Fiskus. Es schien ihn nicht zu stören. Im Gegenteil, er wirkte begeistert, nachdem er die geborgten Papiere gesehen hatte. Während Glanz ihn verabschiedete, flüsterte Anwalt Luck ihm zu: »Derek Morel, der Premierminister der West Cape Provinz, möchte Sie sprechen. Sehr wichtig. Er könnte bei Staatsbürgerschaft hier helfen.«

Glanz versicherte ihm, dass man für alles einen Weg finden würde. Luck lächelte verschlagen, und Glanz war nicht ganz sicher, ob er ihn verstanden hatte. Denn Lucks Deutsch war nicht schlecht, aber auch nicht sehr gut.

Kaum war Luck verschwunden, führte Jutta den völlig verschwitzten Alfi herein.

»Alfi! Alter Junge! Na, alles wieder im Lot? Habe ich zu viel versprochen? Ein neuer Anwalt von mir. Ich brauchte noch einen. Hab ja so wenige. Michael Luck! Luck klingt gut, ha? Heißt auf Deutsch ›Glück‹.«

Alfi nickte und wischte sich mit einem Taschentuch die Stirn ab. Dann kramte er in seiner Tasche und übergab Glanz eine Schatulle mit Preziosen, die er ihm in Hamburg zusammengestellt hatte. »Wunderschöne Idee von dir, zum Abschluss deine treuesten Kunden beschenken zu wollen. Gefällt dir die Kollektion? Alles in allem 687 000. Reine Herstellungskosten, Dieter. Da ist der Rabatt für dich schon abgezogen.«

Glanz schaute sich zufrieden die Steine und Ringe an. Darunter wunderschön gearbeitete Saphire, Diamanten und Rubine. Er hielt die Steine gegen das Licht.

»Kein Rabatt! Du weißt doch: Jeder soll kriegen, was er verdient. Was zu trinken? Tut mir leid, mein Lieber, aber ich muss mir nochmal ein bisschen Geld von dir borgen. Jetzt reg dich nicht gleich auf!«

»Aber ich reg' mich nicht auf, Dieter«, wunderte sich Alfi.

Glanz legte die Steine wieder in die Schatulle und versicherte: »Es ist das allerletzte Mal. Verspreche ich dir. Ich führe genau Buch. Du kriegst es mit Zins und Zinseszinsen zurück.«

»Das weiß ich doch. Wie viel brauchst du denn?«, erkundigte sich Alfi.

»800 000.«

Alfi schien die Summe dann doch etwas zu überraschen. Er war sichtlich um Gleichmut bemüht und zog die Schultern etwas an, als wolle er seinen Smoking zurechtrücken. »Aha! Und der Schmuck?«, erkundigte er sich. Bis jetzt war er noch bei bester Laune gewesen. Nun musste er schon wieder rechnen.

»Plus dem Schmuck! Für vier Wochen. Könnte ich aus irgendeinem Grund meine Zusagen nicht einhalten, liegt mein Kopf auf der Guillotine, du weißt, dann bin ich tot«, versprach Dieter Glanz.

Dabei wäre wohl kaum eine Lebensversicherung in der Lage gewesen, eine Summe auszuzahlen, die die Schulden von Glanz auch nur annähernd hätte abdecken können. Aber solcherlei Gedanken machten sich seine Anleger nicht mehr.

Draußen heizte die Band den Partygästen mit heißen afrikanischen Rhythmen ein. Nadja suchte nach der Modenschau Abwechslung und traf auf Andy, der sich einen Drink genommen hatte und etwas unschlüssig herumstand.

»Mein Gott, ist das schön, dich zu sehen.« Sie umarmte Andy innig. »Wie geht's dir? Komm, erzähl.«

Andy antwortete mit ernstem Gesicht. »Sabine hat mich verlassen.« Er seufzte. »Wir waren einmal eine glückliche Familie!«

Sein Gesicht drückte die ganze Trauer darüber aus, und als würde er es kaum aushalten, versuchte er aus dieser Stimmung zu entfliehen. »He, du siehst toll aus!«

»Danke. Aber das Kleid gehört mir nicht. Das führe ich nur vor.«

Andys Stimme wurde etwas leiser. »Ich habe nicht das Kleid gemeint.« Er lächelte verlegen, und Nadja war froh, dass es ihr gelungen war, ihn von seinem Kummer für einen Moment abzulenken. – Was für ein Biest war doch ihre Schwester! Ließ ihren Mann einfach im Stich, als es dem besonders schlecht ging. Sie schüttelte sich und fasste liebevoll Andys Hand.

Premierminister Derek Morel suchte nach einem Gespräch mit Anwalt Luck Dieter Glanz persönlich in seinem Büro auf. Er war ein eleganter grauhaariger Farbiger im Nadelstreifenanzug, mit goldgefassten Diamanten an den Fingern. Luck machte den Dolmetscher. »Wenn Sie zu einer Spende bereit wären, würden Sie künftig in unserer Partei gute Freunde haben, Freunde, die Sie schützen und alles versuchen werden, Ihre Probleme in Ihrem Sinne zu lösen.«

Glanz nickte. Er sah die Gefahr dieses Angebots. Würde er nicht augenblicklich eine Spende auftreiben, konnte das auch heißen, dass er niemals solchen Schutz zu erwarten hätte. Das Angebot war verlockend. Morel und seine Partei konnten ihn vor jedem Auslieferungsantrag der Bundesrepublik schützen. Glanz überlegte, sprang plötzlich auf, durchquerte das Vorzimmer, öffnete die Tür zur Terrasse und deutete unvermittelt auf Alfi, der von Isa gerade verführerisch umtänzelt wurde.

»Einer meiner größten Investoren!«

Der Minister, vor dem sich die anderen Gäste respektvoll verneigten, war Glanz verwundert gefolgt. Glanz legte den Arm um Alfis Schultern.

»Bestimmt spendet Mr Baumer Ihrer Partei gern … na, sagen wir: hunderttausend Dollar?«

Alfi war völlig verdattert, aber als jetzt die Umstehenden zu applaudieren begannen und der Minister ihm lächelnd die Hand reichte, fing er an zu strahlen und genoss die Anerkennung ringsum. Isa klatschte besonders heftig Beifall. Völlig atemlos nahm Alfi, als Glanz mit dem Minister wieder umkehrte, neben Uschi Platz, die erschrocken zugehört hatte.

»Spürst du mein Herzklopfen? Völlig irre, plötzlich so im Mittelpunkt zu stehen. Solche Momente vergisst man vermutlich nie im Leben«, flüsterte Alfi.

Wie oft hatte er sich eine solche Begegnung in Hamburg gewünscht. Ein Minister und er auf einem Pressefoto, lobend erwähnt in einem Beitrag als einflussreicher Vertreter der Gesellschaft, davon hatte auch Uschi geträumt. Doch bislang hatte das nie geklappt, obwohl auch sie für wohltätige Zwecke spendeten. Und jetzt nahmen sie dank Dieter Glanz sogar Einfluss auf die südafrikanische Politik. Uschi drückte Alfi an sich.

Andy war an den Rand des Pools getreten, als er Glanz plötzlich neben dem eleganten Schwarzen mit Alfi zusammenstehen sah. Glanz, die Ursache für sein Unglück. Er war fest entschlossen, ihn diesmal festzunageln, sich nicht wieder einwickeln zu lassen. Nie wieder würde er Dieter Glanz vertrauen. Hajo winkte ihm erfreut zu, bevor er sein Gespräch mit einigen jungen Damen fortsetzte. Da Uschi sich ihrem Alfi widmete, schäkerte Isa mit einem eleganten Schwarzen, der ihr genaue Auskünfte über Safaris gab, von Elefanten berichtete und ihr ein paar Worte auf Xosa beibrachte.

Ein korpulenter Farbiger kam auf Hajo und Andy zu und fragte etwas auf Englisch.

»Er möchte wissen, ob ihr bei Dieter angelegt habt«, übersetzte Gloria. In ihrem Korsagenkleid aus Seidenchiffon mit Lilienmuster hatte sie sich zum Blickfang des Abends gemacht. Sich der vielen anerkennenden Männerblicke durchaus bewusst, lief sie mit wiegenden Schritten weiter. Andy grüßte sie verwirrt und nickte dem korpulenten Herrn zu, der ihm anerkennend die Hand schüttelte. Gloria blieb stehen und übersetzte seine Worte fließend. Es bereitete ihr Spaß, ihre versteckten Qualitäten zu beweisen. »Er gratuliert Ihnen. Sie seien ein Glückspilz. Und vor allem sehr klug, weil Sie Anteile an dem sagenhaften Dieter-Glanz-Investment erworben haben.«

Der Korpulente verabschiedete sich und entfernte sich mit einem Bodyguard im Gefolge.

»Wer ist das denn?«, fragte Andy.

»Der Bürgermeister von Kapstadt«, antwortete Gloria und tänzelte lächelnd davon. Es amüsierte sie, welche Wirkung ihre Mitteilung auf Hajo und diesen Habenichts, an den ihr Mann so viel Zeit verschwendete, hatte. Sie wirkten verblüfft und geschmeichelt. Der Bürgermeister von Kapstadt gratulierte ihnen zu ihrer Klugheit, bei Dieter Glanz angelegt zu haben. Besser ging's doch wohl nicht. Andy holte tief Luft. Vielleicht waren seine Zweifel ja doch übertrieben.

Er sah Gloria mit Gästen lachen. Sie duldete keinen versiegenden Geldfluss. Sie nahm Geld nur zur Kenntnis, wenn sie es auf der Kreditkarte ohne Limit zur Verfügung hatte. Für die Beschaffung war Dieter zuständig. Ihre Ehe funktionierte hervorragend, solange das Thema Geld zwischen ihnen kein Thema war. Nur dass Dieter Glanz dafür fast rund um die Uhr nur mit diesem Thema beschäftigt war. Sein Dank dafür waren kleine, abweisende Gesten, ein kühles Lächeln, ein paar schnippisch hingeworfene Bemerkungen, die niemals Wärme oder Zuneigung zu verraten schienen, ihre Bereitschaft seine Anwesenheit zu ertragen und in seinem Haus zu leben. »Kalt wie ein Eisschrank«, hatte Sabine nach ihrer ersten Begegnung Gloria beschrieben. Andy erinnerte sich jetzt daran und dachte mit Wehmut und Schmerz an die schöne Zeit zurück, die er hier mit Sabine verbracht hatte. Wie lang das schon wieder alles zurücklag. Er seufzte und entschloss sich, Glanz endgültig gegenüberzutreten.

Wie immer sah man den permanent von Geschäftsleuten umringt, die seine Bürotür umlagerten. Nun klopfte auch Andy an. Glanz öffnete selbst, sein Gesicht begann zu strahlen, als stünde sein bester Freund vor ihm. Er umarmte Andy, herzte und drückte ihn. Andy Schroth hätte in diesem Moment nicht sagen können, wann er in letzter

Zeit von seinen eigenen Familienangehörigen so empfangen worden wäre. »Mensch, hab ich dich vermisst. Wenn du wüsstest, wie einsam ich mich manchmal hier fühle«, flüsterte Glanz, und es schwang Wehmut in diesen Worten mit. Er schnappte nach Luft, schwitzte ein wenig, und sein Blick war glasig geworden.

»Mit all den Leuten um dich herum?«, fragte Andy, verlegen lächelnd.

»Die sind doch nur hinter meinem Geld her«, winkte Glanz ab. »In Wirklichkeit sind das alles keine Freunde, aber du, du stehst zu mir. Und du stehst hinter mir.« Mit besorgter Stimme fuhr er fort: »Du siehst beschissen aus. Ganz grauenvoll. Musst etwas mehr Sorgfalt auf dein Äußeres verwenden, hörst du?«

»Dieter, ich, ich hab so viele Probleme. Ich, ich kann kaum noch atmen«, stotterte Andy.

»Komm, komm! Die Probleme kriegen wir in den Griff. Alles halb so schlimm. Andy, mein Junge. Du bist für mich wie ein Bruder. Mein jüngerer Bruder! Du bist nicht wie die anderen! Du kommst nicht bloß hierher, um abzukassieren, oder?« Glanz beugte sich weit zu Andy vor und blickte ihm tief in die Augen. Andy versuchte, sich ihm zu entziehen.

»Dieter, ich …«

»Oder?«, wiederholte Glanz, auf einmal sehr scharf.

»Nein«, antwortete Andy.

»Nein! Siehst du!« – Glanz lächelte und umarmte Andy herzlich. »Komm, jetzt machen wir ordentlich einen drauf, wie in alten Zeiten.« Andy schüttelte den Kopf. »Dieter, ich krieg nichts runter. Ich fühl mich so was von geknebelt und stranguliert. Wenn das Geld da ist, können wir feiern. Aber bis dahin …«

Glanz umarmte ihn, drückte ihn noch leidenschaftlicher. »Ich liebe ihn, Jutta! Nächste Woche ist er Multimillionär und zieht so eine Trauermiene! Was sagt man dazu?«

Jutta hatte sich im Hintergrund gehalten. Sie lachte. Auch über Andys Miene huschte jetzt ein verlegenes Lächeln.

Die Mannequins führten auf der Terrasse Cocktail- und Abendkleider vor. Es war immer noch sehr schwül. Einige Damen ließen sich von den Vorführungen nicht stören, zogen sich Bikinis an und badeten im Pool.

Andy Schroth aß ein Kaviarschnittchen und beobachtete neben Glanz, der sich ein Glas Champagner einschenkte, die flanierenden Models. Glanz richtete seine ganze Aufmerksamkeit nun auf den gerade eingetroffenen Heiner Kuntze, der sich zu seinen Geschäften äußerte. »Beträchtliche Sümmchen in der Schweiz. Ganz konservative Anlage. Sicherheit geht vor. Angeblich tüchtige Vermögensverwalter fälschen meine Unterschriften. Ist ja inzwischen bei Schweizer Banken so üblich. Was soll ich Ihnen sagen, die Kohle ist futsch! Und ich kann nichts machen, weil es ja Schwarzgeld war. Aber wer hat schon versteuertes Geld in der Schweiz?!« – Hajo lachte mitfühlend. »Tja, das ist nun mal keine heile Welt da draußen«, spreizte sich Heiner.

Glanz sah Andy an. »Alles Betrüger, siehst du? Auf solche Leute wirke ich wie das Aas auf die Fliegen.«

Er ging einige Schritte auf Heiner zu und begrüßte ihn mit weit ausgebreiteten Armen. »Mensch, Heiner, du ausgekochtes altes Wieselgesicht! Ich hab dich vermisst. Mensch, freu ich mich, dich zu sehen.«

Voller Herzlichkeit umarmte er den kleinen untersetzten Mann, herzte und drückte ihn. Dabei rannen ihm Tränen der Rührung übers Gesicht.

»Wenn du wüsstest, wie einsam ich mich manchmal hier fühle. Aber du, du stehst zu mir. Und du stehst hinter mir.«

Verwundert registrierte Andy, dass Glanz nun auch Heiner genauso begrüßte wie ihn. Andy konnte es kaum fassen. Für einen Augenblick hatte Glanz nicht aufgepasst, und es war ihm ein Fehler unterlaufen. Oder hatte er, Andy, sich geirrt? War es nicht genau derselbe Wortlaut gewesen, mit denselben Gesten, mit denen er ihn und dann Heiner begrüßt hatte? Andy versuchte seine Gedanken zu ordnen, er wollte nicht eifersüchtig sein auf die anderen. Es hätte ihn nur ein wenig stolz gemacht, bei Dieter als echter Freund anerkannt zu sein. Dann verbannte er diesen Gedanken als eitel und überflüssig aus seinem Kopf. Auch er wollte sein Geld. Vielleicht war er keinen Deut besser als die anderen?

Trotzdem spürte er wieder Verbundenheit mit Glanz. Vielleicht auch deswegen, weil er zu spüren meinte, dass auch Glanz sich verändert hatte.

Heiner bat Glanz um einen Gefallen. »Du musst mir dringend dein Büro überlassen. Es häufen sich 'ne Menge Pornos im Internet. Die laden sich nicht von allein runter«, Glanz lachte.

Später, als es draußen dämmrig wurde, zog er sich mit den Rechtsanwälten Luck und Dr. Engels in das spärlich beleuchtete Büro des Farmhauses zurück. »Stellen Sie mir bitte einen Scheck aus über 250000«, bat Dr. Engels und fügte amüsiert hinzu: »Aber möglichst einen, der gedeckt ist.« Glanz verzog keine Miene.

»Ich leg noch was drauf, wenn Sie mir diesen deutschen Staatsanwalt vom Hals schaffen.« Die Nachricht, dass dieser Staatsanwalt im Flugzeug von Dr. Engels gesessen hatte, beunruhigte ihn spürbar.

»Der ist nicht käuflich«, Engels seufzte. »Aber um Anklage wegen Betrugs zu erheben, braucht er zweifelsfreie Beweise. Und ich bin Spezialist beim Streuen von Zweifeln.«

Lächelnd holte er einen Stoß von Protokollen aus seiner Aktentasche.

»Die Staatsanwaltschaft musste mir Akteneinsicht gewähren. Hier, die Vernehmungsprotokolle von allen, die Anzeige erstattet und später wieder zurückgezogen haben. Wollen Sie sie lesen?« Glanz zögerte, dann nahm er die Papiere an sich und blätterte sie durch. Fast schien es, als fürchte er zu lesen, was seine Freunde vor dem Staatsanwalt über ihn geäußert hatten. Dass sie den überhaupt aufgesucht hatten, empfand er in diesem Moment als schmerzlichen Verrat. Sie waren doch Freunde.

Auch als die Nacht anbrach, lastete drückende Schwüle auf den Gästen, die meisten hatten zu viel getrunken. Wer nicht tanzte, räkelte sich müde und umnebelt auf den Stühlen und Liegen. Isa plauderte kichernd mit Alfi, der ihr wieder seine ganze Aufmerksamkeit widmete und über seinen neuen Freund, den Minister, sinnierte. Sie verströmte in ihrem langen schwarzen Kleid mit tiefem Rückendekolleté wieder die unwiderstehliche Anziehungskraft, der Männer wie Alfi einfach nicht widerstehen konnten.

Heiner setzte sich zögernd zu Hajo, der mit den Kindern der Familie Glanz spielte. »Tut mir leid. Ich habe schlimme Nachrichten. Ihre Mutter ist sehr krank.«

Hajo starrte regungslos erst an seinem Dinnerjacket herunter, dann schweifte sein starrer Blick in die Ferne. »Sie ist gestorben«, sagte Heiner. Hajo schluchzte und verbarg das Gesicht in den Händen.

»Mein Mann war doch bei der Beerdigung in Deutschland«, mischte sich Isa ein.

»Aber das Allerschlimmste wissen Sie vermutlich noch gar nicht. Sie hat die gesamte Firma Ihrem Bruder überschrieben«, flüsterte Heiner aufgeregt.

Plötzlich stürmte Glanz mit wutverzerrtem Gesicht auf die Terrasse hinaus und rief in schneidendem Tonfall: »Interessant zu lesen, was du dem Staatsanwalt in Deutschland alles über mich erzählt hast, Evchen! So fällst du mir also in den Rücken? Eine feine Freundin bist du!«

Andy starrte erschrocken auf die Protokolle, die Glanz in der Hand hielt. »Aber sie hat die Anzeige doch wieder zurückgezogen, Dieter. Sie ...«, stammelte Tommy.

Doch Glanz wusste nur zu genau über die Wirkung von Zuckerbrot und Peitsche. Wütend rief er: »Ich dachte, wir sind eine Familie! Eine Familie von Glücklichen und Erfolgreichen! Mit Weitsicht! Aber da gibt es welche, die haben einen Lottoschein mit sechs Richtigen in der Tasche und wissen es nicht zu schätzen! Wissen es tatsächlich nicht zu schätzen!« Er knallte wütend die Protokolle auf einen Tisch.

Isa beschwor ihn: »Dieter, bitte! Wir lieben dich. Alle lieben wir dich. Jeder von uns wäre froh, wenn er eine Kleinigkeit für dich tun könnte.« Glanz fuhr herum. Seine Augen funkelten gefährlich.

»Das nehme ich dir sogar ab, Isa! Und ich vermute, dass

du besonders froh wärst, wenn diese Kleinigkeit möglichst klein wäre.« Er ließ die anderen stehen und folgte Engels und Luck in das Haus.

Heiner schaute verwundert auf den schluchzenden Hajo, der den Ausbruch von Glanz kaum wahrgenommen zu haben schien.

»Komischer Vogel! Um die Mutter weint er mehr als um die Firma.«

Seufzend zuckte Isa mit den Schultern. So war Hajo nun mal. Das war ja ihr Problem mit ihm. Zu weich. Zu wenig Interesse für das Geschäft. Ein Schöngeist. Du lieber Gott, was ließ sich damit anstellen. Malerei interessierte ihn mehr als die Entwicklung an der Börse. Hajos Mutter hatte sie nie gemocht, jetzt war sie tot und Hajo würde seinen Kummer in Alkohol ertränken.

Draußen vor dem Zaun stieg Oberstaatsanwalt Dr. Sasse aus einem Taxi. Beeindruckt betrachtete er das luxuriöse Anwesen. Vom Taxifahrer erfuhr er, dass man Dieter Glanz »Mr Billionaire« nannte. Die Schönheit der Gegend beeindruckte ihn aber nur wenig. Ihn interessierte nur der Mann, dessen Spuren er verfolgte. Er hörte die Partymusik, das aufgeregte Brabbeln der Leute, und er konnte sich davon überzeugen, dass es Dieter Glanz gelungen war, mit all seiner Raffinesse, Unverfrorenheit und Verlogenheit eine Zukunft aufzubauen, in der der deutsche Fiskus nicht vorkam.

»Dieser Glanz ist wie ein Butterbrot, er fällt immer auf die richtige Seite«, dachte er.

Sasse lief ein paar Schritte, schaute sich um und erinnerte sich daran, wie Glanz die Behörden in Deutschland genarrt hatte. Damals standen überall in seinem Haus und in seinen Geschäftsräumen große Schilder, auf denen »Vorsicht Bauarbeiten – Betreten verboten« zu lesen war. Presslufthämmer ratterten ständig, Wände wurden eingerissen. Alles sah nach einem Umbau aus. Mit dem Bus seines Bruders transportierte Glanz jede Nacht die gesamte Einrichtung, Stück für Stück, zu einem großen Container im Hafen und lagerte sie dort ein. Und was sich niemand vorstellen konnte, Glanz ließ die Container nach Großbritannien verschiffen. Eines Nachts startete er mit seiner Familie Hals über Kopf nach England, um von dort aus weiter nach Südafrika zu fliegen, wohin dann seine Autos und Möbel per Ozeanfracht nachschippern sollten. Ein paar Tage später schwärmten die Ermittler aus, um Haus und Büro zu durchsuchen. Mit den mageren Beweisstücken der »Vorsicht Bauarbeiten«-Schilder gelang Glanz ein Abschiedsgruß, der seinen Gegnern beweisen sollte, dass er für immer in einer anderen Liga spielte.

Sasse machte kehrt und lief wieder zum Taxi. Der Fahrer schaute bereits misstrauisch nach seinem Kunden. Sasse schüttelte den Kopf. Unzufrieden darüber, dass er zu lange gezögert hatte, kam nun umso stärker der Jagdinstinkt in ihm durch, wie bei einem Foxterrier. Er würde Südafrika nicht wieder verlassen, ohne Dieter Glanz zur Strecke gebracht zu haben. Er kannte jetzt den Bau seines Jagdopfers, und aus dem wollte er ihn rauszerren. Er wollte ihn dorthin verfrachten, wo ihn niemand für seine Spekulationen bewundern würde. Glanz hatte alle an der Nase herumgeführt, ihn und seine Behörde lächerlich gemacht. Sasse stieg wieder in das Taxi und ließ sich zurück nach Kapstadt fahren.

Der Mond stand hinter der schwarzen Silhouette der Bäume. Die Terrasse hatte sich geleert. Im Garten flackerten hier und da noch ein paar Fackeln. Wächter wanderten am hohen Zaun entlang, als wäre die Farm ein Gefangenenlager. Die Schönen und Reichen feierten im luxuriösen Ghetto ihren Wohlstand und schützten sich vor den Armen, die sich ihren Anteil mit Gewalt holen würden, weil Gerechtigkeit zu lange auf sich warten ließ. Archaisch abgestochen zu werden, das flößte den verwöhnten Deutschen fast noch mehr Angst ein als Opfer des Finanzamtes zu werden.

Die Band hatte bereits ihre Instrumente eingepackt. Hajo klimperte auf der Gitarre und sang für die übermüdeten Kinder von Dieter und Gloria, und wohl auch für sich, ein wehmütiges Kinderlied. Eva Wendler schluchzte immer noch völlig aufgelöst. Ihr Verrat ließ die anderen nicht kalt. Besorgt starrte Andy auf den Stapel von Protokollen, die Glanz neben sich auf den Tisch legte, als er sich zu ihm setzte. Glanz steckte ihm ein Bündel aufgerollter Geldscheine zu und sagte leise: »Hier, nun nimm schon! Ich weiß doch, dass du momentan etwas klamm bist. Ein altes chinesisches Sprichwort sagt: Wenn du die Hand fest schließt, hast du nichts. Wenn du sie öffnest, gehört dir die Welt.«

»Dieter, ich …«

Glanz wurde ernst. »Denkst du, ich weiß nicht, wie dir zumute ist? Meine Familie war arm. Mein Vater«, er holte tief Luft, »ich hatte den liebsten Vater der Welt, wenn er mal nüchtern war.« Er seufzte. »Ich wollte immer ein einfaches Leben führen, aber ich bin nun mal Opfer des gewaltigen Vertrauens, das mir jedermann entgegenbringt.« Er hob hilflos die Arme, und Andy lächelte amüsiert. Dann sah er zu Nadja hinüber, die mit den Glanz-Kindern spielte. Sie spürte Andys Blick und lächelte zurück. Glanz bemerkte, wie sich die beiden vertraulich ansahen. »Scharf auf die Kleine?« Andy lachte verlegen. »Sie ist süß«, nickte Glanz, »aber ...«

»Was ›aber‹?« Andy wurde aufmerksam.

»Wer weiß! Vielleicht ist sie auf mich angesetzt, um mich zu bespitzeln.«

Andy erschrak. »Nadja? Das glaubst du doch wohl selbst nicht.«

Glanz lachte plötzlich. »Nein. Natürlich nicht!« Was redete er da für einen Unsinn!

Plötzlich begriff Andy, wie einsam sich Glanz fühlen musste; alle umlauerten ihn, bedrängten ihn, wollten etwas von ihm und waren bereit, auch unschöne Tricks anzuwenden, bloß um möglichst viel Geld von ihm zu kassieren. Glanz hatte sich inzwischen nach seiner Weinflasche umgesehen. »O Gott, hab ich dich vermisst, mein Junge. Mein lieber, lieber Freund.«

Andy konnte sich nicht im Entferntesten vorstellen, dass Nadja ein Spitzel sein könnte. Sie saß zwar direkt an der Quelle, kannte Namen, Telefonnummern und Adressen, sah Gäste ein und aus gehen, aber warum sollte sie Dieter Glanz verraten? Er sorgte für sie. Oder bot ihr jemand mehr Geld? Andy Schroth verdrängte diesen Gedanken. Er hielt ihn schlicht für absurd.

Glanz stand auf und holte von einem anderen Tisch eine Flasche Wein. Dabei fragte er Gloria: »Was hat meine schöne Frau denn für den Rest des Abends vor?«

»Nur Langweiliges. Wie üblich«, antwortete Gloria kalt.

Hastig blätterte Andy die Protokolle durch und war sichtbar erleichtert, als er seinen Namen nicht fand. Er blickte auf und merkte, dass Dr. Engels ihn süffisant musterte. In der Verwirrung rutschte Andy der Stoß Papiere zu Boden. Glanz half ihm sie aufzuheben. Dabei schaute er zu Gloria hinüber. »Ich bin ihr in einer Diskothek begegnet. Nie vorher war ich einer Frau begegnet, die auch nur annähernd ihre Klasse hatte. Sie war der lebendige Beweis dafür, zu was Wundervollem die Natur fähig ist. Sie studierte ...«, Glanz lachte, als wäre das ein Bonmot des Lebens, das so gar nicht zu Gloria passte, »... aber am liebsten lag sie schon damals auf der faulen Haut, während die Menschen um sie herum sich mit irgendwas beschäftigten. Sie hat mich gefragt, was ich von Beruf bin. Ich habe gesagt: Vermögensverwalter! Ich wollte ihr nicht eingestehen, dass ich bloß Gerichtsvollzieher war.«

»Gerichtsvollzieher?«, fragte Andy

»Also, eigentlich Gerichtsvollzieher-Gehilfe! Was soll ich dir sagen? Es war ein Schwindel, und es war herrlich. Plötzlich war ich wer. Plötzlich spürte ich Respekt und Anerkennung. Die Anerkennung, die jeder Mensch braucht, die ich aber bisher in meinem Leben noch nicht erfahren hatte. In der Schule war ich nur gehänselt worden, weil ich keine Markenklamotten trug. Darum haben sie mich gedemütigt, meine reichen Mitschüler.« Glanz starrte düster vor sich hin, leerte sein Weinglas und fuhr in seiner Erzählung fort. »Die Familie von Gloria gab mir ihr Geld: ›Mach was draus, Junge!‹ – ›Fahr eine gute Ernte ein!‹ Das tat ich. Ich tat's! Damals waren es zehn Prozent Gewinn«, begeisterte sich Glanz. »So klein habe ich angefangen.«

Unvermittelt stand er auf, hakte Alfi unter und zog ihn mit sich zu Hajo. »Ich hab ein Projekt für uns! Unter der Idee liegt Öl!«

Andy schaute auf die Rolle Tausender, die ihm Glanz in die Hand gedrückt hatte. Was er gerade gehört hatte, begeisterte ihn doch wieder. Glanz hatte es wirklich von ganz unten nach ganz oben geschafft.

Das Leben dieses Mannes glich einem langen Aufstieg aus dem tiefen Schatten zum Platz an der Sonne. Im Gegensatz zu anderen hatte er durchgehalten, als die Sonne unterging. Die nächste Morgendämmerung brach für seine Financial Group bereits an, und Glanz plante wieder Großes. Andy nahm eines der herumliegenden Wirtschaftsmagazine, die Jutta regelmäßig auslegte, und blätterte darin herum. Er las eine der Erfolgsstorys, in der es um einen Milliardendeal und einen führenden Spekulanten ging. Andy konnte nicht wissen, was für einen Spaß Dieter Glanz an diesen Geschichten hatte. Sie waren für ihn, der kein Abitur absolviert hatte, aber den Instinkt für Wahrheiten besaß, pure Schönfärberei niederster Interessen. In hochgestochenem Stil, mit Fachtermini verbrämt, berichteten diese Artikel immer über dasselbe: Der Stärkere setzt sich durch. Was jemanden zum Stärkeren werden ließ, was er dafür unternahm, stand sehr selten in diesen investigativen Märchen. Auf jeden Fall traf es am Ende immer die Schwächeren, zu denen man nie gehören wollte. Dieter Glanz legte die Wirtschaftsmagazine aber hauptsächlich aus, um seinen Kunden die Gewissheit zu geben, dass diese Welt voller Gewinne steckte und um ihnen zu zeigen, welche Verluste oder undiskutablen Renditen sie erwarteten, wenn sie sich auf die bekannten Namen, auf das offizielle Spiel einließen. Nur er verfügte über die außergewöhnliche Fähigkeit, in legalen Geschäften die einmalige Chance und Situation zu entdecken. Er trieb mit seiner Trüffelnase die besten Stücke am Markt auf, nur er verfügte über ein eigenes Seegrundstück und die Lizenz, Öl zu fördern. Jede Preissteigerung an der Tankstelle konnte seine Anleger davon überzeugen, wie unermesslich wertvoll dieses Geschäft war. Er war die Ausnahme, er nutzte, ohne sich dabei die Hände schmutzig zu machen, die nebulösen, die ungewöhnlichen Wege, auf denen die wahren Riesenvermögen weltweit zustandekamen. Glanz verschonte seine Kunden mit zweifelhaften Offerten.

Glanz-Kunden lebten in der Glanz-Welt. Dieter Glanz war in der Lage, seinen Anlegern das Gefühl der Unpersönlichkeit zu nehmen, bei ihm zählte die menschliche Begegnung mehr als die schnelle Börsenspekulation. Er verstand es, ihr Gewissen zu beruhigen, sie in die Siegerpose zu hieven. Bei ihm wirkte alles nicht ganz so schlimm. Ein Revisor aus Skandinavien, die Finanzbeamten – solche Gegner liebten Glanz und seine Investoren. Seine Investoren zählten zu den Guten, zu den Gewinnern und zu denen, die man nie von Staats wegen belangen würde, wenn sie ihren Steuerberater regelmäßig konsultierten. Geld zu hinterziehen war in ihren Augen keine wirkliche Straftat. Diese ungeschriebene Regel galt als Konsens, als Verschwörungsformel, die den Clan um Glanz zusammenhielt.

Andy Schroth wählte auf dem Handy die Nummer seiner Eltern in Deutschland. Sein Vater stand in der Diele und gab Andys Mutter ein Zeichen, dass sie aufhören sollte, die Stube aufzuräumen.

»Er hat mir einen Haufen Geld gegeben«, erzählte Andy.

»Na endlich. Wie viel?«, fragte sein Vater.

»Nur 'ne Anzahlung. Morgen soll alles ausbezahlt werden.«

Andy hörte, wie sein Vater für seine Frau jeden Satz laut und deutlich wiederholte.

»Weißt du, wenn er so vor mir steht, hab ich ein ganz schlechtes Gewissen, dass ich hinter seinem Rücken mit diesem Staatsanwalt ...«

Sein Vater fiel ihm ins Wort. »Nach allem, was der uns angetan hat? Nun mach aber 'n Punkt. Ins Unglück hat uns der Schweinehund geritten. Was hat der nicht alles versprochen! Beim Leben seiner Kinder! Schon vor einem Jahr sollte ausbezahlt werden. Wenn er jetzt endlich seine Versprechungen einlöst, gut. Sehr gut. Aber du hast doch wirklich jeden Grund, dem Kerl zu misstrauen.«

Andy legte nachdenklich auf. Er hoffte inständig, dass Dieter Glanz diesmal seine Versprechen einhalten würde. Bevor er einschlief, dachte er an Nadja, wie hübsch sie auf dem Fest ausgesehen und wie lieb und zärtlich sie ihn angesehen hatte. Er wusste nicht, dass auch Nadja noch wachlag und nicht einschlafen konnte, weil sie an ihn und seine traurige Verlorenheit denken musste. Es zog ihr das Herz zusammen, wie ihre Schwester mit Andy umgegangen war.

Im Farmhaus stand Dieter Glanz am Fenster und starrte ins Dunkel der Nacht. Seine Zigarre glimmte bei jedem Zug auf. Seine Gedanken kreisten um die kommenden Tage.

In einer kleinen Pension in Kapstadt starrte Oberstaatsanwalt Sasse aus dem Fenster. Die Hitze und der Lärm von der Straße ließen ihn nicht schlafen. Er kratzte sich und musterte misstrauisch das Bett in seinem bescheidenen Zimmer, das vom flackernden Lichtschein einer Leuchtreklame draußen erhellt wurde. Die südafrikanischen Verhältnisse hatten sich als schwieriger erwiesen als angenommen. Man verhielt sich freundlich ihm gegenüber, aber auch hier bewegten sich die sprichwörtlichen Mühlen der Justiz im Schneckentempo. Das Land wollte sich nach der langen Zeit der Ächtung durch die Weltgemeinschaft nun besonders unabhängig zeigen. Man ließ sich von niemandem unter Druck setzen, jetzt, wo man anerkannt war und demokratisch regierte. Klar, dass Glanz dieses Selbstbewusstsein zu schätzen wusste. Die deutschen Behörden liefen ungeschickt dagegen Sturm. Sasse erkannte das Dilemma, jetzt, da er die verfahrene Lage täglich beobachten konnte. Politischen Druck ausüben zu wollen in einem Land, das Nelson Mandela als Präsidenten und moralisches Schutzschild vorweisen konnte, lief ins Leere. Das Image des Landes legitimierte sich inzwischen selbst, ein Dieter Glanz geriet dabei zur Marginalie, nicht zum Skandal. Sasse sah, wie falsch er selbst das alles eingeschätzt hatte. Er musste vorsichtiger agieren, mehr auf Verständnis setzen. Wenn es Glanz bisher gelungen war, die Umstände so für sich zu nutzen und sogar eine Verfassungsklage einzureichen, dann war es kein Wunder, dass er hier geduldet wurde.

Am nächsten Morgen erfasste im Hafen der Wind die Fischerboote und ließ die Masten mal in der einen, mal in der anderen Richtung in den gesichtslosen Himmel ragen. Am Strand lastete eine bleiche Sonne über unendlichen Sanddünen. Himmel und Erde schienen miteinander zu verschmelzen. Die Meeresbrise wirbelte Sandfontänen auf. Andy blickte düster auf den Maclear's Beacon, der 1087 Meter hoch am Ende des Felsplateaus den höchsten Punkt des Tafelbergmassivs markierte. Aus den Wogen des Meeres sprangen ein paar Fische knapp über die Schaumkrone. Andy beobachtete sie und hielt einen abgebrochenen Ast in den Händen, mit dem er im Sand herumgekritzelt hatte. Neben ihm zügelte Nadja ihr unruhiges Pferd.

»Pass auf, dass du dir keinen Sonnenstich holst«, riet sie.

»Vermutlich hab ich den längst«, mutmaßte Andy bitter.

Nadja tätschelte den Hals des Pferdes. »Dieter möchte, dass ich ihn etwas bewege.«

»Dir scheint's ja richtig gutzugehen hier.« Andy musterte seine Schwägerin kritisch.

»O ja«, lachte Nadja »Auch mal probieren?« Das Pferd blähte die Nüstern.

»Ich bin noch nie geritten!«

»Jeder fängt mal an«, ermutigte ihn die junge Frau und beruhigte das Pferd mit einem kleinen Leckerli.

»Aber du musst mich gut festhalten«, bat Andy und schwang sich auf das Pferd.

»Nun sei doch nicht so eine Memme!« Nadja musste lachen.

»Du lieber Himmel, ich hab nie gewusst, wie hoch Pferde sind und wie breit! Ich krieg die Beine gar nicht so weit auseinander«, beschwerte sich Andy.

Nadja kicherte. »Frauen sind da geübter!«

»Na – Nadja! Halt! Stop! Nicht so schnell.« Andy hielt sich auf dem Rücken des Pferdes fest, als wollte er ein Erdbeben überstehen. Doch es nutzte nichts, das Pferd bäumte sich auf, und er plumpste in den feinen heißen Sand. »Aua! Du hast mich nicht festgehalten.«

Nadja konnte sich gar nicht beruhigen, so musste sie lachen, als Andy sich wieder aufrichtete. »Für den Anfang gar nicht mal schlecht.«

Sie stützte ihn und wischte ihm den Sand von seinem Hemd. »Kann ich sonst noch was für dich tun?«

»Nein«, knurrte Andy, aber dann zögerte er. »Oder, na ja, mach mal 'n Vorschlag.« Nadja sah ihn verblüfft an, dann lachte sie und knuffte ihn freundschaftlich in die Seite.

Auf der Farm ereignete sich unterdessen Ungeheuerliches. Aufgebracht stürmte Heiner nach einer Besprechung mit Oelig aus dem Büro. »Es reicht! Jetzt reicht es! Jetzt ist aber wirklich Ende der Fahnenstange!«

Eva Wendler eilte ihm entgegen. »Was denn? Sagen Sie nur, es wird wieder nicht ausbezahlt?«

»Heute noch nicht«, erregte sich Heiner und lief aufgeregt um die Ecke des Pools.

»Warum nicht?«, fragte Tommy.

»Ich weiß es nicht. Heute jedenfalls nicht«, wiederholte Heiner aufgebracht.

Andy schloß sich, als er vom Strand zurückkehrte, der aufgebrachten Meute an. Tommy fragte empört: »Warum stellt ihn niemand zur Rede? Warum wagt das keiner? Alle haben Angst und kriechen vor Herrn Glanz wie die Würmer.«

»Also bitte! Niemand von uns kriecht«, verteidigte sich Heiner.

»Wenn Sie ihn mit ›Euer Majestät‹ ansprechen, Heiner, nenne ich das kriechen.« Eva Wendler versuchte, Tommy zu bremsen.

Jetzt wurde Heiner Kuntze radikal. »Wenn der Dreckskerl weiter Sperenzchen macht: Rübe ab! Zack. Ausbluten lass ich den wie die Juden Frischgeschlachtetes.«

Vom Büro aus beobachtete Dr. Engels, wie der Schwarm der Anleger erbost über die Wiese stürmte. Oelig trat zu ihm. Beide machten besorgte Gesichter. »Jetzt wird es ernst«, murmelte Dr. Engels.

Glanz frühstückte seelenruhig mit Gloria auf der Terrasse. Uschi und Alfi waren gerade eingetroffen und stießen zu den anderen. Glanz schmierte sich ein Croissant und legte das Messer ab, als die Meute sich empört vor seinem Tischaufbaute. »Ich kann verstehen, dass ihr jetzt fürchterlich enttäuscht seid. Aber versetzt euch doch auch mal in meine Lage.«

Heiner fiel ihm ins Wort. Es war wohl das erste Mal. »Du hast versprochen ...«

»Hatten wir deine feste Zusage oder nicht?«, unterstützte ihn Alfi.

»Ja. Aber auf manche Dinge hat man halt keinen Einfluss. Wollt ihr einen Kaffee?«, fragte Glanz ausgesucht höflich.

»Was ist los mit dir? Willst du uns verscheißern?« Andys Stimme klang auf einmal ungewohnt scharf. So hatte er noch nie mit seinem Mentor gesprochen. Aber er war nun endgültig mit seiner Geduld am Ende. Noch am Vorabend hatte er Glanz geglaubt und fühlte sich nun wieder angeschmiert.

Glanz musterte ihn verwundert. »Niemand will euch verscheißern. Was ist denn das überhaupt für ein Vokabular? Wir haben eine Pechsträhne.« Glanz zog ein Taschentuch aus der Hosentasche und schnäuzte sich. »Probleme mit der Steuer. Es geht um Versicherungsteuern. Drei Millionen müssen bezahlt werden.«

Jutta brachte Glanz Tabletten, die er mit einem Schluck Wasser zu sich nahm.

»Sie müssen viel trinken, die Erkältung ausschwitzen«, riet ihm Jutta.

»Mach keine Sachen, Dieter! Du bist doch nicht etwa krank ...?«, Heiner setzte sich mit besorgter Miene auf den freien Platz am Frühstückstisch. Tommy drehte sich zu Eva Wendler um. Hatte er Heiner nicht eben völlig korrekt beschrieben. Der kroch doch wieder vor Glanz.

Eva Wendler wurde plötzlich schlecht. Sie hielt sich die Hand auf die Stirn. Tommy stützte sie, so gut er konnte.

»Nun macht euch nicht gleich in die Hosen. Kriegt ihr euer Geld eben ein paar Tage später. Was soll's?«, gab sich Glanz gelassen.

Andy wurde wütend. Immer wütender. »Ich sag dir eins, verscheißer uns nicht, Dieter. Sonst gibt's Ärger.« Er ging auf den Tisch zu.

»Willst du mir drohen?« Der Blick von Glanz vereiste. »Also, wenn ihr erlaubt, möchte ich jetzt mit meiner Frau zu Ende frühstücken! Oder ist das zu viel verlangt? Was ist denn auf einmal los mit euch? Wir sind doch Freunde.«

Eva Wendler schluchzte. »Deine Freundschaft bringt mich noch unter die Erde.«

Plötzlich ging die sonst so ruhige und immer beherrschte Uschi Baumer auf Glanz los. Es war, als ob ihre Nerven auf einmal gerissen und ihre eiserne Selbstbeherrschung gesprengt hatten.

»Am liebsten würde ich dir eine reinhauen, du verlogener Lump. Sei deines Lebens bloß nicht so sicher.«

Glanz hielt mit einer Handbewegung die Bodyguards zurück.

»Uschi! Ich bin kugelfest.«

»Ich kann's kaum abwarten, bis dir einer dein arrogantes Grinsen aus der Visage haut!« Uschi liefen die Tränen über das Gesicht. So außer sich hatte sie auch Alfi noch nie erlebt. Vergeblich versuchte er, seine Frau zurückzuhalten. Über ihren Mut, Glanz so direkt zu attackieren, war er regelrecht erschrocken. Beschwichtigend legte er die Arme um sie und flüsterte ein kaum hörbares »Entschuldigung« in Richtung von Glanz. Gloria goss ihrem Mann noch eine Tasse Kaffee nach. Glanz schmierte seelenruhig etwas Marmelade auf sein Baguette. Gloria nippte an ihrer Tasse. Schimpfend und entrüstet zogen sich die aufgeregten Anleger ins Haus zurück.

# Kapitel 12

Im Kapstadter Gerichtsgebäude wurden Festgenommene in Handschellen einen verdreckten Flur entlanggeführt. Gestresste Justizangestellte hasteten vorüber. Dr. Sasse musste sich ausweisen, und Polizisten durchsuchten seine prallgefüllte Aktentasche. Er schwitzte, er war immer noch zu warm angezogen und kratzte sich. Das Bett in seinem Pensionszimmer hatte sehr ungepflegt gewirkt und unangenehm gerochen. Er schüttelte sich, wenn er daran dachte. Im Vorzimmer des Staatsanwalts herrschte ein ständiges Kommen und Gehen. Ein Festgenommener randalierte. Sasse fächelte sich Kühlung zu, während ihm eine schwarze Sekretärin in gebrochenem Deutsch zu erklären versuchte, dass Staatsanwalt Trudeaux wieder in einer Sitzung sei. Als Sasse protestieren wollte, reagierte sie genervt. »Leider Mr Glanz ist nicht der einzige Gangster, der bei uns frei rumläuft.«

Das Handy von Sasse klingelte. Andy war am Apparat. Sasse hörte ihm kurz zu. »Hab ich's Ihnen nicht vorausgesagt? Wie lange wollen Sie sich noch für dumm verkaufen lassen? Ja. Ist gut! Wann? Wo?«

Sasse schaltete das Handy aus. Er grinste zufrieden. Endlich schienen die Anleger am Ende ihrer Geduld. Seine Zermürbungstaktik, die er bereits in Hamburg begonnen hatte, trug nun die ersten Früchte. Endlich meldeten sich die Klienten von Glanz, die ihn bereits angezeigt hatten und dann eingeknickt waren, wieder zurück. Sasse durchschaute das System der Financial Group, aber er konnte den Anlegern nicht klarmachen, dass sie betrogen wurden. Der Glaube an Glanz schien jede Vernunft zu ersticken, so wie Öl nach einer Schiffskatastrophe alles Leben in einem zähen Brei erstickte.

Unter gleißender Sonne trieben Segelboote von einer sanften Brise getrieben auf dem Meer. Glanz lenkte vergnügt und aufgekratzt das offene Cabriolet die Küstenstraße entlang. Den Auftritt beim Frühstück schien er völlig vergessen zu haben. Seine Getreuen konnten sich noch nicht so richtig auf die neuen profitablen Objekte konzentrieren, die er als kleine Appetithappen anbot, um den Geschmack der großen weiten Welt wieder in ihre Köpfe zurückzubringen. Um die ausbleibende Gewinnauszahlungen abzufedern, wollte Glanz seine Investoren nämlich mit der Besichtigung künftiger Investitionen unterhalten.

»Da sind sie. Unsere Wohnblocks. Die ganze Front da vorn«, schwärmte Glanz, der sich für diesen wichtigen Geschäftstermin einen weißen Anzug und seinen silbernen Schlips angezogen hatte.

»Tu mir den Gefallen und halte deine Hände am Steuer, Dieter«, forderte ihn Hajo auf.

»Unverbaubarer Meerblick! Eine Wucht, was? Der reine Wahnsinn«, Glanz strahlte hingerissen.

Etwas später liefen die drei auf der Dachterrasse eines der Hochhäuser herum. Glanz versuchte, Alfi und Hajo, die ihm nur zögernd folgten, mit seiner Begeisterung anzustecken.

»Können wir haben, wenn wir wollen. Acht Millionen Dollar. Glatt geschenkt. Unter Brüdern sind die gut zwanzig Millionen wert. Aber wir müssen uns schnell entscheiden.« Er spürte, dass die beiden anderen zögerten. »Menschenskinder, dieses Bombengeschäft lassen wir uns doch nicht durch die Lappen gehen!« Lachend umarmte er sie. »Mit meinen Freunden im Bunde bin ich unangreifbar.«

Hajo stimmte in sein Lachen mit ein. »Sei so gut und gib mir ein bisschen was von deiner Energie ab, du Verrückter!«

Alfi dagegen reagierte nicht, schließlich hatte seine Frau schon mit Konsequenzen gedroht, als er sich breitschlagen ließ, überhaupt an dem Ausflug teilzunehmen. Hajo umarmte Glanz voll echter Zuneigung. Für ihn stimmte alles in dieser Männerfreundschaft. Mochte das Geld irgendwo festhängen, letztlich war es Hajo egal. Sein Vermögen konnte es verkraften. Die Zuneigung, die Achtung vor der zupackenden Art von Dieter Glanz bekamen für ihn eine größere Bedeutung als alles Geld. Hajo spürte in seinem Innern ein tieferes Verständnis, ein echtes Gefühl von Gemeinsamkeit, wie er es bei keinem anderen Menschen bislang angetroffen hatte. Es war geradeso, als schwebten die Gedanken der beiden im Takt, und je länger sie miteinander tanzten, desto besser verstanden sie sich, ohne es sich gegenseitig versichern zu müssen. Hajo hielt Glanz noch einen Moment lang an den Armen, bis der sich löste. Er lachte ihn ebenso frech an, wie er es von ihm gewohnt war. Hajo war es egal, was aus seinem Investment wurde. Glanz war sein Freund, ihm wollte er immer zur Seite stehen. Und wenn er am Ende als Einziger von allen übrig bleiben würde.

Schon länger war Hajo aufgefallen, dass Glanz kaum mit Frauen redete. Seine Ehe mit Gloria machte auf Hajo einen stabilen Eindruck, im Vergleich zu seiner eigenen Ehe mit Isa schien sie sogar glücklich zu sein. Glanz strahlte Optimismus und Offenheit aus, aber mit Frauen wollte ihm keine Herzlichkeit gelingen. Frauen ignorierte Glanz, was nicht nur auf seine schlechten Erfahrungen zurückzuführen war, die er mit den Gattinnen der Anleger über Jahre gemacht hatte. Deren warnende Stimmen verstummten meistens erst, wenn ihre Männer sich alle weiteren Verdächtigungen energisch verbaten. Sie gingen zurück zum Auto. Alfi schaute ein wenig unschlüssig, als würde er beginnen, seinen Irrtum zu erkennen. Glanz gab nie auf.

Andy und Sasse suchten sich ein ruhiges Plätzchen in einem Straßencafé mitten in Kapstadt. Neben dem Anrichtetisch standen unter Platanen und anderen alten Bäumen gut zwei Dutzend Tische mit blauen Decken, Besteck und Gläsern. An gut der Hälfte speisten Gäste oder tranken ihren Kaffee. Ab und an ließ sich die Bedienung blicken und servierte schwungvoll Espresso oder ein Stück Kuchen. Im Schatten spürte man die Hitze nicht so sehr.

»Versalzen Sie dem Schweinehund endlich die Suppe«, forderte Sasse Andy auf.

»Wie denn?«

»Erstatten Sie Betrugsanzeige«, sagte Sasse.

»Bei Ihnen?«, fragte Andy.

»Nein. Bei den südafrikanischen Behörden. Ich kann hier nur Amtshilfe leisten.«

Andy beugte sich vor. »Und was passiert dann? Ich meine, ich erstatte Anzeige, und dann? Glanz hat die Polizei geschmiert, das weiß ich. Gibt es also eine andere Möglichkeit, ihn zu zwingen, dass er wenigstens das rausrückt, was ich bei ihm eingezahlt habe?«

Sasse schwieg und schaute verlegen zur Seite.

»Können Sie mir wenigstens garantieren …?«

Plötzlich tauchte Andy schnell unter den Tisch, als suchte er Deckung vor einem Angriff. Er riss das Tischtuch mit sich herunter. Auf der anderen Straßenseite trug Heiner einige große Shoppingtüten von Gucci und anderen Marken hinter Gloria her und mühte sich mit den Kartons voller sündhaft teurer Schuhe. Ein Kellner stolperte am Tisch von Andy über das Geschirr am Boden. Aber Gloria bemerkte von all dem nichts. Als Andy unter dem Tisch wiederauftauchte, hatte er keine Lust, das Gespräch mit Sasse fortzusetzen. Er hatte auch so verstanden. Sasse wollte Glanz aus dem Verkehr ziehen, aber er hatte keine Möglichkeit, Andy zu helfen, sein Geld zurückzubekommen. Andy hatte begriffen. Er war ganz auf sich allein gestellt. Wenn er keinen Weg fand, gegen Glanz vorzugehen, half ihm keiner. Er war allein. Mutterseelenallein.

Glanz hatte die Anleger in das Restaurant von Paul Ewert eingeladen. In der Bar spielte eine Band einen Tango, schrill und verwirrend. Ein paar ältliche Paare vollführten auf der geräumigen Tanzfläche jene kunstvollen Schritte, die in den Augen junger Menschen so lächerlich wirkten. Isa, im schwarzen Rock mit buntem Top samt Goldschnalle im Ausschnitt, hatte sich wieder ein gutes Jahrzehnt zu jung gekleidet. Was aber seine Wirkung nicht zu verfehlen schien. Sie nutzte den Tanz, um sich an Alfi zu schmiegen. Mit bleichem Gesicht beobachtete Uschi ihren Mann, der sie gar nicht mehr wahrzunehmen schien. Außer dem Geld wollte Uschi nicht auch noch ihren Mann an eine ungewisse Zukunft verlieren. Sie saß einsam an ihrem Tisch. Hajo prostete ihr zu, als seien sie eine Schicksalsgemeinschaft. Beide sahen sich in die Augen und erblickten nur den traurigen Abglanz demütigender Gefühle, die sie nicht miteinander austauschen wollten.

Andy hatte sich abseits auf ein Sofa gesetzt. Er wusste, er musste etwas unternehmen. Er wusste leider nur noch nicht was. Plötzlich beugte sich Glanz über ihn.

»Irgendwas los mit dir?«, fragte er misstrauisch.

»Nein. Wieso?«

»Du wirkst so bedrückt. Hast du was zu beichten?«

»Nein«, Andy schüttelte den Kopf.

»Nein?« Glanz kniff die Augen zusammen.

»Äh, doch.« Andy entschloss sich, jetzt Glanz zur Rede zu stellen.

»Also, doch? Wenn du was zu beichten hast, spuck's aus«, forderte Glanz ihn auf.

Aber ehe Andy etwas sagen konnte, hängte sich die angetrunkene Eva Wendler bei ihm ein. »Ja, ja, Dieter hat seine Augen überall.«

Sie versuchte wieder Anschluss zu finden an die alte Vertrauensstellung, doch Glanz beachtete sie nicht eine Sekunde.

Alfi kehrte schwitzend an den Tisch zurück. »Dann leg ich die silbernen Löffel lieber wieder zurück, was?«, versuchte er zu scherzen.

»Die Silberlöffel können Sie haben«, Hajos Stimme klang gefährlich. Es war klar; seine Frau würde er Alfi nicht so ohne weiteres überlassen.

Die Gesellschaft strebte zum Ausgang. Uschi trat seufzend ins Freie. »Ein großer Regen sollte endlich Abkühlung schaffen und den ganzen Dreck hier wegspülen.«

Paul Ewert brachte Glanz noch einen Korb voller Champagnerflaschen.

»Jawohl! Genügend Sprit für die Rückfahrt. Und vielleicht noch 'ne Dose Kaviar, Paulchen! Soll gut sein für die kleinen grauen Zellen da oben.«

Während die anderen schon vergnügt in die Autos stiegen, reichte Ewert Glanz einen Scheck. Der nickte zufrieden.

»Plus der Rechnung heute Abend. Erhöht alles deinen Anteil am großen Kuchen, Paulchen.«

Er stieg ein. Barbara Ewert zog ihre Stola mit Fransen zurecht, die sie übergeworfen hatte, während sie der davonfahrenden Gesellschaft nachblickte. »Merkst du nicht, wie er dich immer weiter in seine Geschäfte reinzieht?«, fragte sie beunruhigt ihren Mann.

»Ja, und?«, reagierte der beleidigt. »Kann uns denn was Besseres passieren?«

Barbara Ewert traute Glanz nicht. Wenn ihr Mann so schnell erobert wurde und das Geld so locker saß, dann löste das bei ihr Alarm aus. In ihrem Lokal hatten schon so einige Bauherren und Investoren verkehrt, die sich Jahre später mit Bauruinen oder einer letzten Karte aus Südamerika verabschiedeten. Dieter Glanz verstand es zu feiern und teuer zu konsumieren. Für Barbara Ewert hieß das noch lange nicht, dass er auch seine Versprechen hielt. Wenn er so sagenhafte Prozente zahlte, warum beglich er dann nicht einfach seine Rechnung mit einem dicken Trinkgeld obendrauf? Diese Frage wollte sie Paul noch nicht stellen. Sie hielt ihre Meinung vorsichtig zurück. Nur weil sie sich ängstlich gezeigt hatte, waren Paul kürzlich einige tolle Aktiengeschäfte durch die Lappen gegangen. Seither hielt er ihr gern mal ein paar Summen vor, die nicht auf ihrem Konto gelandet waren. Vielleicht hatte er doch Recht. Schließlich wuchs ihr Unternehmen mit sagenhaften Umsätzen schneller als je zuvor. Jeder Krise folgte in diesen Jahrzehnten so schnell eine üppige Konjunktur, dass man seine Chancen nutzen musste. Und die hießen: richtiger Fonds, richtige Immobilie, richtige Aktie. Jeder war eingeladen, Geld zu gewinnen oder zu verlieren. Wer nichts riskierte, ging auch in der Gastronomie vor die Hunde. Ohne Tricks und Schwarzgeld kam man nicht auf die sichere Seite der Vermögensbildung. Barbara ging wieder zurück zum Tresen.

»Na, wieder beruhigt?«, fragte ihr Mann.

»Ja, du weißt ja, ich bin nun mal misstrauisch.«

»Der Typ hat einen Ruf zu verlieren, ha. ›Mr Billionaire‹, der kann es sich gar nicht leisten, kein Geld zu machen.«

Barbara nippte an ihrem Weinglas und schwieg.

Auf der Heimfahrt entlang der Küste lieferte sich die Partygesellschaft ein fröhliches Wettrennen. Nadja gab Gas. Glanz saß neben ihr. Auf der Rückbank döste Gloria neben Andy. Hupend überholte der zweite Wagen mit Alfi am Steuer. Isa quietschte vor Vergnügen. Doch die Fahrt fand ein jähes Ende, als der erste Wagen von Scheinwerfern geblendet wurde. Alfi trat mit voller Kraft auf die Bremse. Er starrte auf die Straße und Isa war verstummt. Der zweite Wagen bremste hinter ihnen und blieb in einiger Entfernung stehen. Vor ihnen blockierte ein Pick-up die Straße. Von der Ladefläche sprangen dunkelhäutige Männer herunter. Sie rannten auf die Autos zu, fuchtelten schreiend mit Pistolen herum. Alfi schlug auf den Türstift, auch Glanz verschloss die Türen seines Autos. Die Schläger versuchten vergeblich, die Türen aufzureißen. Sie schrien und schlugen mit Knüppeln auf die Fenster und das Autoblech ein. Gloria duckte sich erschrocken nach unten, blieb dabei aber vollkommen kühl. »Zurück! Stoß zurück! Nun mach schon, sweetheart! Schnell«, forderte sie Nadja auf.

Aber von hinten näherte sich bereits ein Polizeiauto mit rotierendem Blaulicht. Plötzlich ließen die Schläger von ihrem Vorhaben ab und flohen in ihren Pick-up, der mit aufjaulendem Motor und quietschenden Reifen davonraste.

Glanz stieg aus dem Wagen und betrachtete den Schaden. Die Knüppel hatten ihre Spuren überall hinterlassen. Die Scheinwerfer hatten nicht allzu viel abbekommen. Während die Polizisten die Aussagen aufnahmen, raste ein zweiter Polizeiwagen an ihnen vorbei. Über Funk verständigten sich die Beamten über das Auto der Täter. Mehr konnte ihnen keiner der Deutschen erzählen.

Der Überfall hinterließ bei der eben noch fröhlichen Partygesellschaft seine Spuren. Erregt lief Glanz eine Stunde später auf der Terrasse auf und ab. Die Freunde saßen betroffen um ihn herum. Ihnen war das Feiern vergangen. Die Nacht verstärkte zudem den Alpdruck, der sich über ihre Existenzen auszubreiten schien. Glanz konnte sich kaum beruhigen. »Da seht ihr's! Ich kann niemandem mehr trauen. Keine Ahnung, wer dahintersteckte! Vermutlich sind irgendwelche Anleger nervös geworden und haben ihre Anteile an die Mafia verkauft, was weiß ich!« Er zögerte. »Oder steckt da einer von euch dahinter?«

Alle schwiegen betroffen. Glanz fuhr sich über die Stirn. »Das ist euch doch klar! Wenn mir was zustößt, ist das Investment futsch. Dann guckt ihr alle in die Röhre!«

Hajo sagte heiser: »Du musst das Sicherheitspersonal aufstocken, unbedingt, Dieter.«

»Ja, klar. Aber das kostet natürlich alles wieder«, Glanz

musterte misstrauisch die anderen. Er traute es ihnen nicht wirklich zu, aber auch wenn es nicht ihre Schuld war, konnte es nicht schaden, wenn sie ein schlechtes Gewissen bekamen und sich gegenseitig beobachteten. Noch mehr Feinde konnte Glanz nicht gebrauchen. Wenn er sich seines Lebens nicht mehr sicher war, musste er überlegen, wen er künftig vom Geldsegen ausschließen wollte. Es war zwar schon vorgekommen, dass ihn jemand mit der Botschaft anrief, er hätte den Auftrag ihn umzubringen, und gegen die doppelte Summe wäre er bereit, diesen Job nicht durchzuführen. Aber das waren Einzelfälle, die er ohne Aufsehen und professionell mit Geld löste. Mit diesem Überfall in der Nacht geriet die Lage außer Kontrolle. Die Schläger ließen ihm keinen Spielraum, er konnte mit ihnen nicht verhandeln. Andererseits wollte er sich nicht einschüchtern lassen. Südafrika war ein gefährliches Pflaster, wenn man in die falschen Ecken fuhr. Glanz überlegte aber auch, dass sie einfach nur Pech gehabt hatten und der Überfall nicht ihm, sondern einfach ein paar wohlhabenden Deutschen galt. Langsam bekam er sich wieder in den Griff.

Der Anfang eines großen Wetterumschwungs lag in der Luft. Einige Kaltfronten zwischen dem Indischen und Atlantischen Ozean am Kap der Guten Hoffnung deuteten bereits den nahenden Herbst an. Der verschwenderische Hochsommer gehörte der Vergangenheit an, diese Nacht geriet schon merklich kühler. Im Büro schrillte wieder ein Telefon. Nadja eilte über die Wiese der Farm auf das Büro zu. Sie tastete sich durch das dunkle Vorzimmer, aber bevor sie das Licht einschalten konnte, bemerkte sie, dass die Tür zum Arbeitszimmer nur angelehnt war und ein schmaler Lichtschein durch den Spalt fiel. Beunruhigt trat sie näher, zögerte dann aber, als sie im Büro Glanz entdeckte, der mit Grünlich vor dem Schreibtisch stand. Grünlich hielt eine Aktentasche in der Hand, in die er dicke Geldbündel packte, die Glanz ihm reichte. Beide missachteten das unaufhörlich klingende Telefon. Als ein Geldstapel herunterfiel, hob ihn Glanz auf und warf ihn zu Grünlich. Der fing ihn auf und warf ihn zurück, als würden sie wie die kleinen Jungen miteinander spielen. Verwirrt kehrte Nadja um und schloss leise die Tür hinter sich. Das Telefon klingelte weiter. Wenn Nadja eines gelernt hatte, dann war es, niemals im unpassenden Moment Fragen zu stellen und sich immer rechtzeitig zu verdrücken.

Am nächsten Morgen musste sie sich beeilen, denn die Kinder von Dieter und Gloria sollten zur Schule gefahren werden. Sie kurvte durch den Stadtverkehr und setzte beide vor der Schule für Ausländer ab. Sie küsste den kleinen Hans und winkte Silke nach, während sie eine Nummer auf ihrem Handy wählte.

»Leon! Endlich! Den ganzen Tag hab ich dich gestern anzurufen versucht …«

»Ja. Ich hatte viel um die Ohren; war dauernd unterwegs«, antwortete Grünlich.

Er saß im Innenhof eines eleganten Kapstadter Hotels beim Frühstück. Vorsichtig legte er sein Marmeladenbrötchen auf den Teller. Er wollte seine weiße Hose, sein weißes Hemd, das blauweiß gestreifte Sakko nicht bekleckern.

»Aber du bist nicht zufällig in Kapstadt?«, fragte Nadja.

»Wie kommst du denn darauf?«

»Weil ich dich gesehen habe. Ich kapier's nicht, Leon, warum du ...«

»Du brauchst nichts zu kapieren«, unterbrach sie Grünlich barsch.

»Wieso tauchst du mitten in der Nacht bei Dieter auf und ...«

Grünlichs Stimme klang aggressiv. »He! Es ist besser, sich nicht in Gefahr zu begeben, sondern einfach wie die große Hammelherde die gute alte Landstraße entlangzutrotten. Haben wir uns verstanden? Es ist nicht heldenhaft, es ist nicht tapfer, aber es ist vollkommen sicher. Also, halt deinen Schnabel und tu, wofür ich dich bezahle, Nadja.«

»Jetzt hör mir mal zu! Mir ist einfach nicht mehr wohl dabei, wenn ich ...«

Grünlich wurde ironisch. »Glaubst du, du findest ohne mich eine Strömung, die dich aufs offene Meer hinausträgt? Oder ...«

»Ach, leck mich! Hast du auch oberhalb deines Nabels noch Gefühlsregungen?« Nadja ließ jede Vorsicht fahren. »Ich bin gern hier, ich werde wie ein Mitglied der Familie behandelt. Ich ...«

»Red keinen Scheiß!«, unterbrach sie Grünlich böse. »Was redest du da für eine Scheiße? Ein Anruf von mir bei Dieter Glanz, und es ist aus mit der Idylle. Also mach deine Arbeit!«

Er legte auf und schaute in das starre Gesicht eines von ihm engagierten Söldners.

»Und?«

Der schüttelte mit dem Kopf. »Glanz sagt, er habe Ihnen schon sehr viel bezahlt. Jetzt muss er erst mal Geld besorgen. Erst vor ein paar Tagen ...«

Grünlich winkte ab. »Ich brauche alles. Setz ihn unter Druck, aber massiv! Notfalls ...«

Der Söldner klopfte auf den Revolver, der in seinem Gürtel steckte, und lächelte. Grünlich wandte sich dem Kellner zu, der ihm ein Telefon reichte.

»Ihre Frau.«

Vera Grünlichs Stimme klang nervös. »Wo steckst du denn? Es gibt Probleme. Ein Riesenschlamassel. Angeblich sind Sozialversicherungsbeiträge nicht abgeführt worden. Papa will, dass die Revision sich jetzt sämtliche Firmen von uns vornimmt. Bei dir fangen sie am Montag an. Hast du gehört, Leon?«

Grünlich wischte sich den Schweiß von der Stirn. »Ja, ja!« Genervt beendete er das Telefonat. »So, nun haben wir den Salat! Die Lage hat sich nochmal geändert. Glanz muss sofort zahlen! Anders geht es jetzt gar nicht mehr, sonst bin ich in Deutschland geliefert.«

Der Söldner nickte.

Nadja ließ sich deprimiert auf dem Rücken im Pool treiben. Regen prasselte auf ihr Gesicht. Berge und Meer waren am Horizont in der Wolkendecke verschwunden. Unheilbringende Wolkenfetzen jagten an einem beängstigend düsteren Himmel über das Haus dahin, das Wasser strudelte durch klappernde Rohre in die gemauerten Gräben.

Glanz saß reglos auf der überdachten Terrasse und starrte in die Finsternis. In solchen Stunden packte ihn die Einsamkeit, und er schien wie in Trance die Zeit an sich vorüberziehen zu lassen. Er versank in einem ohnmächtigen Verlangen, endlich dort anzukommen, wo er sich geborgen fühlen konnte.

Im Haus schrillte wieder ein Telefon, aber Glanz rührte sich nicht. Plötzlich bemerkte er Nadja, die sich inzwischen einen Bademantel übergezogen hatte.

»Warum lügen Menschen? Kannst du mir das verraten, Dieter?«

Glanz sah sie überrascht an. Was meinte sie? Zielte diese Frage auf ihn? Er holte tief Luft. »Um mehr aus sich zu machen. Um einen Fehler zu vertuschen. Oder vor der Wirklichkeit davonzulaufen. Oder …«, Glanz zögerte ein wenig. »Aber manchmal lügen sie so granatenmäßig, dass ihr ganzes Leben sich verändert und sie plötzlich begreifen, dass sie nie wieder zurück können, auch wenn sie alles dafür hergeben würden.«

Wie er da auf der Terrasse saß, wirkte er sehr einsam. Mit einem Mal blickte er auf und kicherte.

»Du siehst aus wie ein gewässerter Hering.«

Nadja schaute ihn mit großen Augen an. »Echt! Aber du magst Hering?«

Die beiden lachten, und für einen Moment sah Nadja in die Augen eines völlig entspannten Dieter Glanz.

Es war ein Fototermin der besonderen Sorte, zu dem das Ehepaar Glanz am darauffolgenden Tag geeilt war. Eine breite Treppe führte hinauf zu dem mächtigen Gebäude, von dem aus dieses Land regiert wurde. Zwar gab es bald Neuwahlen, aber die regierende Partei rechnete sich die größten Chancen auf einen erneuten Wahlsieg aus. Fernsehkameras waren aufgebaut, und die Fotografen suchten das beste Motiv. Sie drängten sich mit den Journalisten hinter der Absperrung. Damen und Herren in festlicher Kleidung und Smoking gingen über einen langen roten Teppich. Unter der sengenden Sonne stand Glanz im Smoking am Arm von Gloria, die im cremefarbenen

Korsagenkleid und einem Bustier aus weißen Federn die Blicke der Gesellschaft auf sich zog, im Blitzlichtgewitter der Fotografen. Glanz hielt für die Fotografen zahllose Tickets in die Höhe. Die Zuschauer applaudierten ihm. Eine deutsche Reporterin sprach aufgeregt in eine Fernsehkamera. »Dieter Glanz ist als Wohltäter in Kapstadt bekannt und entsprechend beliebt. 300 Rand kostet die Eintrittskarte für die Veranstaltung des Präsidenten zugunsten der Kinder aus den Townships. Tausend Tickets hat Mr Glanz soeben erworben.«

Glanz plusterte sich auf. »Gib, auf dass dir gegeben wird. Mein Motto!«

Eine Delegation wichtig wirkender Herren eilte mit tiefen Bücklingen Vera Grünlich entgegen, als sie aus der Limousine stieg. Beiläufig stellte sie ihren Geschäftspartnern Leon Grünlich, ihren Mann, vor. Doch der war abgelenkt. Oben auf der Treppe hatte er das Ehepaar Glanz entdeckt. Für einen Moment musterten sich die beiden Männer. Dann winkte Glanz ihm fröhlich zu. Eine Militärkapelle spielte. Die Zuschauer schrien, aber sie jubelten nicht dem Präsidenten zu, sondern »Mr Billionaire«. Glanz winkte leutselig zurück. Türen wurden aufgerissen, Menschen traten respektvoll beiseite. Unvermittelt stand Glanz Dr. Sasse gegenüber, der zwischen den vielen Menschen in seinem dicken Wollanzug sichtlich unter der Schwüle litt. Das Hemd klebte an seinem Körper.

»Oberstaatsanwalt Dr. Sasse! Herr und Frau Glanz«, stellte Dr. Engels seinen gefährlichsten Gegner vor.

»Aber das weiß ich doch«, antwortete Sasse.

» Kennen wir uns?«, fragte Glanz.

»Ich kenne Sie! Bilde ich mir zumindest ein. Aber ich

würde gern herausfinden, wer Sie in Wahrheit sind, Herr Glanz.«

Glorias Haltung wechselte in eine perfekte Blasiertheit. »Was ist denn das für ein Clown?«

»›In Wahrheit‹?« Glanz lächelte »Ich bin kein Millionär. Ich bin kein Milliardär. Ich bin bloß ein unternehmungslustiger Mann, der mit seiner Frau jetzt zu diesem Empfang möchte. Also, nehmen Sie mich in Haft. Oder geben Sie den Weg frei, Herr Oberstaatsanwalt.«

Gloria stolzierte betont selbstbewusst an Sasse vorbei. Glanz legte den Arm um seine Frau. »Ein Beamter! Irgendwann gibt er auf und vergisst dich. Früher oder später ...«

Glanz schüttelte den Kopf: »Nein, der nicht. Der will Blut sehen.« Auf einmal klang seine Stimme sehr besorgt.

Im Schatten der sich im Wind biegenden Palmen hatten sich Nadja und Andy am Strand in den Sand gesetzt. Nadja war erschrocken und unzufrieden über Andys aggressive Stimmung. Er schien den Kampf zu suchen. Alles sah nach einer Auseinandersetzung mit Glanz aus. »Was ist denn auf einmal los mit dir? Du willst dich doch nicht etwa mit Dieter anlegen?«

»Was ist besser? Verhungern? Stehlen?«, fragte Andy. Nadja musterte ihn nachdenklich.

»Weißt du eigentlich, wie man es genau rausfindet?«, fragte sie plötzlich.

»Was? Was rausfindet?«, fragte Andy.

»Was man für jemand empfindet? Ob es nur Sympathie ist, Zuneigung oder ...«

Andy begriff und wollte sie an sich ziehen und küssen. Sie wehrte ihn ab.

»Nein. Bitte nicht! Ich empfinde viel für dich! Schon immer. Aber – aber du bist der Mann meiner Schwester. Vielleicht renkt es sich bei euch wieder ein. Ich will nicht der Grund sein, dass es zwischen euch zum endgültigen Bruch kommt.«

Nadja schaute in seine traurigen Augen und spürte, wie tief der Riss zwischen ihm und ihrer Schwester wirklich sein musste. Seine Lippen waren trocken, und es kostete ihn Überwindung zu antworten: »Es ist aus. Endgültig. Da ist nichts mehr zu kitten. Es ist endgültig aus. Und ich, ich will es dir schon lange sagen, ich denke dauernd an dich! Ich …«

Nadja schob ihn von sich. »Ich bin sicher, dass es jetzt mit der Auszahlung bald losgeht. Doch. Bestimmt. Ich hab gesehen, wie Grünlich schon viel Geld gekriegt hat. Solche Stapel.«

Andy starrte sie hilflos an.

»Neulich nachts! Zufällig hab ich's mitbekommen. Einen ganzen Koffer voller Geld.«

»Grünlich?!«

Nadja hatte es geschafft, Andys Bedürfnis nach Zärtlichkeit und Nähe durch andere Überlegungen zu kompensieren. Im Moment stand ein Andy vor ihr, der in Trennung lebte, noch kein Geld gesehen hatte, und den die gesamte Situation überforderte. Nadja hatte ihre Gefühle im Griff. Dank Grünlich und seinen regelmäßigen Zahlungen für Informationen aus dem Hause Glanz konnte sie bald auf eigenen Beinen stehen. Sie wollte sich erstmal an niemanden binden, der weniger Geld besaß als sie.

Im Regierungspalast fanden sich elegant gekleidete Menschen ein, darunter viele Farbige. Einschmeichelnde Musik stimmte die Besucher auf eine Lounge-Party ein. Die Umstehenden applaudierten, als Derek Morel und Glanz sich für die Fotografen immer wieder die Hände schüttelten. Isa lächelte Grünlich zu, aber der beachtete sie nicht, sondern starrte zu Gloria hinüber, die jetzt mit Derek Morel tanzte. Glanz bemerkte, dass Dr. Sasse ihm beharrlich folgte und ihn beobachtete. Als er sich umwandte, stand plötzlich Grünlich vor ihm. »'ne heiße Nummer, deine Frau. Kannst stolz auf sie sein. Pass nur auf, dass sich nicht bald jemand anders mit ihr vergnügt. Da drüben, der deutsche Staatsanwalt, der will dir an die Eier. Der ermittelt gegen dich!«

Glanz blickte beunruhigt in die funkelnden Augen eines seiner hartnäckigsten Klienten. Nach Grünlichs letzten Forderungen empfand ihn Glanz als zunehmend lästig. Er konnte einfach den Hals nicht voll genug kriegen. Oder steckte da noch etwas anderes dahinter? War Grünlich in Schwierigkeiten? Er hatte im Hineingehen beobachtet, wie Grünlich von den Geschäftspartnern seiner Frau wie eine Art Prinzgemahl behandelt wurde. Es war sicher nicht leicht, der Ehemann einer so erfolgreichen, so reichen Frau zu sein. Er zog eine Augenbraue hoch. »Ein Wink von mir an meine Freunde hier und der ermittelt gar nichts mehr.« Es klang gefährlich und es war auch so gemeint.

Er verneigte sich vor Derek Morel, der Gloria an den Tisch zurückführte. Barbara Ewert trat als Stargast dieses Abends auf. Dieter Glanz klatschte erfreut wie die anderen, als sie auf die Bühne kam. »Meine Klientin«, flüsterte er Derek Morel zu, der sich, ebenfalls applaudierend, der Bühne zuwandte. Barbara begann das Liebeslied zu singen, für das sie berühmt geworden war.

Gloria trat plötzlich auf Grünlich zu, der sich völlig verwirrt umdrehte.

»Möchten Sie mit mir tanzen, Herr Grünlich?«

Etwas steif folgte ihr Grünlich zur Tanzfläche. Er fühlte, dass seine Frau, die sich angeregt mit südafrikanischen Geschäftsfreunden unterhielt, ihn von der anderen Seite des Saals aus aufmerksam beobachtete.

»Sind Sie noch nie von einer Frau aufgefordert worden«, fragte Gloria amüsiert.

»Zumindest nicht von so einer bildschönen.« Grünlichs Stimme klang belegt. Er versuchte, die Tanzschritte und die weit ausholenden Armbewegungen seiner Partnerin nachzuahmen. Er fürchtete, sich lächerlich zu machen und blickte sich verunsichert um.

Gloria schmiegte sich lächelnd an ihn. Grünlich flüsterte ihr ins Ohr: »Sie haben ’ne tolle Figur, ein bildschönes Gesicht, alle Kerle hier sind scharf auf Sie. Also, was für ein Problem könnten Sie haben?«

Gloria seufzte. »Ich leide nun mal unter Existenzängsten. Das ist mein Schwachpunkt.«

»So eine aufregende Frau wie Sie braucht sich doch keine Sorgen zu machen.«

Grünlich presste sie an sich und raunte heiser. »Bist du so gut im Bett, wie du aussiehst?«

Gloria schien auf einmal zu vereisen. »Die Frage gefällt mir nicht, Leon.«

»Gefällt dir nicht«, wiederholte Grünlich verwirrt.

»Kindische Spielchen langweilen mich. Schade. So rasch langweilen Sie mich schon, Leon! Das ist wirklich sehr enttäuschend.«

Gloria löste sich von ihm, bewegte sich mit dem für sie typischen abwesenden Lächeln allein zum Rhythmus der Musik und schien Grünlich plötzlich gar nicht mehr wahrzunehmen. Glanz, von Politikern und Journalisten umringt, schwitzte und tupfte sich mit einem Stofftaschentuch die Stirn trocken. Er war nervös. In einem unbeobachteten Augenblick kaute er sogar an seinen Fingernägeln. Ein deutscher Fernsehsender bemühte sich um ein Exklusivinterview mit ihm. Andere Journalisten wollten abenteuerliche Zahlen durch ihn bestätigt haben, um über sein Vermögen korrekt berichten zu können. Glanz war nicht bei der Sache, als er ihnen antwortete. Die Anwesenheit des deutschen Staatsanwalts, dessen beobachtende Augen er dauernd auf sich ruhen fühlte, irritierte ihn. Und natürlich das Verhalten von Gloria, die auf einmal so ungeniert mit Grünlich flirtete. Dass auch sie in letzter Zeit immer nervöser wirkte, war ihm aufgefallen. Spürte sie, dass das Eis unter den Füßen dünn wurde, dass das Netz sich immer enger um sie zusammenzog? Immer wieder rechnete sich Glanz im Kopf aus, wie lange er noch durchhalten musste, wie viel Jahre, Monate, Tage, bis die Forderungen seiner Anleger endlich verjährt wären. Dann, dann endlich, wäre er frei. Frei und vollkommen unangreifbar. Er atmete tief durch und nickte Kofi zu, seinem schwarzen Aufpasser, der ihm seit einigen Wochen auf Schritt und Tritt folgte. Die Anwesenheit des riesenhaften schwarzen Bodyguards gab ihm ein Gefühl von Sicherheit. Kofi würde niemanden an ihn heranlassen.

Grünlich verfolgte noch immer Glorias wiegende Tanzbewegungen. Plötzlich packte er sie und zog sie grob an sich. »Okay! Was soll ich tun? Ich tu's.«

Gloria flüsterte ihm ins Ohr. Sie lächelte. Sie hatte wieder einmal ihr Ziel erreicht. Vera Grünlich beobachtete die beiden misstrauisch. Und auch Isa fluchte leise. »Zur Hölle mit Gloria!«

»Vermutlich wird sie sich auch da noch langweilen«, bemerkte Uschi sarkastisch. Die beiden Frauen sahen sich verwundert an. Zum ersten Mal hatten sie miteinander gesprochen und waren sogar einer Meinung. Beide mochten sie Gloria nicht. Darüber hatte Uschi für einen Moment ihre Eifersucht auf Isa vergessen. Die blickte irritiert wieder zur Tanzfläche, aber dann hörte sie neben sich ein glucksendes Geräusch. Uschi lachte, und Isa stimmte wie befreit in das Lachen mit ein. So bieder und kleinkariert, wie sie immer gedacht hatte, war Uschi gar nicht. Beinahe gegen ihren Willen fing Isa an, Alfis Frau zu respektieren; ja, mehr noch, sie zu mögen.

Das, was Nadja ihm mitgeteilt hatte, ließ Andy keine Ruhe. Grünlich hatte Geld von Glanz kassiert. Wie war das möglich? Durch das Konkursverfahren waren doch die Auszahlungen blockiert; das Konkursverfahren, das Grünlich in Gang gesetzt hatte. Oder steckte Grünlich mit Glanz unter einer Decke? Andy erinnerte sich an den Schrecken von Glanz, als er ihm mitgeteilt hatte, Grünlich räume ein Zeitfenster ein und lasse das Konkursverfahren vorübergehend ruhen. Natürlich hatte sich das Zeitfenster als zu klein erwiesen. War es denkbar, dass Grünlich mit Glanz gemeinsame Sache machte? Inzwischen schloss er gar nichts mehr aus. Er entschloss sich, Grünlich mit dem, was Nadja ihm berichtet hatte, zu konfrontieren. Kaum vom Strand zurück, rief er die Auskunft an.

»Eine Nummer aus Deutschland! Planungsbüro Grünlich.« Er hatte natürlich keine Ahnung, dass Grünlich mit seiner Frau in Kapstadt war. Jutta entdeckte ihn im

Garten der Farm. Sie winkte ihn heran und reichte ihm den Hörer durch das Fenster des Büros. »Für Sie, Herr Schroth.«

Andy steckte sein Handy rasch ein und nahm besorgt den Hörer in die Hand. »Mama! Nein, Papa hat heute noch nicht angerufen. Wieso? Was ist denn? O nein! Bitte nicht!«

Er bedeckte die Augen mit der Hand. Jutta beobachtete ihn erschrocken. Sie sah, dass Andy weinte. Was war passiert? Ein Todesfall? Es klang so, als wäre dem Vater von Andy etwas zugestoßen.

# Kapitel 13

Von der Wiese dröhnten Bongotrommeln, eine afrikanische Folkloretruppe tanzte am Pool. Wild, unbändig und bedrohlich klangen die Trommeln. Den Gästen um Glanz herum überlief eine Gänsehaut. Es klang, als ob ein schwarzer Panther im Unterholz zum Sprung ansetzte. Solche Urängste vertrieben die Eingeborenen mit Trommeln und Gesang. Die Party mochte europäisch aussehen, die Musik jedoch klang nach Kampf des Dschungels. Die Legende von den Millionenschätzen des Dieter Glanz hatte bereits den Urwald erreicht, geheimnisumwittert und unauffindbar. Aber dennoch suchten alle nach ihm. Andy lief wie betäubt an den Gästen vorüber. Tränen liefen über sein Gesicht. Er wollte nur allein sein, allein die furchtbare Nachricht verarbeiten, die seine Mutter ihm eben mitgeteilt hatte.

Farbige Mädchen tanzten ausgelassen und ließen die Hüften schwingen. Begeistert klatschten die elegant gekleideten Gäste im Takt mit. Mit ausgebreiteten Armen ging Glanz auf den General zu, der gerade mit einem Taxi eingetroffen war.

Alfi blickte müde zu den Tänzerinnen hinüber. »Die Schwarzen müssen anmutig sein. Sie sind viel zu arm, als dass sie es sich leisten könnten, nicht anmutig zu sein«, murmelte er, in Gedanken versunken. Er grübelte immer noch über die Vorschläge nach, die Glanz ihm gemacht hatte. Sollte er nochmal Geld investieren in diese Hochhäuser? Es klang nach einer lukrativen Investition, aber würde er es sich leisten können?

Auf einen Golfschläger und auf Isa gestützt, humpelte Hajo ächzend an ihm vorbei zur Terrasse.

»Dein Fuß ist nicht gebrochen. Sonst könntest du ja nicht drauftreten«, beruhigte Isa ihren Mann.

»Der ist gebrochen«, beharrte Hajo schlecht gelaunt. »Ich werde ja wohl am besten über meinen Fuß Bescheid wissen.« Sein dunkelblaues Hemd zeigte Schwitzflecken.

Gloria hatte die beiden beobachtet. Sie eilte heran und untersuchte Hajos Fuß. »Das Gelenk ist aber gar nicht angeschwollen.«

»Das ist ja auch der falsche Fuß«, entgegnete Hajo, zog sich den Golfschuh aus und den Strumpf herunter. »Guck dir den an! Dick wie 'ne Kokosnuss.«

»Sie müssen ihn hochlegen«, rief Alfi herüber.

»Erzählen Sie mir nicht, was ich mit meinem Fuß tun soll!«, bellte Hajo ihn böse an und drehte sich dann zu Gloria um. »Habt ihr was zum Hochlegen?«

Es war drückend heiß. Mückenschwärme überfielen die Gäste in dem weiten Park und auf den Terrassen. Die bewachten Zäune ringsum verstärkten den Eindruck von Beklemmung und Enge. Andy riß sich den Hemdkragen auf. Auf einmal fühlte er sich wie ein Gefangener in einem streng bewachten Straflager.

Glanz hatte das Jackett ausgezogen und tanzte mit ein paar afrikanischen Models am Pool. Er sah Andy herankommen und hakte ihn unter.

»Da bist du ja endlich! Amüsier dich, mein Junge! Was du jetzt brauchst, ist ein bisschen Spaß. Sehe ich deinem Gesicht an.« Er nahm zwei Mädchen in den Arm. »Such dir eine aus. Oder auch zwei, drei. Enzia, komm her. Gefällt sie dir? Ist sie nicht wunderschön? Keine Angst vor Aids! Die Mädchen hier werden regelmäßig untersucht.«

Andy ließ ihn einfach stehen. Verstört rief ihm Glanz nach.

»Was hast du denn? Die drei Millionen, die wir für die Steuern brauchen, bringt Heiner auf. Dafür überschreibe ich ihm mein Haus auf Mallorca. Kommenden Mittwoch ist Zahltag, Andy! Hörst du?!« Andy rannte weiter, ohne sich umzuwenden, vorbei an Alfi, zu dem sich inzwischen Uschi gesetzt hatte.

»Du hältst mich für total verblödet, wie?«, fragte Alfi leise.

»Aber nein. Wieso? Ich will nur nicht, dass du ihm weiter unser Geld ...« Sie war wirklich total verstört. Wie war es denn möglich, dass ihr Mann diesem Glanz immer noch traute, immer noch auf ihn hereinfiel und ihm immer noch mehr Geld in den unersättlichen Rachen werfen wollte.

Alfi schaute sie mit leeren Augen an. »Es ist so entwürdigend. Ganz egal, wie sehr wir uns bemühen, wir haben kein anderes Thema mehr als Geld. Es zerstört uns. Es zerfrisst uns.«

Ihm gegenüber streckt sich Hajo ächzend auf dem Liegestuhl aus, und Alfi verstummte. »Ich habe Hunger«, verkündete Hajo.

»Ist das dein Ernst?«, fragte Isa.

»Ich hab mir den Fuß gebrochen, nicht den Magen«, knurrte Hajo.

Andy schüttete sich ein paar Tabletten in die Hand. Er zögerte. Dann kippte er den Inhalt des ganzen Röhrchens in seine Hand. Wenn er die alle schluckte, wäre es endlich vorbei, der Druck, die Demütigungen, vorbei mit dem schlechten Gewissen und der Angst vor weiteren schlechten Nachrichten. Er würde schlafen. Nichts als schlafen. Er war so unendlich verzweifelt. Er wollte nicht mehr leben, aber dann dachte er an Jessica, seine Tochter, an seine Eltern, die ihn jetzt noch mehr brauchen würden – und auch an Nadja. Sie mochte ihn, sie grübelte, ob das, was sie für ihn empfand, doch Liebe war. Vielleicht gab es doch so etwas wie eine Zukunft für ihn. Entschlossen schluckte er zwei von den Beruhigungstabletten und packte die anderen in das Röhrchen zurück.

Hinter ihm machte Heiner zur Abwechslung mal nicht Nadja, sondern Chefsekretärin Jutta an.

»Also, wenn es auf Sex hinausläuft, schlucke ich eine von meinen kleinen blauen Pillen.« Er fasste Jutta am Arm. »Aber vielleicht brauche ich die bei dir auch gar nicht, Mädchen.«

Jutta lachte souverän und ließ ihn einfach stehen.

Kurz nachdem sie begonnen hatte, bei Glanz zu arbeiten, und das waren inzwischen gut sechs Jahre, hatte sie einen Verlobten erfunden, der ihr gute Dienste leistete. Für eine feste Bindung blieb Jutta bei dem aufreibenden Job keine Zeit. Sie war der Dreh- und Angelpunkt sämtlicher Geschäfte in der Glanz Financial Group. Dafür lebte sie, und dafür ließ sie sich pünktlich bezahlen. Manchmal bekam sie ein paar Unregelmäßigkeiten, ein paar Schummeleien und Notlügen von Glanz mit, trotzdem war auch sie von dessen märchenhaftem Reichtum felsenfest überzeugt. Musste nicht jeder erfolgreiche Geschäftsmann hin und wieder in seine Trickkiste greifen? Sie wusste, dass Glanz in Schwierigkeiten steckte, aber sie war überzeugt, dass die sich als vorübergehend herausstellen würden. Schließlich sprudelten in Norwegen doch die unerschöpflichen Ölquellen.

Isa begutachtete in einem Spiegel den Sitz ihres Kleides und ganz nebenbei musterte sie Alfi, der so einträchtig mit seiner Frau beisammensaß. Die beiden tuschelten miteinander. Es war ihr aufgefallen, dass Alfi noch nicht ein Mal zu ihr herübergeblickt hatte. Da musste sie doch etwas unternehmen. Außerdem reizte es sie, ihren Mann zu provozieren. Sein Stöhnen über die Schmerzen in seinem Fuß, seine Wehleidigkeit nervten sie. Zum sich steigernden Dröhnen der Bongotrommeln tänzelte sie auf Alfi zu, fasste ihn bei der Hand, ohne die danebensitzende Uschi zu beachten und wollte ihn zur Tanzfläche ziehen. Hajo hielt sie am Arm fest. Seine eifersüchtige Wut entlud sich wie ein Peitschenknall.

»Wo warst du den ganzen Nachmittag?«, fragte er lauernd.

»Unterwegs«, erwiderte Isa achselzuckend.

»Dann kann ich mir ja vorstellen, wo«, antwortete Hajo sarkastisch.

»Und du hast wieder jeden Tropfen im Staate Südafrika weggesoffen«, keifte Isa zurück.

Hajo musterte Alfi hasserfüllt. »Was findest du bloß an dem geschniegelten Kleiderständer? Bringt er dich zum Lachen?«

»Er bringt mich nicht zum Weinen«, Isa hakte den verlegen neben ihr stehenden Alfi unter und wandte sich zur Tanzfläche. Uschi verbarg ihr Gesicht in den Händen. Verzweifelt versuchte sie nicht zuzuhören. Isa tat so, als wäre sie nicht vorhanden; Alfi ließ sich von ihr wegführen wie ein Stück Vieh zur Schlachtbank. Offensichtlich überforderte ihn die Situation, er wusste nicht, wie er sich verhalten sollte und wäre am liebsten in ein Gebüsch gekrochen, um sich zu verstecken.

»Warum bleibst du überhaupt noch bei mir?«, Hajos Stimme klang schneidend. Er rappelte sich, auf den Golfschläger gestützt, von dem Liegestuhl hoch.

»Warum bleibst du denn bei mir?«, fragte Isa trotzig zurück.

»Keine Ahnung, du Hure! Dreckige Hure«. Hajo ging schwankend auf seine Frau zu. Isa wich angstvoll zurück. Sie wusste, wie brutal und gefährlich Hajo in einer solchen Situation sein konnte, aber sie vermochte sich nicht zusammenzunehmen und zu beherrschen, um solche Situationen zu vermeiden und ihnen aus dem Weg zu gehen. Hajo hob den Golfschläger und schleuderte ihn nach Isa. Mehrere Gläser gingen dabei zu Bruch. Das Klirren alarmierte die Kellner, die heraneilten, um die Scherben zusammenzukehren. Die Tanzenden blieben erschrocken stehen. Isa warf sich schreiend auf den Boden und hielt die Hände schützend über ihren Kopf. Sie wusste, dass Hajo in einem solchen Zustand imstande war, sie umzubringen. Und niemand half ihr. Alfi stand wie festgenagelt da und rührte keine Hand. Die Tanzenden versuchten so zu tun, als plauderten sie angeregt miteinander und würden von dem allem nichts mitbekommen. Es war Uschi, die plötzlich aufstand, zu der wimmernden Isa hinüberging und sich neben sie hinkauerte. Isa wischte sich die Tränen vom Gesicht. »Das ist das Problem mit Hajo! Wenn er nüchtern ist, mag er keinen, und wenn er betrunken ist, mag ihn keiner.« Sie versuchte zu lächeln, aber das Lächeln misslang ihr.

Andy hatte sich in eine dunkle Ecke im Park zurückgezogen schluckte noch eine von seinen Beruhigungstabletten, dann stand der auf und schlenderte zum Bürogebäude hinüber. Hinter ihm steigerte sich das dumpfe Dröhnen der Bongotrommeln.

Die Bürofenster standen weit offen. Man hörte Telefone schrillen. Jutta vertröstete irgendwelche Anrufer. Dieter Glanz wollte angeblich seine Liste am nächsten Nachmittag abarbeiten. Und jeder kam ganz oben auf die Liste. Jutta log so professionell, dass Andy schon nicht mehr hinhörte. Aus dem Büro von Glanz drangen raunende Stimmen. Andy schlich ganz vorsichtig zum nächsten Fenster hinüber. Er erkannte Oeligs Stimme. »Das auf das Konto der G.G. Limited, Panama. Bei Bargeld sind die jetzt verdammt scharf. Darum fliege ich über Brüssel. Da wird nicht so genau kontrolliert.« Durch die Vorhänge sah er, wie Oelig Jutta heranwinkte. »Das zahlen Sie auf das Liechtenstein-Konto der Glanz-und-Gloria-Stiftung ein.«

Er schob ihr einen weiteren Geldstapel zu. Andy sah, wie Dr. Engels, Oelig, Jutta und Glanz Geldscheine durchzählten. Dollar, Rand, Euro. Die Zahlen und Gesichter auf den Banknoten wechselten im Sekundentakt. Bargeld sollte in Sicherheit gebracht werden.

»Alles für den ›worst case‹«, murmelte Engels und reichte Jutta ein Kuvert. »Hier, Ihr Flugschein.«

Glanz packte zwei Bündel Fünfhunderter ab und reichte sie Jutta. »Das ist für deine Bemühungen, Jutta!« Jutta griff dankbar zu. Aber Glanz hielt das Geld fest. »Oder willst du's anlegen wie dein übriges Gehalt?« – Er wandte sich den anderen zu. »Jutta ist schon vielfache Millionärin.«

Jutta lachte glücklich. Gleichzeitig schien sie irritiert, schon wieder kein Geld in die Hand zu bekommen. Morgen würde sie abreisen. Auch Oelig hatte für den nächsten Tag seinen Rückflug geplant. Die Ratten verließen das sinkende Schiff. Glanz stand auf. Sein Gesicht war blass und schweißbedeckt.

»Wegen der Hochhäuser sagst du allen, sie sollen das Maul halten, bis der Deal unter Dach und Fach ist, oder ich komme und reiß ihnen die Zunge heraus.«

»Aber irgendwann werden die Ihnen doch sowieso wieder abgenommen«, äußerte sich Dr. Engels verwundert.

Glanz sah ihn erschrocken an. Für einen Augenblick hatte er seine Visionen und geschäftlichen Vorhaben, die er seinen Anlegern vorgaukelte, für Realität gehalten.

Andy wurde draußen von einem Suchscheinwerfer erfasst. Ein Security-Mann kam misstrauisch näher. Er wusste nicht, wohin er ausweichen sollte. Sein Hals trocknete in Sekunden aus. Der Wachmann umfasste sein Maschinengewehr fester, jeden Moment würde er Andy ansprechen. Dann würden Glanz und die anderen mitbekommen, dass er gelauscht hatte. Aber plötzlich stand Nadja neben ihm, fasste ihn bei der Hand, zog ihn hinter sich her in den Schatten des Gästehauses und küsste ihn. Der Wachmann lächelte beruhigt.

Als er verschwunden war, flüsterte sie: »Was ist denn los? Ist was passiert?« Andy lehnte sich gegen einen Baumstamm.

»Vorhin hat mich meine Mutter angerufen. Mein Haus, in das ich auch meine Eltern untergebracht habe, wird zwangsversteigert. Die wissen nicht mehr, wohin.« Er kämpfte mit den Tränen.

Nadja streichelte ihn, küsste ihn. Er presste sie gegen die

Wand. Hastig entledigten sich beide ihrer Kleidung und liebten sich, halb gegen die Hauswand gelehnt. Stöhnend schlang Nadja die Beine um ihn.

»Müsstet ihr nicht schon längst im Bett sein, sagt mal?«, fragte Eva Wendler und lief über die Wiese an den beiden vorbei, auf die Kinder von Dieter Glanz zu, die im Haus spielten. Auf der Terrasse zündete sich der General die unvermeidliche Zigarette an. »Warum haben Sie eigentlich keine Kinder?«, fragte er Hajo.

Der deutete auf Isa. »Bei der als Mutter wüsste ich doch nie, ob ich auch der Vater bin.«

In Ewerts Lokal herrschte eine angespannte Atmosphäre. Bis auf die kleine Gruppe der Anleger, die tuschelnd die Köpfe zusammensteckten und keinen Blick für das atemberaubende Panorama ringsum hatten, war die Terrasse leer. Sie zerbrachen sich darüber die Köpfe, wie Dieter Glanz zu einer Auszahlung zu zwingen sei. Barbara Ewert schaute verwundert hinüber, als Heiner wütend aufsprang. »Ihr habt sie ja nicht mehr alle!«

»Ich verstehe Sie nicht«, herrschte Andy ihn an.

»Ich Sie auch nicht!«, brüllte Heiner zurück.

»So kann es doch nicht weitergehen«, empörte sich Andy.

Hajo gab sich gelassen und versuchte die erhitzten Gemüter zu beruhigen. »Aber jetzt dreht mal nicht durch, das bringt doch nichts.«

Alfi sah das nicht so. »Aber er hat doch Recht. Herr Schroth hat Recht!«

»Freiwillig wird er nie auszahlen. Nie. Wir müssen ihn zwingen, endlich Farbe zu bekennen«, beharrte Andy.

»Bloß wie? Wie denn? Ihm drohen?«, fragte Uschi.

»Drohen ist zu wenig. Wir müssten schon ein bisschen mehr vom Leder ziehen. Ich meine ...«, Andy zögerte. Heiner fiel ihm ins Wort.

»Ach was! Wenn der Kerl mich zum Hampelmann machen will, breche ich ihm das Kreuz. Nächsten Mittwoch ist Zahltag. Endgültig.« Er sprang auf und wandte sich zum Gehen. Eva Wendler folgte ihm: »Amen, sag ich.«

Andy versuchte, die beiden aufzuhalten. Noch vor gar nicht so langer Zeit war er der Außenseiter in dieser Gesellschaft gewesen, nun war er zu so etwas wie zu ihrem Wortführer geworden. Er wollte die anderen überreden, sich endlich zur Wehr zu setzen.

»Wem hat das Konkursverfahren genutzt?«, fuhr er fort. »Nur Glanz. Statt hundert oder zweihundert Gläubiger hatte er bloß noch einen: den Konkursverwalter. Uns kann er sagen, dass er ja gern auszahlen würde, sogar könnte ... Aber sorry, er darf ja nicht. Während das Konkursverfahren läuft, gibt es keinen Zugriff auf das Geld. Und Grünlich kassierte.«

»Grünlich kassierte?«, fragte Uschi überrascht.

»Woher wissen Sie das«, wollte Isa wissen.

»Sie meinen, die beiden Halunken stecken unter einer Decke?«, fragte Alfi betroffen.

Andy hob die Hände; er konnte es nicht beweisen, aber auch nicht ausschließen. Was er hier anzettelte, geriet zu einem Aufstand gegen seinen ehemaligen Freund und verehrten Gönner.

»Sie wollen die Welt bei den Eiern packen, was?« Hajo grinste giftig Alfi an. »Haben Sie denn welche?«

»Wenn ich sie brauche.« Alfi wandte sich kopfschüttelnd den anderen zu. »Ich frag mich die ganze Zeit, was er davon hat, wenn er andere Menschen so behandelt, aber allmählich begreife ich, dass er es gar nicht wahrnimmt, dass er es mit Menschen zu tun hat.«

»Glanz muss sich sicher fühlen, sonst lässt er niemand mehr an sich heran«, meinte Eva Wendler sachlich. Sie hatte mit Heiner wieder am Tisch Platz genommen. Andy nickte ihr zu:

»Wenn wir zum Essen fahren, im Auto, ganz easy, einer von uns stülpt ihm einen Sack über den Kopf und dann ...« Er sprach den Satz nicht zu Ende. Es war ja auch zu ungeheuerlich, was er den anderen da vorschlug: einen Gewaltakt. Eine Straftat. Hajo hob dann auch erschrocken und abwehrend die Hände.

»Moment mal! Moment. Ich hab nur meine Freunde, sonst hab ich niemanden.« Isa schaute betroffen um sich. Hajo beugte sich vor. »Ich schlage vor, wir setzen uns zusammen und versuchen, ihn zur Vernunft zu bringen: Dieter, rück endlich mit der Wahrheit raus!«

»Ich fürchte, wenn er die Wahrheit sagt, hat er sehr wenig zu sagen«, meinte Andy kalt. Heiner schüttelte eigensinnig den Kopf.

»Wir haben uns nicht geirrt. Keiner von uns hat sich geirrt. Im Geschäftsleben macht mir keiner ein X für ein U vor. Näschen.«

»Sind Sie denn nicht in der Lage, den Tatsachen ins Gesicht zu blicken?«, entgegnete Andy erbost. Plötzlich erhob sich der General von seinem Platz. Seine Stimme klang ganz ruhig und beherrscht.

»Mir ist inzwischen egal, wann Dieter auszahlt, ob überhaupt, ich hätte sowieso nichts mehr davon. Ich habe Krebs!«

Hajo starrte den General betroffen an. »Ich kenne sehr gute Ärzte.«

Der General zog ganz ruhig an seiner Zigarette. »Da war ich schon überall! Vor ein paar Monaten haben sie mich aufgeschnitten, dann nochmal und nochmal.« Er zuckte mit den Schultern. »Ich hatte eine schöne Zeit hier, eine ganz wundervolle Zeit. Dafür bin ich dankbar.«

Die anderen starrten ihn betroffen an. Niemand sagte etwas. Plötzlich schien die Frage, ob Dieter Glanz die versprochenen Millionen auszahlen würde oder nicht, ganz zweitrangig.

Die große Limousine von Dieter Glanz überquerte eine Kreuzung mitten in Kapstadt, verscheuchte hupend ein paar herumlungernde Penner und hielt vor einem baufälligen Hotel. Die Fenster im Erdgeschoss waren mit Brettern vernagelt. An den schmutzigen Wänden drückten sich zwischen überquellenden Mülleimern ein paar dunkle Gestalten herum. Glanz stieg aus, blieb kurz stehen, um den Sitz seines Hemdkragens zu korrigieren, nickte seinem Bodyguard zu und betrat das baufällige Hotel. Es sah aus, als wäre er am Ende der Welt angekommen. Durch die zugenagelten Fenster fiel nur spärliches Licht. Überall waren die Möbel zusammengerückt, die Tapeten hingen von den Wänden. Glanz ging mit dem Bodyguard einen menschenleeren Flur entlang und betrat die Bar. Die Beleuchtung war spärlich und Grünlich, der am Tresen saß, nur undeutlich zu erkennen.

»Wer in der Gegend wohnt, dem kann nichts mehr passieren. Außer dem bisschen Leben hat er schon alles verloren.« Die Stimme von Glanz klang sarkastisch. »Also, was soll der Blödsinn? Warum müssen wir uns ausgerechnet hier treffen?«

»Hier fühle ich mich sicherer als an einem Ort, den du ausgesucht hättest.« Grünlich stand auf.

Glanz zuckte gelassen mit den Schultern. »Kraftproben find ich langweilig. Dabei gewinnt keiner. Du hast sehr viel Geld von mir bekommen. Und du wirst auch weiter ...« Grünlich fiel ihm nervös ins Wort: »Was ich bei dir eingezahlt habe, muss ich zurückhaben. Jeden Pfennig, plus den versprochenen Gewinn! Ich kündige unsere Geschäftsbeziehung.«

»Einer Gewinnerwartung von 1300 Prozent stand logischerweise auch ein Verlustrisiko in gleicher Höhe gegenüber«, entgegnete Glanz kalt. Grünlich verfärbte sich.

»Du glaubst wohl, du bist ein ganz Schlauer! Du Sack Scheiße.« Er ging erbost auf Glanz los.

»Also, ich entschuldige mich jetzt, bevor ich die Beherrschung verliere«, versuchte sich Glanz aus der bedrohlichen Situation zu retten.

»Ich breche dir das Kreuz. Ich werde dich jagen bis zu meinem Lebensende, du Arschgesicht«, wütete Grünlich und schlug auf den Tresen.

»Wie schön, dass du von vornherein davon ausgehst, dass ich länger lebe als du«, Glanz wandte sich zum Ausgang.

Im Halbdunkel entdeckte er den riesenhaften Schatten eines Söldners. Er änderte seinen Tonfall und sprach mit einem Mal versöhnlicher. »Wenn es nach mir ginge, würde das Investment morgen ausbezahlt. Ich bin es doch, der dauernd hingehalten wird, von allen möglichen Behörden, Anwälten, Gerichten, Banken sowie meinen Partnern in Skandinavien. Wenn ich die Macht hätte zu sagen: Los, rückt endlich das Geld raus ...«, er schaute Grünlich hilflos an, »aber die habe ich nicht, Leon!«

Grünlich hörte wortlos zu. Der Söldner ließ die beiden nicht aus den Augen. Als Grünlich kaum merklich mit dem Kopf nickte, machte er plötzlich einen Schritt nach vorn, umklammerte Glanz von hinten und hielt ihn fest wie in einem Schraubstock. Der Bodyguard wollte Glanz zu Hilfe eilen, aber ein zweiter Mann schlug ihn brutal nieder. Glanz versuchte sich aus der Umklammerung zu befreien.

»Mit Drohungen erreichst du bei mir gar nichts, Leon. Wer einmal erpressbar ist, ist es immer.« Aber seine Stirn war auf einmal schweißbedeckt.

Grünlich packte den Arm von Glanz mit beiden Händen und presste ihn auf die Theke. Der Söldner nahm einen Eispickel und trieb ihn Glanz mit Wucht durch den Jackenärmel in den Unterarm. Glanz jaulte laut auf.

»›Niemand schenkt dir was! Du musst es dir nehmen.‹ Deine Worte, Klugscheißer! Also, wo ist meine Kohle?«, fragte Grünlich.

»Ich tu mein Bestes«, stieß Glanz keuchend und mit schmerzverzerrtem Gesicht hervor.

»Dein Bestes? Bist du jetzt Verkäufer bei der Damenoberbekleidung?«

Wieder stach der Söldner zu; Blut rann über die Theke und tropfte auf den Boden. Glanz sah mit verzerrtem Gesicht auf die Wunde.

»Also, wann?«, hakte Grünlich nach. »Es liegt ganz bei dir, in welcher Verfassung du hier rauskommst! Ob überhaupt.«

»Nächsten Monat. Mein Ehrenwort«, ächzte Glanz.

»Ehrenwort«, wiederholte Grünlich.

Der Söldner holte erneut aus.

»Nein! Moment!«, schrie Glanz. »Ich überschreibe dir Anteile an meinen Ölquellen in Skandinavien.«

»Notariell beglaubigt? In Höhe von 216 Millionen?« Grünlich holte tief Luft.

Glanz nickte.

»Na, siehst du! Warum denn nicht gleich?«

Auf seinen Wink hin ließ der Söldner Glanz los.

»Tut mir leid. Aber das war nun mal nötig! Kapier's endlich!« Grünlich leerte sein Glas in einem Zug. Auch ihm hatte die Folterung zugesetzt. »Bei mir fährst du mit der Wahrheit am besten.«

Glanz sank auf den Boden. »Die Wahrheit ist etwas sehr Kostbares. Man kann nicht sparsam genug damit umgehen.«

Der Söldner grinste und musterte Glanz mit bewunderndem Respekt.

Unterdessen telefonierte Andy mit seinem Vater. Vor seinem Haus wurden Umzugskisten in einen Möbeltransporter gewuchtet. Ein Teil der Zimmer war schon ausgeräumt. Andys Mutter weinte hemmungslos.

»Also, dir ist die Situation klar.« Andys Vater versuchte, sich seine Gemütsverfassung nicht anmerken zu lassen.

Andy starrte in seinem Zimmer im Gästehaus der Farm verzweifelt in den Spiegel des Wandschranks, der sein Gesicht verzerrt wiedergab, und schluckte Tabletten.

»Es tut mir so leid, Papa. Das ist alles so entsetzlich.«

»Aber im Moment nicht zu ändern. Oder gibt's irgendwas Neues?«

»Ich hab euch da reingeritten. Es ist nur meine Schuld«, seufzte Andy.

»Sabine hilft uns. Willst du sie mal sprechen?«, fragte sein Vater.

Aber Sabine, die gerade einen Koffer nach draußen

schleppte, winkte energisch ab. Der Vater wartete Andys Antwort nicht ab.

»Wir ziehen in eine kleine Wohnung im Haus von ihrem neuen Freund. Wir würden öfter unsere Enkelin sehen. Du ... du hast doch nichts dagegen, wenn wir ihr Angebot annehmen?«

Die Mutter schnäuzte sich und sprach jetzt ebenfalls in den Hörer. »Andy! Dafür durften wir auch einen schönen Traum träumen. Vom großen Reichtum. Den hast du uns träumen lassen. Du und dein Herr Glanz. Wir hatten wenigstens einen Traum. Jeden Tag sterben Menschen, die nicht mal das hatten ...«

Andy saß nach dem Gespräch reglos, wie leergepumpt, auf der Bettkante. Mit einem Mal ballte er die Fäuste, krümmte sich zusammen und schrie auf wie ein verwundetes Tier. Er fühlte nur das würgende Gefühl einer alles überschattenden Traurigkeit in sich. Sein Leben schien in einen dunklen Abgrund zu stürzen. Nirgendwo schien es Rettung zu geben, es sei denn, die anderen würden bei der Entführung mitmachen und Glanz zwingen, endlich das Versteck seiner Millionen preiszugeben.

Im Farmhaus erwachte Gloria, als sie das Rascheln einer Tüte hörte. Sie schaltete das Licht ein und sah ihren Mann, der am offenen Safe stand und Geldbündel und Schmuck aus dem Safe holte. Es war ihm anzusehen, dass der dick bandagierte Arm, den er in der Schlinge trug, Schmerzen bereitete. Glanz fuhr erschrocken herum. Er hatte einen Revolver in der Hand.

»Was ist los? Was tust du da? Hast du dich verletzt?«, fragte Gloria. Glanz lehnte sich an die Wand neben dem Schrank. Er machte von einem Moment auf den anderen den Eindruck eines Mannes, der sich innerlich ganz hohl und wie ausgeweidet fühlte. Grenzenlos erschöpft schaute er auf den Boden, als würde er darauf warten, dass der sich vor ihm auftat, um ihn zu verschlucken. Seine Bewegungen waren ganz mechanisch, so wie bei Enthaupteten, deren Lippen und Augen sich angeblich nach der Hinrichtung noch minutenlang weiterbewegen.

»Ich will, dass es vorbei ist. Sag mir, dass ich aufhören soll«, seine Stimme klang flach und verzweifelt.

Gloria setzte sich auf und schüttelte den Kopf: »Nein, das sage ich nicht!« Sie versuchte, ihn zu ermuntern. »He, wenn du am Boden bist, bist du am besten. Unter Druck wächst du über dich hinaus. Sonst ist es zu langweilig, und du wirst fahrlässig.«

»Du weißt nicht, was sie mit mir anstellen werden«, murmelte Glanz erschöpft.

»Wer Angst hat, ist schwach. Und Schwäche kannst du dir nicht leisten«, beschwor ihn Gloria; so wie er da vor ihr stand, weinerlich, schwächlich, ekelte ihr gradezu vor ihm.

»Ich habe nicht nur Angst um mich. Ich werde dich nicht mehr beschützen können«, erwiderte er mit gebrochener Stimme.

Gloria wurde immer ärgerlicher. »Du kannst nicht einfach aufhören. Du bist Dieter Glanz. Zu viele Leute haben dir zu viel Geld anvertraut.«

»Ich werde dich nicht mehr sehen können«, gab Glanz wie abwesend von sich, als sehe er bereits die Zukunft vor seinem inneren Auge. Den Gedanken an Absturz hatte er stets verdrängt, doch tauchte er Nacht für Nacht in seinen Träumen auf. Ohne Gloria wäre er nie das geworden, was er heute war. Jetzt fürchtete er, sie zu verlieren. Seine

Hände umklammerten die dicken Geldbündel. Jetzt, in diesem verzweifelten, kraftlosen Augenblick, fühlte es sich nur noch nach bedrucktem Papier an. Sein Arm schmerzte; die Wunde pochte wie verrückt; das Schmerzmittel, das er eingenommen hatte, verlor an Wirkung. Aber noch schlimmer als die Stichwunden quälte ihn die Erinnerung an die brutale Gewalt, der er auf einmal ganz hilflos ausgesetzt gewesen war. Er musste sich künftig noch mehr schützen. Das war nur möglich mit viel Geld. Also musste er, ungeachtet der Schmerzen in seinem Arm, sein Geld schützen. Sofort. Noch in dieser Nacht.

Gloria griff unterdessen nach der Fernbedienung, ließ das TV-Gerät aus der Wand fahren und schaltete es an. Der laute Ton des alten Films übertönte alle Gedanken. Gloria schaute unbeweglich auf den Bildschirm. Sie wollte das Gejammere ihres Mannes nicht länger anhören und vor allem ihn in seiner Armseligkeit nicht länger sehen. Er roch verschwitzt. Blut war durch den Verband und die Armbinde gesickert. Sie konzentrierte sich ganz auf den Film im Fernsehen.

Andy öffnete vorsichtig die Tür zum Büro von Glanz und schloss sie rasch hinter sich, als er von draußen Schritte hörte. Im Vorraum wurde die Beleuchtung eingeschaltet. Das Licht fiel durch den Türspalt am Boden. Draußen ging ein Schatten vorüber. Andy hielt den Atem an, aber die Person lief vorbei, in das benachbarte Büro von Oelig. Andy schlich zum Schreibtisch und begann zu suchen. Irgendetwas wollte er finden, Papiere, die die Wahrheit ans Licht brachten, egal, nur untätig herumsitzen, wollte er nicht länger.

Auch Nadja konnte in dieser Nacht nicht schlafen. Sie dachte an Andy, wie er sie am Strand in den Arm genommen und zu küssen versucht hatte. Es war doch nicht möglich, dass sie sich in ihren Schwager verliebt hatte. Das durfte nicht sein. Hatte sie sich nicht fest vorgenommen, nie auf das älteste Märchen der Welt hereinzufallen: Liebe? Und jetzt konnte sie nicht schlafen, weil sie an einen Mann dachte, der nicht einen Pfennig besaß. Das indirekte Licht des Pools erhellte schemenhaft die Umrisse der bewaffneten Wächter, die vorn am Zaun patrouillierten, und deren regelmäßige Schritte auf dem knirschenden Kies sich mit dem lärmenden Gezirpe der Grillen vermischten. Plötzlich schreckte Nadja auf. Sie hatte ein Geräusch gehört und schlich näher an ein Gebüsch heran. Im Dunkel unter dem blühenden Jacarandabaum war Glanz, der einen Spaten aus dem Gerätehaus geholt hatte, kaum zu erkennen. Er erschrak, als sich plötzlich eine Hand auf seinen Arm legte.

»Warte, ich helfe dir«, sagte Nadja. »Lass mich das machen! Nun gib schon her. Du schaffst das nicht mit dem verletzten Arm.«

»Geh schlafen, Nadja.« Sein Gesicht war weiß vor Erschöpfung.

»Ich kann nicht schlafen. Es ist zu heiß!«

Sie sah die Tasche voller Geld neben Glanz, aber sie sagte nichts, sondern nahm den Spaten und fing an zu graben.

»Hier ist es gut. Hier ist der Boden ganz weich.«

Sie war froh, von ihren quälenden Gedanken abgelenkt zu werden. Er blieb reglos neben ihr stehen. Er rührte sich auch nicht, als sie einmal verschwitzt und atemlos innehielt und plötzlich den Kopf gegen seine Schulter lehnte. Sie hatte eine solche Sehnsucht nach Nähe und Geborgenheit. Sie war froh, dass Glanz da war, und dass er keine Anstalten machte, die Situation auszunutzen, sie zu umarmen oder zu küssen. Irgendetwas Schreckliches musste ihm zugestoßen sein. Er war verletzt, und er sah aus wie ein gehetztes Tier. Sie legte die dicken Geldbündel und den Schmuck in die Grube. Glanz sah reglos zu. Nadja wusste nicht, warum er sein Geld vergrub. Es war ihr auch gleichgültig, zumindest im Augenblick. In dieser heißen afrikanischen Nacht waren sie nur zwei einsame verlorene Menschen, gequält von Ängsten, die sie nicht schlafen ließen.

Andy durchstöberte hastig die Papiere auf dem Schreibtisch. In einer Büroecke entdeckte er den goldfarbenen Metallkoffer. Plötzlich knackte hinter ihm ein Brett im Fußboden. Andy drehte sich erschrocken um. Glanz stand in der Tür und hielt eine Pistole in der Hand, der Arm lag in einer Schlinge. Sein Verband war blutgetränkt, sein Gesicht schneeweiß: »Was tust du da?« Er richtete die Waffe auf Andy.

»Ich dachte ... ich, großer Gott, Dieter! Was ist denn mit dir passiert?«, versuchte Andy hilflos abzulenken.

Glanz winkte ab. »Ein Unfall.« Er korrigierte sich: »Überfall. Jack hat mich rasch am Krankenhaus vorbeigefahren. Suchst du was?«

»Nein, äh, ich wollte ...«, stammelte Andy.

»Du schwitzt ja? Warum bist du denn so durcheinander?« Glanz verzog die blutleeren Lippen zu einem schmalen Lächeln.

»Na ja, du zielst direkt auf mich«, Andy fuhr sich mit der Hand über die Stirn.

»Ich könnte dich jetzt umlegen«, murmelte Glanz nachdenklich. »Einfach so. Bumm. Du hast versucht, hier einzubrechen. Bumm!«

»Moment, Dieter. Ich …«

Glanz ließ die Waffe sinken und lachte plötzlich. »Jetzt hab ich dich aber erschreckt, was? Du müsstest dein Gesicht sehen. Ich kann's richtig hören, wie's in deinem Kopf rattert: Was hat der vor? Was passiert jetzt? Macht der mich etwa kalt?«

Er ging auf Andy zu und reichte ihm die Waffe, seine Hand zitterte. »Komm! Entspann dich. Nun nimm schon.«

Andy zögerte: »Ist die geladen?«

»Probier's aus«, forderte ihn Glanz auf.

Er dreht Andy den Rücken zu und beobachtete ihn durch die Spiegelung einer verglasten Fotografie an der Wand. Seine Stimme klang auf einmal böse und gepresst. Er wusste, was Andy vorgehabt hatte. Der Freund war dabei, ihn zu verraten.

»Du hältst dich für klug, aber das bist du nicht. Geh schlafen!« Plötzlich herrschte er ihn an: »Nun geh schon!«

Andy wandte sich schnell ab. Er hielt die geladene Pistole in der Hand. Warum hatte Glanz sie ihm gegeben? Warum hatte er ihm den Rücken zugewendet? Wollte er das Schicksal herausfordern? Wollte er wissen, ob Andy schießen würde? Oder wollte er am Ende tatsächlich sterben? Irgendwas Schlimmes war ihm zugestoßen. Er war verletzt und sah grauenvoll aus. Als Andy in den Park hinaustrat, sah er durch das Fenster Glanz im Büro stehen, reglos und unendlich einsam. Hatte er begriffen, dass sein Freund Andy dabei war, ihn zu verraten? Andy wusste, dass Glanz, als er die Pistole auf ihn richtete, zu allem fähig gewesen war. Er wusste, dass Glanz sofort durchschaut hatte, warum sich Andy mitten in der Nacht in seinem Büro aufgehalten hatte, und er wusste, dass die Freundschaft zwischen ihnen endgültig zerbrochen war.

Nadja spielte mit den Kindern und blickte zu der Stelle hinüber, wo das Geld und der Schmuck vergraben waren. Dann sah sie zu den bewaffneten Männern, die auf dem Wachturm der Farm patrouillierten. Das Geld schien an diesem Ort tatsächlich sicherer zu sein als überall sonst. Aber ihr ging auch so manch anderer Gedanke durch den Kopf, über Andy, über ihre Zukunft, ihr Leben auf der Farm und ihre finanzielle Situation. Nadja ging nicht aus dem Kopf, wie Glanz reagiert hatte, sein Blick, seine verloren wirkenden Gesten in der Nacht. So hatte sie ihn noch nie gesehen. Längst wirkte er nicht mehr kraftvoll und energiegeladen, der Visionär in ihm schien komplett erloschen zu sein.

Auf der Terrasse saßen reglos Hajo, der General und Tommy, alle offenbar unfähig, bei der Hitze genügend Energie aufzubringen, um der Übertragung eines Fußballspiels im Fernsehen zu folgen. Alle drei sahen verändert aus; sie waren nachlässig gekleidet, die Hosen waren zerknittert und die Hemden durchgeschwitzt und verfleckt. Keiner schien mehr in der Lage, auf äußere Formen zu achten und sich zu pflegen. Am Tor winkten die Wachen drei Taxen durch. Bleich, mit erstarrtem Gesicht, den Arm in der Schlinge, ging Glanz im weißen Anzug mit blauem Schlips, umringt von seinen Anwälten, zum Bürogebäude hinüber. Er würdigte die anderen keines Blickes. Oelig verabschiedete sich in Hut und Mantel von Heiner und Eva Wendler.

»400 Millionen sind gestern von der Gothardo Bank Zürich überwiesen worden, bloß hier noch nicht verbucht.«

Aber die anderen winkten nur noch resigniert ab. Niemand schien mehr Versprechungen zu glauben. Es herrschte eine Atmosphäre von Unruhe und Feindseligkeit. Beinahe fluchtartig stieg Oelig in eine der Taxen. Jutta, einen Aktenkoffer fest unter den Arm geklemmt, winkte Nadja zum Abschied zu und stieg dann zu der ungeduldig wartenden Isa in ein zweites Taxi. Alle wirkten, als wären sie froh, hier endlich wegzukommen. Nadja schaute zu Andy hinüber, aber der beachtete sie nicht, als er auf das dritte Taxi zulief.

# Kapitel 14

Oberstaatsanwalt Sasse wirkte unzufrieden. Er hielt sich nun schon eine halbe Ewigkeit in Kapstadt auf. Die Behörden ließen ihn hängen. Er musste tagtäglich mit ansehen, wie Polizisten Überfallene befragten, während er auf einen Termin bei dem zuständigen Oberstaatsanwalt wartete, um zu besprechen, wie man künftig gegen Dieter Glanz vorgehen wollte. Langsam verlor er die Geduld. Er konnte nicht ewig auf Kosten der Steuerzahler hier in Afrika bleiben. Er entschloss sich heimzufahren.

Dieter Glanz beschäftigte ein ganzes Heer von Rechtsanwälten. Es musste ihn ein Vermögen kosten, aber dafür bekam er, was er wollte. Verfahrensverzögerungen, Terminverschiebungen, rechtskräftige Urteile, die ihm neue Atempausen verschafften und unbehelligten Aufenthalt in Südafrika garantierten. Alle Bemühungen, von Deutschland aus Druck auszuüben, liefen ins Leere. Auch auf dem diplomatischen Wege hatte man es versucht, doch nichts half. Offenbar waren die Beziehungen von Dieter Glanz dank seiner weit gestreuten Schmiergelder erstklassig. Sasse war verärgert. Der Kerl brachte seine gesamte Planung durcheinander, ganz abgesehen davon, dass Spesen und Zeit nicht einmal reichten, sich den Schönheiten dieses Teils der Welt zu widmen.

Andy fuhr mit dem Taxi zu Ewerts Lokal. Am Tag zuvor hatte er mit Barbara Ewert lange telefoniert. Die Frau war verzweifelt. Weil ihr Mann so viel bei Glanz angelegt hatte und der nicht auszahlte, drohte ihnen jetzt der Verlust des Lokals. Als Andy Barbara sein Anliegen unterbreitete, hatte die einen Vorschlag.

Das Lokal war geschlossen, ein Teil des Mobiliars bereits zusammengestellt und übereinandergestapelt. Paul Ewert unterschrieb mit starrer Miene und kraftlosem Blick Papiere, die ihm zwei hinter ihm stehende Herren reichten.

Andy folgte Barbara Ewert, die er mit ihrer ausgebeulten Hose und dem schlabbrigen, durchgeschwitzten T-Shirt fast nicht wiedererkannt hätte, die Treppe in den Keller hinunter. Barbara schloss die Tür zu einem Kellerraum auf und brach plötzlich in Tränen aus: »Ich hab zu meinem Mann gesagt: ›Geh zum Anwalt. Sofort!‹ Aber wovon? Wir können uns keinen Anwalt mehr leisten. Das ist es ja; je kaputter einen Glanz macht, desto weniger kann man sich wehren.«

Andy drehte die paar verbliebenen Weinflaschen um und las die Etiketten. Paul Ewert hatte Glanz wirklich sein gesamtes Vermögen als Investitionskapital überlassen. »Abwarten!«, murmelte er. Jetzt gab es kein Zurück mehr. Jetzt mussten die Dinge ihren Lauf nehmen. Glanz hatte genügend Unheil angerichtet. Er sah Barbara Ewert sich schnäuzen. Er sah, wie sie verzweifelt versuchte, sich zu beherrschen. Er sah, wie diese schöne, begabte Frau sich verändert hatte. Ihr Gesicht war verquollen und verzerrt. Sie war einmal eine sehr erfolgreiche Schlagersängerin gewesen, in ganz Europa bekannt. Sie hatte nicht abgewartet, bis der Erfolg altersbedingt verebbte, sondern hatte sich noch vor dem Ende ihrer Karriere mit ihrem Mann nach Südafrika zurückgezogen und alle ihre Ersparnisse in das Lokal und das angrenzende Hotel investiert. Es war ein Erfolg gewesen, nicht zuletzt, weil sie selbst jeden Abend im Lokal auftrat und ihre großen Hits sang. Aber dann war ihr Mann auf die Versprechungen von Glanz hereingefallen. Gegen ihren Rat. Barbara wusste, was sie jetzt verlor, konnte sie nicht mehr neu verdienen. Ihr Sommer neigte sich dem Ende zu. Bald wäre sie nicht mal mehr eine Attraktion in ihrem Lokal.

Als Andy auf die Farm zurückkehrte, schlug ihm eine Woge von Hoffnungslosigkeit und Schwermut entgegen. Alfi klimperte im Halbdunkel auf dem Klavier. Hinter ihm saß reglos der General. Nur manchmal sah man die Glut seiner Zigarette aufleuchten. Glanz lehnte mit bleichem starrem Gesicht auf der Terrasse gegen eine Wand, trank dann und wann einen Schluck aus seinem Glas und starrte blicklos in das Dunkel. Er wirkte angetrunken. Andy konnte sich nicht erinnern, Glanz je so gesehen zu haben. Als er ihn grüßte, schien Glanz es zu übersehen. Er schien ihn überhaupt nicht mehr zu bemerken.

Als Hajo an dem General vorbeihumpelte, flüsterte ihm Andy rasch zu: »Eine Unterbringungsmöglichkeit hätten wir.«

»Hajo, alter Junge!«, lallte Glanz mit schwerer Zunge. »Wo steckt Isa?«

Hajo fächelte sich Kühlung zu. »Die ist nach Deutschland abgereist, weißt du doch, um ein paar von meinen Grundstücken zu verscherbeln. Wir müssen wieder flüssig werden.«

Glanz seufzte und kraulte den Hund zu seinen Füßen. Hajo ließ sich schwer in einen Korbsessel fallen.

»Merkwürdig. Wenn sie da ist, fällt sie mir dauernd auf

den Wecker, und wenn sie weg ist, fehlt sie mir.« Seufzend leerte Hajo sein Glas. Es war, als trüge er einen dünnen Pelz aus Rührseligkeit. Seine Augen waren blutunterlaufen von der Sonne und dem Wodka. »Möchte nicht wissen, mit wem sie jetzt gerade wieder rumvögelt.« Hajo blickte auf. »Entschuldigt! Tut mir leid.«

Alfi verspielte sich und fasste sich ächzend an den Magen. Auf einmal begriff er, was er diesem Mann angetan hatte. Uschi lief ins Haus, um ihm ein Glas Wasser zu holen. Glanz winkte gleichmütig ab: »Du bist unser Freund. Du musst dich für nichts entschuldigen.« Alfi rannte über die Terrasse in den Park.

»Vielleicht hätte ich eine andere Frau heiraten sollen«, seufzte Hajo verloren, »dann hätte ich jetzt vielleicht Kinder, eine richtige Familie.«

»So hast du aber uns, deine Dieter-Glanz-Familie«, versuchte Glanz ihn aufzumuntern. Aber seine Stimme klang bleiern. Auch er schien zu wissen, dass es diese Glanz-Familie längst nicht mehr gab. Alles schien zerbrochen, die Freundschaften ausgetrocknet.

Glanz sah im Wohnzimmer seine Frau auf und ab gehen, wie ein eingesperrtes Tier im Käfig. Also spürte auch sie, dass alles ins Wanken geraten war. Also hatte auch sie Angst. Schwankend stand Glanz auf und ging ins Haus. Der Schäferhund folgte ihm.

Würgend tastete sich Alfi zwischen Büschen, Bäumen und Blumenbeeten voran. Er stolperte und erbrach sich. Humpelnd folgte ihm Hajo, wartete, bis sich Alfi den Mund mit einem Taschentuch abgewischt hatte, und hielt ihm die ausgestreckte Hand hin, um ihm aufzuhelfen. Alfi wich erschrocken vor ihm zurück. Hajo vermied es, ihn anzusehen.

»Hab schon von Ihrer Frau gehört, dass Sie Probleme mit Ihrem Geschäft haben«, sagte er unbeholfen. »Also, wenn ich Ihnen aushelfen kann …«

Alfi starrte ihn ungläubig an. Dieser Mann, den er hintergangen und dem er die Frau hatte wegnehmen wollen, bot ihm jetzt seine Hilfe an.

»Zur Überbrückung, wie viel brauchen Sie denn?« Alfi kamen die Tränen. Vor Scham verbarg er schluchzend den Kopf in der Armbeuge und heulte wie ein kleiner Junge. Hajo klopfte ihm verlegen auf den Rücken. »Na, na. Kopf hoch, alter Junge.«

Etwas ungelenk versuchte er ihn zu umarmen. Alfi weinte jetzt noch hemmungsloser und Hajo stand neben ihm und strich ihm immer wieder hilflos über den Rücken.

Am nächsten Tag war es so weit. Leise rollte eine Limousine auf den knirschenden Kies vor dem Haus. Alfi saß am Steuer, und Andy winkte Heiner heran, der mit Uschi, Eva und Tommy auf der Terrasse saß. Heiner wandte sich rasch ab, als wäre ihm die ganze Situation suspekt.

»Sind Sie wirklich der Feigling und … und Hosenscheißer, wie alle sagen, Heiner?«, zischte Uschi wütend.

»Nein, aber raten Sie ruhig weiter. Sie sind in der richtigen Sparte«, reagierte Heiner trotzig.

Es blieb keine Zeit mehr, denn Dieter Glanz trat mit den Anwälten vor das Haus. Er verabschiedete sich und stieg dann zu Alfi ins Auto. Alfi lenkte die Limousine mit versteinerter Miene die kurvenreiche Straße entlang, die das Ufer säumte. Nach ein paar Minuten setzte ein leichter Nieselregen ein. Glanz schaute aufs Meer und dachte darüber nach, wem er heute noch mit ein paar Anrufen Geld abnehmen konnte. Er bastelte an einer neuen Geschichte, nach der sich durch einen überraschenden Fund einer völlig unvermuteten weiteren Ölquelle eine beträchtliche Wertsteigerung des Gesamtvermögens ergeben würde. Damit wäre der Weg frei für den Verkauf neuer Anteile. Der typische Glanz'sche Enthusiasmus wollte sich aber nicht so recht einstellen. Hajo und Andy hockten nervös und angespannt auf der Rückbank. Und gerade als Andy sich überwand, das Sacktuch unter dem Sitz hervorzuziehen, schob sich plötzlich an einer unübersichtlichen Biegung ein breiter Laster auf die Straßenmitte. Alfi musste das Steuer herumreißen. Quietschend und über den Seitenstreifen polternd geriet der Wagen ins Schleudern.

Glanz versuchte gelassen zu reagieren: »Vorsicht! Bei dem Wetter ist die Straße wie Seife. Kein Mensch hat hier vernünftige Reifen. Vielleicht hätte uns doch lieber der Chauffeur fahren sollen, was?«

Hajo verkrampfte sich mit den Fingern in die Vorderlehne. Alfi zog das Lenkrad nach links und rechts, doch der Wagen brach aus. Er schoss neben der Fahrbahn auf einen abschüssigen Hang zu, aber Alfi konzentrierte sich mit zusammengepressten Lippen, lenkte gegen, gab Gas; die Limousine machte einen gewaltigen Satz zurück auf die regennasse Fahrbahn, fand auf dem Asphalt jedoch keinen Halt, und schleuderte erneut auf den Abhang zu. Der Wagen brach durch niedriges Unterholz und prallte krachend gegen einen Baum – das letzte Hindernis vor einem Absturz von der Steilwand auf die darunterliegenden Klippen. Aus der Motorhaube quoll dichter Rauch hervor.

Unterdessen traf Gloria Vorbereitungen für eine ganz andere Abfahrt. Im Ankleidezimmer holte sie hastig Schmuck und Geld aus den Schränken und verpackte beides in ihre Reisetasche. Auf der Terrasse saßen Uschi, Heiner, Eva Wendler und Tommy nervös beisammen. Sie hatten es abgelehnt, an der Entführung von Glanz teilzunehmen, aber sie wussten natürlich, was geplant war und drückten Andy, Alfi und Hajo die Daumen. Sie alle wussten von dem Komplott, sie alle waren Komplizen. Wenn die Entführung gelang, waren sie auch auf der Seite der Sieger. Etwas anderes mochten sie sich nicht vorstellen.

»Jemand sollte einen Witz erzählen«, schlug Eva Wendler schließlich vor.

Hinter ihnen wurde eine Tür geöffnet, und Gloria eilte mit einer Reisetasche die Treppe herunter. Sie verließ das Haus, ohne die anderen zu beachten.

Uschi sprang plötzlich auf. »Moment mal! Wo will die hin? Versucht die vielleicht, unseren Schmuck beiseitezuschaffen?«

»Wir müssen ihr hinterher«, meinte Eva Wendler. Die beiden Frauen versuchten so unauffällig wie möglich Gloria zu folgen. Heiners gemietetes Auto machte sich jetzt bezahlt. Eigentlich wollte er Jutta damit beeindrucken und sie zu einem Ausflug einladen, nun diente es dazu, Glorias Beutezug zu verhindern. Mit sicherem Abstand zu ihr fuhren sie los.

»Das Land will sie wahrscheinlich nicht verlassen«, sagte Eva Wendler während der Fahrt.

»Stimmt. Dann hätte sie mehr Gepäck bei sich. Gloria ist keine Frau, die ohne Garderobe reisen würde«, meinte Uschi und Heiner bremste ein wenig ab, um nicht von Gloria bemerkt zu werden.

Beklommen starrten an der Uferstraße Alfi, Hajo und Andy in die Tiefe, während Glanz die Schäden am Auto inspizierte. Die über dreißig Meter lange, schlingernde Bremsspur war deutlich zu verfolgen.

»Glück gehabt«, meinte Glanz. »Ohne den Baum da wären wir den ganzen Abhang runtergekullert.«

Er sah, wie Alfi sich zitternd hinter einem Gebüsch erbrach.

»Na, komm! Komm! Ist ja nochmal gutgegangen.«

Andy Schroth warf rasch den Sack weg – einen Moment zu spät, um nicht von Dieter Glanz entdeckt zu werden. Alfi setzte sich erschöpft auf einen Stein am Straßenrand. Langsam hob Glanz den Sack auf und schaute Andy an. »Was wolltest du denn damit?«

Andy wich seinem Blick aus. Er schwieg wie die anderen, die ebenfalls auf den Boden starrten. Glanz schien es nicht glauben zu wollen, aber auf einmal durchschaute er den Entführungsplan. Die Erkenntnis schien ihn zu überwältigen. »O nein! Du? Ausgerechnet du?«, murmelte er erschöpft.

Es war zu viel. Einfach zu viel. Zuerst die gewalttätige Attacke von Grünlich. Dann Andys nächtlicher Einbruch in sein Büro. Und jetzt das. Sie wollten ihn entführen, seine Freunde! Dieser spießige Juwelier; Hajo, sein Vertrauter und Andy, den er einmal für seinen besten Freund gehalten hatte. Es war zu viel. Er wollte Schluss machen und wählte eine Nummer auf seinem Handy.

An der Wand des Pensionszimmers von Oberstaatsanwalt Dr. Sasse hing ein großes Pinnbrett mit Fotos von Gloria und Dieter Glanz sowie von ihren Freunden und Anlegern. Dazwischen erinnerten Zeitungsausschnitte daran, welch guten Ruf Glanz in Südafrika genoss. Sasse öffnete ein Fenster und blinzelte in das spätnachmittägliche Sonnenlicht.

Er zündete sich eine Zigarette an. Sein Handy klingelte. Dieter Glanz war am Apparat. Er meldete sich von der Unfallstelle, an der gerade Polizei und Abschleppdienst eingetroffen waren. Hajo und Alfi erledigten die Formalitäten, Glanz war etwas beiseitegetreten, um in Ruhe mit Sasse zu telefonieren.

»Ich will, dass es vorbei ist.« Seine Stimme klang gehetzt. »Machen Sie mir ein Angebot. Wenn ich freiwillig nach Deutschland zurückkomme, bleibe ich dann auf freiem Fuß?«, fragte er Sasse.

»Ausgeschlossen«, antwortete Sasse kühl.

»Aber es gibt doch keinen wirklichen Grund, mich einzusperren«, konterte Glanz.

»Allein dem deutschen Finanzamt schulden Sie an die 280 Millionen.«

Glanz schüttelte den Kopf. »Das ist unfair. Aus der U-Haft heraus kann man keinen Prozess gewinnen. Die Anwälte wären zu sehr auf sich gestellt. So kommen wir nicht ins Geschäft, Doc.«

»Ich mache keine Geschäfte mit Ihnen.« Sasse wartete auf eine Antwort. Als keine kam, hakte er nach. »Woher haben Sie überhaupt meine Handynummer?«

»Gut informiert zu sein ist in meinem Job genauso wichtig wie in Ihrem, Doc«, trumpfte Glanz noch einmal auf.

Er sah, dass Andy, Hajo und Alfi zu ihm herüberschauten und wendete ihnen brüsk den Rücken zu.

Sasse zögerte. Er war völlig überrascht von diesem unerwarteten Anruf. Er setzte sich auf das Bett.

»Kann es sein, dass Sie trotz aller Vernunfts- und Verstandesgründe fürchten, es könnte wahr sein ...«

»Was? Was wahr sein?«, fragte Glanz, als Sasse nicht weitersprach.

»Dass es so etwas gibt wie eine ordnende Kraft, einen eifrigen Gott, der uns für unsere Sünden bestraft?«

Sasse hörte ein Knacken im Telefon. Glanz hatte aufgelegt. Aber etwas musste passiert sein, dass er sich überhaupt an die deutsche Staatsanwaltschaft gewandt hatte. Sasse grübelte. Von Andy hatte er seit dem Treffen in einem Straßencafé in Kapstadt nichts mehr gehört. Auch von keinem der anderen Anleger. Was versetzte Glanz derart in Panik, dass er ihn anrief? Und was hatte ihn an seiner letzten Frage so gestört – oder erschrocken –, dass er wieder auflegte?

Uschi und Eva Wendler waren Gloria bis in eine Bar im Süden der Stadt gefolgt, zuerst im Wagen, dann zu Fuß. Über dem Vergnügungsviertel war bereits die Nacht hereingebrochen. Die großen Spiegel in der Bar, die endlosen Reihen der Alkoholspezialitäten und die Salsamusik täuschten darüber hinweg, dass sich nur ein paar Gäste hier aufhielten. Uschi blickte verstohlen um die Ecke. Gloria verhandelte mit Leon Grünlich an einem Tisch im hinteren Teil. Eva Wendler stand in einer Telefonzelle vor dem Haus und sprach aufgeregt in den Hörer.

Im Halbdunkel der Bar war das Paket mit Geld und Schmuck, das Gloria aus der Reisetasche geholt hatte und Grünlich übergab, kaum zu sehen.

»Ich möchte, dass Sie das für mich aufbewahren und es mitnehmen, wenn Sie Südafrika verlassen.«

Grünlich fasste ihre Hand. Sie entzog sie ihm rasch und schaute ihn abweisend an.

»Ich wollte nur freundlich sein«, rechtfertigte sich Grünlich. Gloria lächelte kalt. »Solche Freunde habe ich genug.«

Plötzlich stürmten Polizisten im Laufschritt in die Bar. Von allen Seiten kamen sie, schmissen ein paar Stühle um und umringten mit gezogenen Pistolen die beiden, die instinktiv die Hände hoben. Ein Polizeioffizier zeigte auf Glorias Tasche. Sie beugte sich langsam nach unten und öffnete sie. Der gestohlene Schmuck funkelte im Licht der Bar, als würde er aus einer alten Piratenschatzkammer stammen. Gloria und Grünlich mussten sich Handschellen anlegen lassen. Grünlich beklagte sich, dass er nichts Unrechtes getan habe und es sich um einen Irrtum handeln müsse. Gloria erwähnte beiläufig, dass sie die Ehefrau von Mr Billionaire sei. Woraufhin man ihr die Handschellen auf dem Rücken ersparte.

Aus sicherem Abstand und sehr zufrieden mit sich, verfolgten Uschi und Eva Wendler den Abtransport von Gloria und Grünlich.

Die einzigen Lichtquellen auf der Farm waren die Lampen im Garten. Der bleiche Mond stand teilnahmslos am Himmel. Andy schüttelte deprimiert den Kopf, als er auf der Terrasse mit Nadja sprach. »Nicht mal 'ne simple Entführung bringen wir zustande.«

»Ihr wolltet ihn kidnappen?«, fragte Nadja entsetzt und strich sich aufgeregt über den Hals.

»Nein. Bloß greifen, mitnehmen und so lange unter Druck setzen, bis er das Geld rausrückt«, rechtfertigte sich Andy, um dann kleinlaut einzuräumen: »Quasi kidnappen, ja.« Plötzlich sprang er auf und rannte zu dem dunklen Büro hinüber.

»Was hast du jetzt vor?« Nadja lief ihm hinterher. »Andy, ich will wissen, was du vorhast? Du gehst da nicht rein.«

»Ich geh da nicht rein?«, fragte Andy böse zurück. Er hatte einen Entschluss gefasst, und von dem würde er sich nicht mehr abbringen lassen.

Durch das dunkle Vorzimmer betrat er das Büro von Glanz. In einem Regal stand der goldfarbene Metallkoffer. Andy nahm ihn an sich. Er schaute Nadja an. Sie begriff, was er vorhatte. Sie sah die Verzweiflung in seinem Gesicht und nickte. Sie konnte ihn jetzt nicht im Stich lassen. Vorsichtig linste sie um die Ecke des Farmhauses. Nirgendwo war eine Menschenseele zu sehen. Sie winkte Andy zu, der sich jetzt aus der Deckung wagte. Andy versuchte, den Metallkoffer, so gut es ging, zu verbergen. Doch sie wurden beobachtet.

Misstrauisch schlich einer der Wächter heran, zog plötzlich den Revolver, rannte über die Wiese und rief: »Stopp! Stopp!«

Nadja schrie auf, als der Wächter auf Andy zielte. Aus dem Dunkel tauchte wie ein übermächtiger Schatten der General auf. »Pistole weg! Schluss mit dem Blödsinn, Cowboy«, sagte er mit ruhiger Autorität.

Der Wächter wusste nicht, wie er sich verhalten sollte, senkte aber die Waffe. Andy und Nadja rannten in ihrer Aufregung davon, während der General dem Wächter eine leise Anweisung gab und ihm einen Schein zusteckte.

Ein Taxi, in dem Dr. Engels saß, fuhr schnell durch die Einfahrt. Draußen lungerten ein paar einheimische Jungs auf der Straße herum. Die Wächter beobachteten sie misstrauisch und bemerkten nicht, wie Nadja und Andy durch das Tor nach draußen huschten. Völlig verschwitzt und schwer atmend lehnte Andy sich gegen eine Hauswand. Den goldenen Metallkoffer hielt er an sich gepresst. Die jungen Schwarzen kamen bedrohlich näher, aber Nadja hielt das Taxi, das gerade die Farm wieder verließ, auf. Beim Einsteigen rief sie: »Los! Schnell, Mann, ich komm mir vor wie in einem 007-Film.« Das Taxi raste mit beiden davon.

Wolken hingen über Kapstadt und verdeckten den Mond. Reste des nächtlichen Regengusses versickerten in der trockenen Erde. Die große Limousine hielt vor der Polizeistation. Glanz stieg nicht aus. Er wartete und beobachtete zwei Journalisten, die sich vor der Station aufhielten. Wahrscheinlich hatten sie einen Polizisten geschmiert, um Tipps zu erhalten. Der Eingang der Polizeistation war gesichert wie eine Festung.

Gloria wurde drinnen einen Flur entlanggeführt. An den Wänden hingen verschmutzte Plakate. Sie berichteten von Mord und Totschlag und waren mit abstoßenden, grauenhaften Fotos bebildert. Die übermüdeten Polizisten brachten Gloria vor die Tür und ließen sie frei. Glanz riss die Türe auf und stieg aus. »Was ist passiert?« Gloria antwortete nicht. Glanz wiederholte seine Frage. »Was ist passiert?«

»Ich hatte Angst«, sagte Gloria knapp.

Glanz folgte ihr zum Auto. »Und dann klaust du mir Millionen?« Wieder antwortete sie nichts. »Warum ausgerechnet Grünlich?«, schrie Glanz sie an.

Gloria schwieg wieder. Glanz schluchzte auf. »Ich wollte dir die Welt zu Füßen legen.« Verzweifelt schlug er mit der Faust auf das Wagendach. Gloria hatte sich in das

Innere der Limousine verkrochen und wartete ungeduldig darauf, dass ihr Mann sie endlich nach Hause fuhr. Was war denn so verwerflich daran, dass sie den Schmuck und das Geld hatte retten wollen? Sie musste an ihre Zukunft denken. Zu dumm, dass die Polizei jetzt Geld und Schmuck beschlagnahmt hatte.

Als Glanz in das Auto stieg, waren seine Augen gerötet. Er hatte geweint. Reglos starrte er durch die Windschutzscheibe auf die dunkle Straße hinaus. Er fuhr viel zu schnell; wich einmal nur knapp einer Gruppe herumstreunender Schwarzer aus.

Als sie die Farm erreichten, verschwand Gloria schnell und wortlos im Haus. Glanz kauerte sich auf den Boden und streichelte seinen Hund. Das war der einzige Freund, der ihm geblieben war. Billy leckte ihm die Hand. Auf einmal hörte Glanz im Badezimmer das Wasser rauschen. Gloria hockte nackt auf den Fliesen unter der Dusche. Die Arme hatte sie um die Knie geschlungen. Sie weinte. Glanz setzte sich, ohne darauf zu achten, dass sein Anzug nass wurde, neben sie und legte seinen Arm um ihre Schultern. Er konnte sich nicht erinnern, wann sie beide je zuvor einander so nah gewesen waren. Gloria legte ihren Kopf an seine Schulter. Er fühlte sich kraftlos, gebrochen, so als wäre seine unermüdliche Energie aus ihm herausgeströmt, wie Blut aus einer offenen Wunde.

Er wusste nicht, wie lange sie beide unter der Dusche gesessen hatten, als es an der Tür klopfte und ein verstörter Bodyguard ihm mitteilte, dass Andy Schroth in das Büro eingebrochen, den goldfarbenen Metallkoffer gestohlen und gemeinsam mit Nadja geflohen war. Glanz hörte die Worte, aber er reagierte nicht. Das alles ging ihn überhaupt nichts mehr an. Gloria musterte ihn verstört und erschrocken. Warum unternahm er nichts? Auf keinen Fall durfte der Metallkoffer von Unbefugten geöffnet werden. Wieso war der im Büro nicht weggeschlossen worden? Der Bodyguard berichtete, er habe nach dem Einbruch sofort Dr. Engels in seinem Hotel informiert. Der sei auf dem Weg zur Farm. Gloria nickte anerkennend.

Draußen näherte sich ein Taxi den hohen Mauern. Die bewaffneten Wächter öffneten das Tor. Das Taxi fuhr die Auffahrt hinauf und hielt. Dr. Engels stieg eilig aus. Gloria nahm Handtücher aus dem Regal und ging ins Wohnzimmer.

Engels grinste verlegen. Gloria frottierte sich die Haare, während sie mit ihm sprach. Ungeniert hatte sie lediglich ein großes Handtuch um sich gewickelt, und Dr. Engels wusste nicht recht, wo er hinschauen sollte. »Tut mir leid. Ich hab Sie wohl aus dem Bad geholt?«, murmelte er verlegen.

»Ja.« Sie musterte ihn amüsiert. Von der seelischen Erschütterung eine Stunde zuvor war ihr nichts mehr anzumerken. »Stört es Sie, dass ich nichts weiter anhabe?«

»Nicht im Geringsten«, beruhigte sie Dr. Engels. »Wenn es mir trotzdem gelingt, mich zu konzentrieren ...«

»Dann sehen Sie mal zu, dass Ihr Blut nicht woanders hinfließt als in Ihren Kopf ...«, antwortete Gloria frech. Sie merkte, dass ihr Mann hinter ihr das Wohnzimmer betreten hatte. Engels betrachtete verwundert seinen triefend nassen Klienten. Gloria wandte sich ungeduldig an Glanz.

»Der Koffer von Oelig ist weg«, wiederholte sie und zeigte auf den Bodyguard. »Er hat gesehen, wie Andy Schroth ihn mitgenommen hat. Der Wichser will dich verpfeifen.«

»Der hält sich für jemand, der er nicht ist«, bemerkte Dr. Engels lakonisch.

Glanz blieb erschöpft und ganz unbeteiligt stehen. Das alles ging ihn nichts mehr an. Er merkte auch nicht, wie der Schäferhund unbemerkt nach draußen entwischte. Gloria wandte sich wieder an Dr. Engels. »Melden Sie den Diebstahl der Polizei.« Dr. Engels hatte bereits mit dem zuständigen Staatsanwalt telefoniert. Natürlich durften weder Polizei noch Staatsanwaltschaft gestohlene Unterlagen für eine Anklageerhebung verwenden.

Im Flur des Gerichts übergab Andy Schroth den Koffer an Dr. Sasse, der ihn sofort öffnete. »Seine Anwälte haben sich gemeldet. Wir dürfen den Koffer nicht öffnen. Machen wir aber trotzdem.«

Er wollte gerade Nadja und Andy dankbar die Hand reichen, als er im dunklen Gerichtsflur Staatsanwalt Trudeaux heraneilen sah. Jetzt war seine Chance gekommen, er packte den Koffer und ließ die beiden stehen. Trudeaux zögerte, als er den offenen Metallkoffer sah: »Er ist schon offen«, meinte er trocken, »gut, denn öffnen dürfen wir ihn nicht. Aber wenn er schon offen ist …« Er ließ Sasse den Vortritt und schaltete das Licht in seinem Büro an. Um »Mr Billionaire« endlich an den Kragen zu können, war er bereit, auch seine Nachtruhe zu opfern.

Vor den geschlossenen Toren der Farm lümmelten ein paar abgerissene Jugendliche herum. Einige koksten, andere warfen johlend Steine nach dem laut kläffenden Schäferhund, der wütend am Zaun entlangsprang. Plötzlich peitschte ein Schuß durch die Nacht. Das Kläffen ging in ein Winseln über und verstummte. Die Jugendlichen ergriffen die Flucht.

Im Haus hatte Glanz den Schuss gehört, das anschließende Winseln und stieß einen gurgelnden Laut aus. Von allen war er verraten worden: von seiner Frau, von seinen Freunden, von Andy, seinem Vertrauten. Jetzt ließ ihn auch noch Billy im Stich, sein Hund? Das konnte nicht sein. Glanz rannte aus dem Haus in den nachtdunklen Garten hinaus und rief nach Billy.

Am frühen Morgen des nächsten Tages besiegelten die Sheriffs Paul Ewerts Schicksal als Lokalbesitzer. Es war bereits am Tag zuvor zwangsgeräumt worden. Der Rest der Möbel stand auf der Straße. Nun hängten sie eine Kette vor die Restauranttür. Ewert hockte, den Kopf in die Hände vergraben, auf einem Küchenstuhl. In der Nacht hatte er sich die Vorwürfe seiner Frau anhören müssen, aber auch sie wusste, die Schuld an ihrem Unglück hatte allein Dieter Glanz.

Beide hatten keine Ahnung, wie es jetzt weitergehen sollte. Sie hatten alles verloren, das Lokal, ihre Ersparnisse. In Südafrika gab es nicht so etwas wie ein soziales Netz. Wenn man stürzte, stürzte man ins Bodenlose. Das Haus wurde verriegelt, um die Forderungen der Gläubiger zu befriedigen; die Möbel wurden auf die Straße gestellt, aus. Sie hatten beide nicht mal mehr ein Dach über dem Kopf.

Barbara Ewert ahnte, dass sie nicht mehr in der Lage sein würden, sich eine neue Existenz aufzubauen. Ihr Mann konnte ein Lokal führen, aber sie hatten kein Lokal mehr, und ihre große Zeit als Schlagersängerin war endgültig vorbei. Sie konnte nicht auf die Bühne und ins

Fernsehen zurückkehren. Dafür war sie zu alt. Die ersten Fältchen hatte sie sich wegoperieren lassen; vielleicht einmal zu viel, denn jetzt verzerrten die Folgen der Operation ihr Gesicht. Nein, dass ihr schöner Traum in Südafrika endgültig ausgeträumt war, wusste sie, und sie wusste, wer daran schuld war. Wenn ihr Leben zerstört war, dann sollte dieser Schuldige auch nicht weiterleben dürfen.

Paul bemerkte nicht, wie seine Frau aus der Schublade unter der Kasse eine Pistole herausholte und einsteckte. Er fragte sich auch nicht, warum sie rasch über die Auffahrt zum Lokal davoneilte.

Für Glanz war eine Welt zusammengebrochen. Er hatte seinen Hund auf eine Anhöhe getragen. Von dort oben hatte man so einen wunderbaren Blick auf Kapstadt und den Tafelberg. Dort sollte Billy liegen. Ein Gärtner hob das Grab aus. Schon um diese frühe Morgenstunde war es drückend heiß, und dem Gärtner rann der Schweiß von der Stirn. Neben dem frischen Grabhügel kniend redete Glanz leise Abschiedsworte für seinen Billy.

Andy entdeckte ihn dort oben. Er hatte eine schlaflose Nacht verbracht. Er wusste nicht, ob er sich richtig verhalten hatte, als er den Freund verriet. Er hatte Probleme gehabt, in die Farm zurückzukehren und dort zu übernachten, aber er konnte sich kein Hotel und keine Pension mehr leisten. Andererseits hatte er den Gastgeber ans Messer geliefert. Er überlegte, wie er sich verhalten sollte. Er steckte die Pistole, die ihm Glanz gegeben hatte, in seinen Hosenbund und stieg die Anhöhe hinauf. Er wollte Glanz warnen. Er wollte ihn bitten, ihm wenigstens das zurückzugeben, was er bei ihm eingezahlt hatte, und ihn dann laufenlassen. Glanz sollte fliehen. Er hatte viel Geld. Damit konnte er sich überall in Afrika sicheres Asyl erkaufen.

Glanz drehte sich nicht einmal zu Andy um, als der auf ihn zutrat.

»Mein Billy! Hast du das mitbekommen?« Glanz versuchte, die Tränen zurückzuhalten. »Ich habe ihn aus dem Tierheim geholt. Er hat mich geliebt, ob ich nun Geld hatte oder nicht.«

Er hatte feine, aber tiefe Ringe unter den Augen, und seine Haut war so fahl, dass die Lippen wie frisch geschminkt wirkten.

»Die Polizei hat in dem Koffer Fälschungen gefunden, Dieter. Es ist aus«, sagte Andy ruhig. – Glanz fuhr herum.

»Was willst du mir erzählen? Dass die Bullen mich verhaften wollen? Der Koffer gehört mir nicht. Die haben keinerlei Beweise. Vermutungen vielleicht, aber nichts Konkretes.«

Andy schüttelte den Kopf. »Ist mir inzwischen egal, ob sie dich drankriegen oder nicht. Ich …«

Glanz unterbrach ihn. »Bist du jetzt der Anwalt der Anständigen? Ausgerechnet du?« Seine Stimme klang schneidend.

Andy wehrte sich. »Du hast mich nicht nur total ruiniert, du hast mir auch das Herz gebrochen, aber …«

»Jetzt komm mir nicht auf die Tour.« Wütend ging Glanz auf ihn zu und hob drohend die Schaufel. »Du hast Geld angelegt. Spekulativ. Du wolltest mit diesem Geld viel Geld verdienen. Vielleicht zu viel!«, herrschte er ihn an.

Andy wich erschrocken zurück.

»Ich dachte, wir wären Freunde?«

»Freunde«, wiederholte Glanz höhnisch. »Und dann trittst du mir mit Anlauf in den Arsch? Bestiehlst mich? Verrätst mich, du Judas! Wackelt der Schwanz jetzt mit dem Hund? Mich willst du jetzt für deine Blindheit bestrafen? Deine Sünden willst du bei mir abladen?« Er wandte sich wieder dem Grab zu. In Andy kochte die Wut hoch.

»Halt doch wenigstens einmal ein Versprechen, Dieter. Du …«

Glanz ließ sich nicht beirren. »Nennst du das Freunde, die 1300 Prozent Gewinn von mir erwarten? Verhalten sich so Freunde? Ich war erfolgreich, und ihr habt mir's hinten und vorn reingeschoben. Immer mehr. Es war so einfach.«

Er schüttelte fast bedauernd den Kopf.

Unten öffnete sich das Tor, und einige Polizeifahrzeuge passierten die Einfahrtsschleuse. Niemand von den Wachleuten beachtete Barbara Ewert, die seltsam geduckt an ihnen vorbeilief. Auf der Terrasse hatten Eva Wendler, Tommy und Heiner zum Frühstück Platz genommen. In der Ferne, oben auf dem Hügel, sahen sie Glanz und Andy miteinander sprechen.

»Wo hast du das Geld, das wir dir gegeben haben? Wo hast du's versteckt?«, fragte Andy scharf. Glanz winkte müde ab:

»Ihr solltet besser auf mich aufpassen, weil ihr dann gleichzeitig auf euer Geld aufpasst. Was ihr mir antut, tut ihr auch euch selbst an.« Es klang kein bisschen ironisch.

»Gib mir wenigstens das zurück, was ich von meinen Eltern geborgt habe.« Andy zog den Revolver. »Wenigstens das, Dieter.«

»Du willst unbedingt zu diesen reichen, bornierten Arschlöchern gehören, was? Dafür tust du alles, ha?«

Glanz ging provozierend auf Andy zu.

»Gib es mir zurück! Wo hast du's versteckt? Raus mit der Sprache«, brüllte ihn Andy an.

»Nur wenn du's aussprichst! Sag: Ich will unbedingt eins von diesen reichen, bornierten Arschlöchern sein.« Andy musste vor Glanz zurückweichen, der Schritt für Schritt auf ihn zukam. Er hielt immer noch den Revolver auf ihn gerichtet. Glanz schlug zu und verpasste ihm eine Ohrfeige.

»Das sag ich nicht.« Andy schüttelte eigensinnig den Kopf. »Eins von diesen reichen, bornierten Arschlöchern!«, wiederholte Glanz. »Dann sag ich dir, wo das Geld ist. Oder schieß meinetwegen! Eins von diesen reichen ...«. Er versetzte Andy eine weitere schallende Ohrfeige.

Andy ließ die Waffe sinken. »Eins von diesen reichen ...«

»Im ganzen Satz«, forderte Glanz und schlug erneut zu.

»Ich will unbedingt eins von diesen reichen ...«, stotterte Andy.

Glanz schlug ein letztes Mal zu. Plötzlich zerriß ein Schuß die Stille, und Glanz schaute verdutzt an sich herunter. Auf seinem Hemd vergrößerte sich rasch ein Blutfleck. Revolverschüsse peitschten durch die Luft. Draußen auf der Straße donnerte ein Lastwagen mit grölenden Einheimischen vorüber. Aufmerksam beobachteten die Wachen die provozierende Horde und überhörten wegen der Fehlzündungen des Lkws die Schüsse auf dem Gelände. Aber unten am Haus wurden die Polizisten auf die Schüsse aufmerksam. Sie suchten nach Dieter Glanz und entdeckten, wie Barbara Ewert auf dem Hügel um sich schoss. Mit gezogenen Pistolen liefen sie ihr hinterher. Andy duckte sich unter den Schüssen, packte Glanz und zerrte ihn hinter ein Gestell mit Gartengeräten, das scheppernd umstürzte. Barbara Ewert verschoss unter Tränen und mit völlig verzerrten Gesichtszügen weiter eine Patrone nach der anderen. Verzweifelt wehrte sie sich gegen ihr Schicksal und versuchte, Dieter Glanz aus ihrem Leben zu beseitigten. Laut schreiend und schießend rannte sie auf die beiden Männer zu. Endlich wurden auch die Wachen aufmerksam und stürmten heran. Glanz versuchte sich auf einen Traktor zu stützen und rutschte plötzlich von der Kühlerhaube auf die Wiese. Andy beugte sich über ihn und begann zu schluchzen. Mit ein paar Handgriffen überwältigten die Polizisten Barbara und entwaffneten sie. Glanz lag hingestreckt im Gras. Sein Gesicht war schneeweiß und schweißbedeckt. Andy kamen die Sekunden, in denen er auf ihn herabschaute, wie Ewigkeiten vor. Niemand wusste, ob Glanz noch lebte oder nicht.

An der Auffahrt vor dem Gericht drängten sich die Journalisten vor dem Polizeiauto, aus dem Barbara Ewert in Handschellen ausstieg, begleitet von zwei Polizistinnen, um dem Haftrichter vorgeführt zu werden. Paul Ewert konnte nur hoffen, dass Glanz überlebte. Im besten Fall erwarteten den Schlagerstar einige Jahre Gefängnis. Ihr Mann wusste zu genau, dass Barbara diese Jahre nicht ohne schwerste seelische Schäden überstehen würde. Wenn Glanz starb, würde sie das Zuchthaus vermutlich nicht mehr verlassen.

Andy Schroth beobachtete, wie die verzweifelte Frau im Gerichtsgebäude verschwand. Er suchte Staatsanwalt Dr. Sasse, wollte aus erster Hand wissen, wie es Glanz ging und was Staatsanwalt Trudeaux angeordnet hatte. Zwischendurch rief er Heiner an, um ihn über die Neuigkeiten zu unterrichten.

»Ist er tot? Im Radio hieß es …«, fragte Heiner aufgeregt. Er stand am Strand und schaute zu Hajo, der blass auf einer Bank vor der geschlossenen Strandbude saß und aufs Meer hinausstarrte.

»Er lebt. Die Kugeln haben ihn nur gestreift«, berichtete Andy erleichtert. »Er ist schon wieder aus dem Krankenhaus raus und gleich ins Gefängnis überführt worden.«

Isa rannte über den Strand auf ihren Mann zu.

»Was ist passiert?«, fragte sie ungläubig.

Aber Hajo antwortete nicht. Erleichtert stand er auf und ging ein paar Schritte zum Wasser. Er verachtete die Schreihälse, die jetzt über Glanz herfielen. Dieter Glanz war und blieb sein Freund. Gut möglich, dass sie ihn jetzt aus dem Verkehr ziehen würden. Da er wieder etwas Kapital flüssig hatte, wollte er dem Mann aber auf jeden Fall zur Seite stehen. Er hatte außer Glanz keine Freunde. Gleichgültig sah er, wie Uschi und Alfi Baumer sich fest und innig umschlungen hielten. Sie hatten sich wohl doch noch wiedergefunden. Isa blickte demonstrativ aufs Meer und ignorierte die beiden. Für sie verlor dieses Leben an Charme und Esprit, hier fehlte der Glamour der früheren Tage. Fast wurde Hajo in ihren Augen schon wieder anziehend. Etwas Besseres konnte sie weit und breit nicht ausmachen. Isa seufzte.

Mit neu erwachter Hoffnung verkündete Heiner. »Ein paar Nächte im Knast, und der rückt endlich mit unserem Geld raus, verlasst euch darauf!«

Aber niemand reagierte auf seine ermunternden Worte. Niemand schien im Augenblick an dem Geld interessiert. Der General, hager, ganz klapprig geworden, fast durchsichtig, stapfte durch den weißen Sand hinter Hajo her. Wortlos und düster starrten die beiden Männer auf das silbrig glitzernde Meer hinaus, dessen immer wieder heranrollende Wellen etwas zu erzählen schienen, vom großen, geheimnisvollen Zusammenhang zwischen Natur und Leben und Tod.

# Kapitel 15

In der düsteren Festung Polsmoore Prison, mit ihren dunklen Mauern aus Klinkerstein, den endlosen lärmenden Fluren, musste Glanz die Aufnahmeprozedur über sich ergehen lassen. Mit einem Verband an Hals und Brust wurde er für die Kartei fotografiert. Spätestens als er die Fingerabdrücke abgenommen bekam, wurde ihm bewusst, dass die große Dieter-Glanz-Show beendet war. Er musste Gürtel und Schnürsenkel abliefern. Jetzt hieß es, den Schaden zu begrenzen. Was jemals als Bargeld durch seine Hände geflossen war, würde nirgendwo mehr auftauchen, dafür hatte er gesorgt. Er war nun vollkommen abhängig von seinen Anwälten und Advokaten. Da er sich im Konkursverfahren befand, sorgten seine Wohltäter und Anleger für deren Bezahlung, die immer pünktlich erfolgen musste. Pro Woche flossen bis zu 100 000 Rand in die Taschen der Juristen. Und das seit Jahren, in denen er mit allen verfassungsrechtlichen Finten und Tricks sein Bleiberecht in Südafrika durchsetzen ließ. Im Knast erwartete ihn eine andere Welt, aber auch hier brauchte man Geld, um zu überleben. Wollte er unangetastet bleiben, musste er sofort einen persönlichen Schutz organisieren.

Glanz wurde durch die Gänge zu seiner Zelle geführt. Als der Schließer die schwere Eisentür öffnete, sah er in einen riesigen Raum, überfüllt mit zahlreichen farbigen Gefangenen, die ihn mit blutunterlaufenen Augen taxierten. In der Mitte des Raumes, in dem es bestialisch stank, war statt einer Toilette eine Vertiefung im Boden ausgehoben. Glanz wusste nicht, wo er Platz nehmen sollte und blieb, ängstlich an die Wand gedrückt, stehen. Ein riesenhafter Schwarzer schwankte böse grinsend auf ihn zu. Er konnte den schlechten Atem des Mannes riechen. Von draußen drangen Schreie aus anderen Zellen herüber. Jemand schrie, als fürchte er um sein Leben. Eilige Schritte. Wärter rannten draußen vorbei. Glanz versuchte, einen von ihnen aufzuhalten, aber sie beachteten ihn nicht. Er musste eine Gelegenheit finden, die Kerle zu schmieren. Wenn er hier überleben wollte – in der Hölle von Poolsmore Prison – brauchte er noch dringender Geld als draußen. Der grinsende Schwarze hatte ihn erreicht. Starke Arme umfingen ihn, pressten ihn gegen die Wand. Die schmatzenden Lippen des Schwarzen kamen immer näher. Versuchte der Kerl etwa, ihn zu küssen? Wollte er ihn vergewaltigen? Glanz schrie. Er schrie im Chor mit jenem anderen Mann in einer der benachbarten Zellen. Auch er geriet in Todesangst. Er schrie, aber niemand schien ihn zu hören. Eine riesige schwarze Pranke versuchte, ihn am Schreien zu hindern. Glanz flehte jetzt nicht mehr um Hilfe; er bot nur noch Summen dem, der ihn von seinem Peiniger befreite. Und plötzlich ließ der von ihm ab. Zwei andere Schwarze traten auf Glanz zu, wollten wissen, wann er den angebotenen Betrag zahle und boten ihm höflich eine der wenigen verschmutzten Liegen in der Zelle an. Für heute war er noch einmal davongekommen. Er fror in der Zelle. Er hoffte, Gloria würde ihn besuchen und ihm etwas Warmes zum Anziehen mitbringen. Vielleicht auch ein paar saubere Decken. Aber tief in seinem Innern wusste er, dass Gloria nicht kommen würde.

Die Steinterrasse, der Garten mit der Farbenpracht blühender Blumen, die sich im sanften Wind wiegenden Palmen, die ungepflegte Wasserfläche des Pools, alles wirkte in der Ruhe der Mittagsstimmung verlassen und ausgestorben. Die Fenster zum Büro der Farm standen offen, und die Gardinen wehten ab und an nach draußen.

Gloria saß im Büro am Schreibtisch ihres Mannes und blätterte in seinen Unterlagen. Sie trug ein elegantes apricotsilbernes Wickelkleid mit einer Blume an der Taille und konferierte ruhig und gefasst mit den Anwälten.

»Wollen Sie Ihren Mann nicht mal besuchen?«

Gloria ignorierte die Frage des Anwalts Luck und deutete auf die Kapstadter Zeitung mit einem großen Foto von Premier Morel auf der Titelseite.

»Können wir es so darstellen, dass der Premier Schmiergelder von uns kassiert hat?«

Erschrocken antwortete Luck: »Es waren Spenden für seine Partei.«

»Er hat Geld von uns angenommen, obwohl er von dem Konkursverfahren gegen meinen Mann wusste und nichts hätte annehmen dürfen. Für die Opposition doch ein gefundenes Fressen? Also, wenn wir helfen, den Skandal aufzudecken, helfen die vielleicht uns?«

Luck übersetzte Glorias Vorschlag für die Kapstadter Kollegen neben ihm. Die blickten Gloria erschrocken an. Offenbar scheute die vor keinem Verrat, keiner Indiskretion zurück.

Dieter Glanz starrte nun jeden Tag auf den Stacheldraht an den hohen Mauern, hatte seine Anzüge gegen den orangenen Overall getauscht, beobachtete deprimiert die schwer bewaffneten Beamten in den Wachtürmen und hielt sich beim Hofgang, soweit das möglich war, von den anderen Gefangenen fern. Seine Anwälte sorgten für den nötigen Bargeldtransfer, so dass er sofort das Schutzgeldangebot von Red Dog, einem Lebenslangen, annehmen konnte. Red Dog leitete das Fitnessteam im Kraftsport und konnte mehrere Morde auf seinem Konto verbuchen. Eins wurde Glanz schnell klar. Er würde auch hier drin immer mehr Geld benötigen. Den Titel Mr Billionaire verfluchte er schnell. Für hundert Dollar extra konnte er unbehelligt duschen. Jetzt wollte jeder Geld von ihm, nur fehlten die Investoren, die es ihm nachschmissen. Nur auf Hajo konnte er sich verlassen, der sorgte für Nachschub und besuchte ihn regelmäßig.

Auf dem Gang durch die düsteren Klinkerbauten zum Besucherraum versuchte sich Glanz alle wichtigen Posten noch einmal in Erinnerung zu rufen. Er durfte keinen Fehler machen. Kein Mensch wusste, was ihm noch widerfahren konnte. Er betrat den Besucherraum. An einem Tisch weiter hinten sprach eine schwarze Frau leise mit ihrem inhaftierten Mann. Dr. Engels saß einsam an einem der vorderen Tische.

»Kaution wird nicht gewährt. Man will Sie weichkochen! Sie sollen Ihrer Auslieferung zustimmen. Die Bundesrepublik übt mächtig Druck aus wegen Ihrer Steuerschulden.«

Dieter Glanz schaute ihn ganz ruhig an, bevor er die Bombe platzen ließ. »Es gibt keine Steuerschulden, weil es nie ein Investment gegeben hat.«

Da verschlug es auch dem Anwalt die Sprache.

Am nächsten Morgen wirkte die Farm wie ausgestorben. Die Wachtürme waren unbesetzt und die Tore im Zaun geöffnet, als sei alles zur Plünderung frei gegeben. Doch niemand ließ sich blicken. Gloria hatte dem Wachdienst kündigen müssen. Sie wollte die Farm verkaufen und etwas Neues suchen. Auf ihre Fragen nach den Geldreserven, die sie auf die Cayman Islands, Guernsey und in die Schweiz transferiert hatten, gaben sich Dr. Engels und Oelig verschlossen. Beide wussten um das hohe Risiko, das Dieter Glanz fuhr, wenn er zugeben würde, dass es das Investment nie gegeben hatte. Wenn einer der Anleger auf die Idee kommen würde, sich zu rächen und für diesen Zweck einen Killer anzuheuern, hätte auch Gloria nicht mehr viel Trümpfe in der Hand gehabt. Gloria schaute die beiden misstrauisch an. Sie musste sich etwas einfallen lassen.

Die erschöpften Freunde hockten verloren auf Bergen von Gepäckstücken und warteten auf ihre Taxis. Sie sahen mitgenommen aus, wie nach einem überstandenen Erdbeben. Nadja verabschiedete sich schluchzend von den beiden Glanz-Kindern. Gloria benötigte keine Sekretärin mehr. Nadja hoffte auf einen Neuanfang in Deutschland. Sie verzichtete sogar darauf, von Gloria ein Zeugnis zu verlangen. Dieter Glanz hatte seinen guten Ruf verloren, jetzt sahen die meisten in ihm allenfalls einen einfallsreichen Betrüger. Wer wollte schon jemanden anstellen, der für einen solchen Mann gearbeitet hatte? Sogar bei seinen deutschen Anhängern, die bis zum Schluss an ihn geglaubt hatten, herrschte nun blanke Empörung, überwogen die Zweifel. Nadja musste es nun ohne Beziehungen versuchen, denn auch Grünlich wollte am liebsten gar nichts mehr mit seiner jüngsten Vergangenheit zu tun haben. Nach seiner Verhaftung wegen Beihilfe zu einer Straftat schwieg er zu allen Vorwürfen und wollte nur noch über seinen Anwalt kommunizieren. Wie man hörte, hatte sich seine Frau von ihm getrennt.

Isa blickte sich wehmütig um. »Irgendwie wird er einem auch fehlen. Es waren doch schöne Jahre hier. Er konnte so charmant sein, so unterhaltsam.«

»Ich wünsche ihm den Tod«, sagte Eva Wendler mit Nachdruck. »Vielleicht ist der Tod ja ganz angenehm«, murmelte Andy.

Die anderen musterten ihn erschrocken.

»Ihn zusammenschlagen, damit ist es auch nicht getan. Dann kommt er ins Krankenhaus und ist nach vier Wochen wieder draußen«, versuchte sich Tommy seiner Eva anzuschließen.

Die aber meinte nur: »Hände und Füße müsste man ihm abhacken. Ich meine das total ernst. Das wäre was mit nachhaltiger Wirkung.«

Heiner schüttelte energisch den Kopf. Nein! Er hatte sich nicht geirrt. In Geschäftsdingen machte ihm niemand ein X für ein U vor. Er hatte seine Nase. Auf die konnte er sich verlassen. Und auf seinen untrüglichen sechsten Sinn. Nein. Er war nicht bereit, den Glauben an die eigene Unfehlbarkeit aufzugeben. Was blieb ihm dann überhaupt noch?

»Natürlich existiert das Investment«, murmelte er. »Es existiert. Davon bin ich felsenfest überzeugt. Nie im Leben hat der sich das alles ausgedacht. Dann wäre er ja ein Genie. Er will die ganze Kohle bloß für sich behalten. Aber ich bleib ihm auf den Fersen. Verlasst euch drauf. Mich wird er nie los.« Die anderen blickten ihn mit neuer Zuversicht an.

Auf dem Parkplatz wurde das Gepäck von den Fahrern in ihre Taxen verladen. Personal, das behilflich sein konnte, gab es nicht mehr. Isa und Eva Wendler tauschten Adressen aus. Man wollte in Verbindung bleiben. Alfi beschwerte sich noch: »Es ist, als ob einem ein dreckiger Waschlappen, vollgesogen mit stinkender Brühe, um die Ohren gehauen wird.« Hajo klopfte ihm tröstend auf die Schulter.

Im Hintergrund lehnte sich Gloria in den Rahmen der Bürotür und beobachtete die anderen. Niemand der Abreisenden schien sie zu bemerken.

Hajo stand etwas unschlüssig vor den Wagen. Es war ihm nicht entgangen, dass Isa ihn gestern höflich behandelt und umgarnt hatte und sogar von gemeinsamen Urlaubsplänen sprach. Er sah ihr fest in die Augen, als sie in das Auto einsteigen wollte, und sagte ruhig: »Ich bleibe hier. Sie braucht mich jetzt.« Dann ging er festen Schrittes zu Gloria hinüber.

Sprachlos starrte Isa ihm nach. Dass ihr Mann sie soeben völlig unvorbereitet verlassen hatte, zog ihr den Boden unter den Füßen weg. Eva Wendler fasste tröstend ihre Hand und sagte leise zu ihr: »Hajo ist reich, und Gloria geht mit dem Geld. Das ist menschlich.«

Gloria stöckelte elegant gekleidet über den Flur des Kapstadter Gerichtsgebäudes. Männer in Talaren eilten an ihr vorüber und drehten sich interessiert um, was sie mit gleichgültiger Selbstverständlichkeit registrierte. Im Saal setzte sie sich dem südafrikanischen Staatsanwalt und seinem deutschen Kollegen Sasse gegenüber.

»Um die Geschäfte meines Mannes habe ich mich nie gekümmert. Ich bin sowieso in Geschäftsdingen total unerfahren. Ich habe ihn bewundert und ihm vertraut«, gab Gloria zu Protokoll.

»Sie wollen uns erzählen, dass Sie von nichts gewusst haben?«, fragte Dr. Sasse nach.

»So ist es!«, bekräftigte Gloria.

Eine Sekretärin übersetzte für den südafrikanischen Staatsanwalt leise auf Englisch. Der erwiderte etwas, und Sasse übersetzte es seinerseits. »Das wird Ihnen kein Gericht der Welt abnehmen.«

Gloria fixierte den südafrikanischen Staatsanwalt.

»Können Sie nur bellen? Oder beißen Sie auch?« Sasse beugte sich zu ihr vor: »Ihr Mann soll endlich seiner Auslieferung nach Deutschland zustimmen. Wenn Sie uns helfen, helfen wir Ihnen. Tun Sie's für Ihre Kinder«, sagte er leise.

Gloria antwortete nicht, aber sie hatte sein Angebot verstanden. Sie würde Glanz im Gefängnis endlich aufsuchen und ihn überreden, nach Deutschland zurückzukehren. Sie würde ihm versprechen, ihm bald zu folgen. Dass sie inzwischen von Hajo Novak unterstützt und finanziert wurde, brauchte er nicht zu wissen. Jetzt noch nicht.

In dem kopfsteingepflasterten schattigen Hof mit den hohen Mauern ringsum war es noch kühl, als ein vergitterter Polizeiwagen vorfuhr. Glanz wurde durch ein schwarzes Eisentor geführt. Er blinzelte in die ersten Sonnenstrahlen, die in den Hof drangen. Auf den Dächern ringsum und an den Straßenrändern warteten Fotografen und Fernsehteams.

Glanz lächelte geschmeichelt: »Na, seht mal! Dieter Glanz ist immer noch 'ne Riesennummer!«

Als er in den Polizeiwagen stieg, entdeckte er an einem Zeitungskiosk die großen Schlagzeilen der aktuellen Tageszeitung, die über den Rücktritt des Ministers Derek

Morel berichteten. Glanz lächelte bitter. Seinen Freunden brachte er offenbar kein Glück. Das Fahrzeug setzte sich in Bewegung. Glanz lehnte sich zurück und schloss die Augen. Südafrika war ihm in kurzer Zeit eine zweite Heimat geworden. Nicht nur seine Farm, auch das Land. Sogar an das Klima hatte er sich gewöhnt. Der Blick auf den mächtigen Tafelberg hatte ihn täglich zu Großem inspiriert, den roten Sand der Kalahari hatte er bewundert, die schroffen Drakensberge und ihre schmalen Täler überflogen, und im Krüger-Nationalpark bei den starken Kreaturen der Wildnis war es ihm bei jedem Besuch vorgekommen, als hätten sie ihm neue unbändige Kräfte eingeflößt. Die machtvolle und Respekt gebietende Autarkie dieser Tiere, dieser Könige und Beherrscher der Wildnis, deren Instinkt und Sensibilität – das alles hatte ihm imponiert. Nun saß er gefangen wie ein verwundetes Tier in einem Wagen mit vergitterten Fenstern und wurde abtransportiert. Er musste dieses Land wieder verlassen. Er war in Ungnade gefallen.

Am Flughafen übergaben die südafrikanischen Polizisten Dieter Glanz ihren deutschen Kollegen. Die legten ihm Handschellen an und führten ihn zum Flugzeug. Seine Verteidiger hatten ganze Arbeit geleistet. Dr. Engels stets gut bezahlt zu haben, erwies sich im Nachhinein für Glanz als ein Segen.

Glanz erinnerte sich während des Fluges daran, dass Engels bei seinem letzten Besuch erklärt hatte, wie wichtig es war, dass die deutschen Behörden sich an den Spezialitätengrundsatz als Teil völkerrechtlicher Abkommen zwischen Deutschland und Südafrika halten mussten. Dieser besagte, dass der ausliefernde Staat bestimmen konnte, in welchem Umfang die ausgelieferte Person rechtlich belangt werden durfte. Was im Fall Glanz lediglich drei Delikte von über zweihundert möglichen waren.

Glanz dachte im Flugzeug einige Male an diese letzte Begegnung. Dr. Engels erzählte ihm, wie er die Pressearbeit für Deutschland organisiert hatte. Oelig verbreitete bereits die tollsten Geschichten, säte Gerüchte, und ein Pressebüro erhielt unter einem ausgeklügelten Deckmantel exklusive Informationen über Dieter Glanz. Es wurde die Legende vom armen Helden vorbereitet, der die Reichen um ihr Geld erleichterte. Ein ansehnliches Sümmchen setzte Oelig für die begleitende Schaltung von Anzeigen für seriöse Anlageinvestitionen eines Schweizer Unternehmens ein. Er knüpfte Kontakte zu Redaktionen, Verlegern und einflussreichen Meinungsbildnern. Einige exklusive Partys erhielten neuen Gesprächsstoff, als Lobbyisten der Zigarettenindustrie, die diese Feierlichkeiten sponsorten, von Oelig ersponnene Zahlenwerke und Geschichten verbreiteten. Mit der feinen Nase dafür, welche Promis in und welche out waren, lachte die High Society schon mal über die Verlierer aus den eigenen Reihen. Man gönnte sich gern ein paar Verluste, den meisten tat es ja nicht weh. So entstand langsam eine vollkommen neue Meinung. Und die ersten Berichte und kleinen Artikel zeigten, dass die Urteile mehr bewundernd als vernichtend ausfielen. Die Legende des Verlierers Glanz bekam ihre ersten Glitzersternchen. Bis zum Gerichtsverfahren sollten Glamour und Mitleid die Öffentlichkeit bestimmen und den Richter in Zweifel an der Schuld des Dieter Glanz halten. Glanz lehnte sich zurück, die Motoren brummten, er schaute auf den Ozean. Er erinnerte sich daran, wie er und Dr. Engels sich zum Schluss im Besucherraum angelächelt hatten, als bestätigten sich zwei Gauner ihrer gegenseitigen Hochachtung.

## Kapitel 16

In der Untersuchungshaft in Deutschland benötigte Glanz noch mehr Geld als in Südafrika, um einflussreiche Mithäftlinge für seinen Schutz zu bezahlen. Natürlich fiel ein Teil der deutschen Presse über ihn her, aber sie sorgte auch für die richtige Publicity, um noch einmal eine bühnenreife Sondervorstellung geben zu können, auf die sich Glanz ganz besonders vorbereitete.

Vor dem deutschen Richter und einem vollbesetzten Saal in Hamburg stand er das letzte Mal auf einer großen öffentlichen Bühne.

»Haben Sie die Menschen, die auf Sie reingefallen sind, verachtet?«, fragte der Richter.

»Nein. Wieso? Ein Schauspieler verachtet ja auch nicht sein Publikum, wenn er es durch seine Darstellung dazu bringt, dass es weint«, antwortete Glanz.

Im Saal brach Gelächter aus. Glanz trug einen dunklen Anzug und Krawatte, ganz der seriöse Geschäftsmann, den einst die Banker umgarnten. Verstört musterte Andy die amüsierten Mienen der Zuhörer ringsum. Gläubig wie früher die Anleger lauschten sie den Worten von Glanz.

»Also waren Sie so eine Art Robin Hood, Herr Glanz. Sie haben das Geld von den Reichen genommen ...«, versuchte der Richter zu erklären.

»... und den Armen gegeben. Und der Arme war ich. Korrekt, Herr Vorsitzender!«

Nun schien der gesamte Saal auf Glanz' Seite. Die Leute amüsierten sich und lachten so lange, bis der Richter zur Ruhe aufrief. Glanz drehte sich zufrieden um und entdeckte plötzlich Andy. Erschrocken senkte er den Blick.

Über dem Gerichtsgebäude zogen graue Winterwolken vorüber. Schmuddelwetter. Journalisten und Fotografen drängten sich vor dem Eingang. Eine Journalistin gab ihrem Kameramann ein Zeichen, als sie in der Menge plötzlich Dr. Teubner entdeckte.

»Herr Dr. Teubner, Sie sind Vorstandsvorsitzender der Hanseatischen Landesbank. Trifft es zu, dass Sie ebenfalls bei Dieter Glanz investiert haben?«

»Trifft nicht zu, nein«, antwortete er näselnd und nicht eine Spur weniger arrogant als in früheren Tagen. Der Kameramann lief rückwärts um Dr. Teubner von vorn zu bekommen.

»Aber Ihre Frau? Ihre Frau hat doch bei Dieter Glanz angelegt. Herr Dr. Teubner, bestand da nicht die Gefahr von Interessenkollision? Sie geben Glanz Kredite und gleichzeitig ..., wollen Sie uns nicht antworten, Herr Dr. Teubner? Herr Dr. Teubner?«

Dr. Teubner eilte fluchtartig in das Gericht. Er hoffte noch rechtzeitig seinen Flieger nach New York zu erreichen. Seine Karriere nahm eine vollkommen andere Wendung. Nachdem er im Jahr 2005 durch einen gewieften Schachzug zum Bankchef der Landesbank aufgestiegen war, Glanz förderte und bei ihm verschwiegen investierte, überzeugte er seine Vorstände und die führenden Landespolitiker davon, als Bank den Börsengang anzustreben. Die Landesbank sollte sich zu einem Global Player entwickeln und im großen Stil in den USA finanzieren. In New York legte man sich einen Apartmentkomplex in teuerster Lage zu, samt Fitnesscenter, Wellnessgärten und einer Penthouse-Lounge. An die drei Millionen Provisionsvorschuss, die er an diesem Ort Dieter Glanz für Immobilienverkäufe an Kunden aus Dubai übergeben hatte und um die sich eine Glanz-Firma diskret kümmern sollte, erinnerte sich Dr. Teubner dabei nur ungern. Heute hielt er es sogar für einen kleinen Fehler, dass er sich einiger Weisheiten des Dieter Glanz bediente, als er die Landesbank vor namhaften Bankern als einen der größten Hypothekenfinanzierer der Welt bezeichnete. Unter Dr. Teubner kaufte die Landesbank rund um den Globus ein und dünnte ihre eigene Kapitaldecke systematisch aus. Immobilien, Schiffsbeteiligungen und jede Menge hochkomplexe Wertpapiere, die nur noch Kürzel trugen wie NNFY, versprachen großen Erfolg. Schon ein Jahr später durfte die Bank sich der weltgrößte Schiffsfinanzierer nennen. Dann liefen Dr. Teubner zwei der wichtigsten Vorstände im Wertpapierbereich davon, die risikobehaftete Papiere im Wert von dreißig Milliarden verwalteten. Kurz danach geriet er mit dem Rest der Welt beim Zusammenbruch der Lehman-Brothers-Bank in die schwerste Finanzkrise der Weltwirtschaft. Nachdem er Risikobremsen wie ein elektronisches Kontrollsystem und einen elektronischen Verbund der Rechner aller ausländischen Bankfilialen mit Hamburg verhindert hatte, musste er sich einige Vorwürfe der Bankenaufsicht anhören. Als sich ein Verlust von fast drei Milliarden im Jahr 2008 angesammelt hatte, nahm Dr. Teubner ein Angebot nach New York an, wo fünfzehn Ex-Spekulanten der Lehman-Brothers-Bank einen neuen Fonds gründeten. Dr. Teubner sollte dort künftig Pleitewerften und Schiffsbeteiligungen im großen Stil aufkaufen. In zwei Jahren sollten die Weltmeere in der Hand des Drake & Dolphin Fonds sein. Und wie Dr. Teubner dem Gerichtspräsidenten im Vertrauen mitteilte, sei die Finanzierung innerhalb weniger Tage gesichert gewesen. Teubner sollte in eine der 583 Luxuswohnungen ziehen, die er selbst mitfinanziert hatte und von denen 518 leer standen. Seine Bezüge wurden verdoppelt, Ausdruck einer freiwilligen Zurückhaltung, die sich die Banker auferlegten. Nur seine Investition bei Glanz verlor er komplett, dem Finanzamt Hamburg lag allerdings ein Eigenbeleg über diese außergewöhnliche Aufwendung vor.

Das Interesse der Journalisten und Kamerateams galt im Prozess um Dieter Glanz jetzt den Anlegern, die als Zeugen geladen waren. Betroffen beobachtete Andy, wie sie bei ihrem Gang durch die Menge mit hämischen Kommentaren bedacht und regelrecht ausgelacht wurden. Die Journalisten bedrängten besonders Alfi mit ihren Fragen. »Was wäre, wenn der Kauf der Hochhäuser in Kapstadt zustande gekommen wäre? Die sind inzwischen enorm an Wert gestiegen, also doch Faktor 13? Oder?«

Schallendes Gelächter prasselte auf die Baumers nieder. Alfi hakte seine Frau unter und antwortete nicht.

Andy Schroth öffnete die Tür zum Gerichtssaal, wo die Vernehmung von Grünlich stattfand.

»Hat Herr Glanz Sie genötigt, Geld bei ihm anzulegen?«, fragte Dr. Sasse.

»Nein«, gab Grünlich zu.

»Sie haben Ihre Entscheidungen frei und selbstständig getroffen?«

»Renommierte Wirtschaftsprüfer hatten Glanz ein Vermögen von mehreren Milliarden bescheinigt«, beklagte sich Grünlich.

»Sie sind ein erfahrener Kaufmann, Herr Grünlich?«, fragte Dr. Engels, der Verteidiger von Dieter Glanz.

»Ich denke schon.«

»Sie haben geglaubt, dass Herr Glanz nach Öl gesucht und tote Fische gefunden hat?«, hakte Dr. Engels nach.

»Es klang plausibel«, meinte Grünlich.

Wieder brach Gelächter aus. Die Journalisten notierten jedes Wort der Aussage, die am nächsten Tag viel Stoff für Berichte und wohl auch einige Glossen versprach.

»Und dass er an der Börse in Skandinavien riesige Gewinne gemacht hatte?«

»Die Dokumente, die er mir gezeigt hat, konnte er doch nicht einfach aus der Westentasche gezaubert haben.«

»Ich will Ihnen nicht zu nahetreten, Herr Grünlich, aber es gibt zwar den Begriff ›Skandinavien‹, aber kein Land, das so heißt. Also gibt es auch keine skandinavische Börse. Das ist Ihnen in all den Jahren nie aufgefallen?«

»Tut mir leid«, sagte Grünlich.

»Ja, das sollte Ihnen wirklich leidtun«, trat Dr. Engels nach.

Die Zuhörer lachten erneut, außer Vera Grünlich, die mit versteinerter Miene unter ihnen saß.

»Moment mal! Moment«, fügte Grünlich nun hinzu. »Dem Finanzamt ist das doch auch nicht aufgefallen. Oder hat das etwa nach der Selbstanzeige von Dieter Glanz, er habe in Skandinavien 600 Millionen verdient und noch nicht versteuert – hat es da etwa nachgefasst, Unterlagen geprüft oder selbst mal gefragt, um welches skandinavische Land es sich überhaupt handele? Nichts davon! Hat nur gleich eine exorbitante Nachzahlung gefordert. Blind vor Gier! Genau wie wir! Mich hat dieser Steuerbescheid in der Vermutung bestärkt, dass Glanz wirklich über ein riesiges Vermögen verfügt. Wenn schon auf das Finanzamt kein Verlass mehr ist ...« Grünlich hatte sich in Rage geredet und erntete nun seinerseits beifälliges Gelächter.

»Vielleicht verdiene ich's ja, jetzt wie der Hampelmann der Nation dazustehen. Wir alle, die wir auf Glanz reingefallen sind. Aber wer hat uns denn unseren Verstand zugequatscht? Lauter Juchhe-Wirtschaftsprüfer, -Steuerberater, -Rechtsanwälte und dieses ganze Gesocks, das dauernd um Glanz herumwuselte, gegen hohe Honorare natürlich, und das jetzt wieder um ihn herumhockt. Bloß leider nicht auf der Anklagebank.«

Dr. Engels erwiderte seinen Blick gleichmütig. Er wusste, dass Grünlich Recht hatte, aber noch lange keine Chance. Und zur Not hätte er noch eine kleine Geschichte über Erpressung und vorsätzliche Körperverletzung parat gehabt, um ihn emotional zu destabilisieren. Aber auf die wollte er großzügig verzichten, so lange sich Leon Grünlich zu solch blauäugigen Aussagen hinreißen ließ. Mochte er sich an der Wahrheit erfreuen, über die Raffinesse, Kaltschnäuzigkeit und die Beherrschung, taktisch auszusagen, verfügte er nicht. Wie hieß es so schön in der römischen Juristenweisheit: »Vor Gericht und auf hoher See sind wir alle in Gottes Hand.« Nur befand sich Dr. Engels vor Gericht und Leon Grünlich auf hoher See. Keiner von beiden wäre in diesem Moment auf die Idee gekommen, Gott zu befragen, warum das so war.

Es war Winter geworden, und der Schnee hatte den Hof und das hübsche Fachwerkhaus von Sabines neuem Lebenspartner, dem Arzt, in ein dichtes weißes Kleid gehüllt.

Andy linste von draußen durch das große Erdgeschossfenster in das Wohnzimmer. Seine Exfrau saß da mit ihrem neuen Mann beim Abendessen. Der Fernseher lief. Man hörte die Stimme von Glanz und einer Journalistin.

»Also lieber ein Problem mit Geld als eins ohne«, sagte Glanz gerade, und die Journalistin fasste den Prozesstag zusammen.

»Dieter Glanz hat die Lacher auf seiner Seite. Er hat die Sympathien des Gerichts, weil er eben nicht Arme ausgenommen und irgendwelche Bausparer um ihr Häuschen gebracht hat, sondern die Reichen um ihr Schwarzgeld. Man darf annehmen, dass zahlreiche Betrogene nie aus dem Dunkel der Anonymität treten, weil sie Schwarzgeld bei Glanz angelegt hatten.«

Andy sah seine Tochter Jessica, sie drehte jetzt den Ton leiser. Dann legte sich eine Hand auf seine Schulter. Sein Vater stand plötzlich kopfschüttelnd hinter ihm.

»Da hörste mal! Uns geschieht's ganz recht: Er hat nur die Reichen beraubt. Das ist doch das Allerletzte, wie der das jetzt dreht! Ab wann ist man eigentlich reich? Gehören wir etwa zu den Reichen? Na, komm! Mama hat das Essen fertig.«

Die beiden stapften durch den Schnee zu dem kleinen Gartenhäuschen hinüber.

Es nieselte und war bitterkalt in Hamburg. Die Menschen hatten die Schirme aufgespannt. Journalisten und Fotografen umringten das Polizeifahrzeug, in dem Glanz zum Gerichtsgebäude gebracht wurde.

»Ist Gloria auch vorgeladen?«, fragte Eva.

»Aber wissen Sie das denn nicht? Sie hat die Scheidung eingereicht. Angeblich wirft sie ihm vor, dass er nichts für sie und die Kinder beiseitegelegt hat. Er soll am Boden zerstört sein«, erzählte ihr Uschi Baumer. Beide sammelten alle Zeitungsausschnitte, die über diesen Fall zu haben waren.

»Ein bisschen Schmuck, und sie kehrt zu ihm zurück. Diese monetengeile Hure …«, ereiferte sich Eva.

Andy wandte sich ab und ging schnell durch die Menge. Eine junge Frau drehte sich zu ihm um. Es war Nadja. »Hi!«

»Hallo! Wie, wie geht's dir?«, fragte Andy.

»Gut. Und dir?«

»Ich hab gehört, du hast jetzt einen tollen Job?«, sagte Andy.

»Pressebetreuerin in einem ziemlich großen Betrieb in Gießen.«

»Gießen?«

»Ich habe gehofft, dich hier zu treffen«, sagte Nadja.

»Ja? Ich, ich dachte immer, wir beide …«

»Guter Gott, Andy, du hast mir damals, nachdem wir in Hamburg gelandet waren, Adieu gesagt und dich nie wieder gemeldet«, erinnerte sich Nadja.

»Ich hatte so viele Probleme und nicht mal ein Dach über dem Kopf. Deine Schwester und ihr neuer Mann helfen uns, auch meinen Eltern. Es ist ziemlich demütigend.« Er fuhr sich mit der Hand über die Augen.

Nadja zog ihn etwas beiseite. Andy schüttelte den Kopf.

»Ich weiß, das ist jetzt nicht der richtige Zeitpunkt, aber hast du jemand anderen? Bist du mit jemandem zusammen?«, fragte Andy.

Der Regen wurde stärker. Nadja zitterte vor Kälte.

»Jetzt pass mal auf. Ich mag dich, das weißt du, ich …«, begann Nadja, bevor Andy sie unterbrach.

»Was immer du jetzt sagen willst, denk nochmal drüber nach, überschlaf es lieber. Wenn du's mir dann immer noch sagen willst …«

Nadja griff in ihre Tasche, holte ein Päckchen heraus und reichte es Andy.

»Hier. Für dich. Die Hälfte«, bot ihm Nadja an.

»Die Hälfte von was?«, fragte Andy.

»Vom Geld, das mir Dieter mal anvertraut hat. In Südafrika. Es war im Garten verbuddelt. Nun nimm's schon. Würde ihm bestimmt gefallen, dass wir beide ihm unser Startkapital verdanken.« Nadja lächelte ihm liebevoll zu. Er zögerte. Was bedeutete dieses Lächeln? Dass sie beide vielleicht doch zueinanderkommen würden? In diesem Moment war ihm das wichtiger als das Geld.

# Epilog

Dieter Glanz wurde morgens aus der Zelle in der Untersuchungshaft geführt. Er erzählte den Wärtern gerade von einem lohnenswerten Geschäft. »Im Knast in Kapstadt hab ich den Urenkel von Käptn Nemo kennengelernt. Ihr wisst, wer das ist? Der mit der Nautilus. Das ist ein U-Boot, Menschenskinder! Der hat noch die Originalbaupläne der Nautilus. Und die Pläne, wie man zu der versunkenen Stadt Atlantis findet.«

Die Männer lauschten beeindruckt. Aber was für armselige Typen standen ihm da gegenüber; dumpfe, brutale Gesichter, die noch nie von der Nautilus gehört hatten und nie von Atlantis.

»Atlantis! Mit seinen sagenhaften Schätzen. Die will ich mit der Nautilus bergen. Aber dafür brauche ich Kapital. Wenn ihr dabei sein wollt, auch kleine Beträge läppern sich.«

Glanz versuchte, mit seinen Geschichten seine Zuhörer zu begeistern, aber er wusste, er war nur noch eine Hülle, ein Schatten des einstigen großen Geschichtenerzählers. Was ist der wert, wenn es kein Publikum mehr gibt, das seine Geschichten versteht und ihnen mit Begeisterung folgt?

Leon Grünlich wurde wegen betrügerischen Konkurses verurteilt. Von seiner Frau ist er inzwischen geschieden.

Heiner Kuntze glaubt noch immer an die Existenz des sagenhaften Investments und lässt Glanz bis auf den heutigen Tag von einer Detektei beschatten.

Uschi und Alfi Baumer mussten ihr Hamburger Juweliergeschäft aufgeben.

Eva Wendler suchte sich einen neuen Begleiter, der wieder Tommy hieß, diesmal aber ein Pudel war.

Gloria Glanz durfte trotz Betrugsanklage mit ihren Kindern in Südafrika bleiben. Von Hajo Novak hat sie sich wieder getrennt. Wovon sie ihren aufwendigen Lebensunterhalt bestreitet, ist bis heute unbekannt.

Isa Novak beging nach ihrer Rückkehr aus Südafrika Selbstmord.

Dieter Glanz verbüßt eine Haftstrafe von drei Jahren und zwei Monaten. Er rechnet mit einer vorzeitigen Entlassung. Sämtliche Delikte, die nicht zur Anklage kamen, sind bis dahin verjährt.

# Nachwort zu *Gier*

Freunde machten mich auf einen Artikel in einer Hamburger Zeitung aufmerksam, in dem über den Prozess gegen einen Millionenbetrüger berichtet wurde, dem es gelungen war, sich als einfallsreich-pfiffigen Till Eulenspiegel der Neuzeit darzustellen, der lediglich gierige, dumme Reiche ausgenommen hatte. Immer wieder war die Verhandlung vom schallenden Gelächter der Zuhörer unterbrochen worden, was die Gerichtsreporterin zu der Bemerkung veranlasste, das Ganze erinnere sie »an einen Mehrteiler von Dieter Wedel«. Ihren Artikel schloss sie mit der Aufforderung »Herr Wedel, übernehmen Sie!«

Ich kam dem nach, traf mich mit der Gerichtsreporterin und suchte wenig später den Betrüger in der Strafanstalt Fuhlsbüttel auf. Wir verabredeten, dass er mir mehrere Tage für ausführliche Interviews zur Verfügung stehen sollte. Außerdem setzte ich mich mit den von ihm Betrogenen in Verbindung. Einige lehnten ein Gespräch mit mir ab, weil sie fürchteten, nur wieder bloßgestellt und in der Öffentlichkeit lächerlich gemacht zu werden; einige, weil sie ihm Schwarzgeld gegeben hatten und nun fürchteten, wegen Steuerhinterziehung zur Rechenschaft gezogen zu werden, wenn sie gegen ihn vorgingen. Die Betrüger waren von einem Betrüger betrogen worden.

Etliche traf ich, die noch immer unter den Nachwirkungen des Betruges und ihrer Verluste litten. Das waren keine »Reichen«. Sie hatten ihre Rücklagen, ihr Haus, alles, was sie sich im Leben erarbeitet hatten, verloren, weil sie auf die Versprechungen und Beteuerungen »ihres Freundes« hereingefallen waren. Ehen waren zerbrochen. Bei Freunden und Verwandten, die sie angepumpt hatten, weil sie sie an den versprochenen sagenhaften Gewinnen teilhaben lassen wollten, müssen sie jetzt ihr Leben lang Schulden abstottern. Zwei waren schwer krank geworden; einer hatte sich, wie mir berichtet wurde, das Leben genommen.

Und der Betrüger selbst? Er hatte kein schlechtes Gewissen; nicht einmal einen Anflug von Unrechtsbewusstsein. Waren die Betrogenen nicht selbst schuld, dass sie ihm – blind vor Gier – ihr gesamtes Vermögen anvertraut hatten? Er genoss den Beifall der Medien, spreizte sich in Talkshows und hatte die Lacher auf seiner Seite.

Damals fing ich an, mich zu fragen, was das für eine Gesellschaft ist, in der der kaltschnäuzige Betrüger zum Medienstar wird, während den von ihm Betrogenen nirgendwo die Möglichkeit eingeräumt wird, überhaupt zu Wort zu kommen. Sie waren gebrandmarkt als die lächerlichen, dummen »Gierigen«, denen doch nur recht geschehen war.

Zugleich verfolgte ich damals das Treiben eines betrügerischen Vermögensverwalters auf Mallorca, der auf das bei ihm eingesetzte Kapital ein Prozent Rendite pro Tag versprach. Auch er nahm Reiche und weniger Reiche skrupellos aus und ähnelte in seinem Verhalten verblüffend dem des eingangs beschriebenen Betrügers. Ich fragte mich, was es war, das intelligente Menschen dazu verführte, solchen Schaumschlägern auf den Leim zu gehen.

Zu der Zeit empfahl mir ein guter Freund einen erfolgreichen Schweizer Vermögensverwalter. Mein Freund war so begeistert von Markus K. und dessen Schweizer Firma, dass er mich immer wieder ermahnte, mich doch unbedingt mit dessen deutschem Vertreter Reinhold E. zu treffen. Warum folgte ich nicht seinem Rat? War ich etwa der Feind von meinem Geld?

Die Ähnlichkeit zu dem Betrüger und jenem Hochstapler auf Mallorca, die auch dauernd ihre Kunden gebeten hatten, sie deren Freunden weiterzuempfehlen, fiel mir zunächst nicht auf.

Hier handelte es sich doch offenbar um eine seriöse Schweizer Firma, die nicht, wie die Hochstapler, sagenhafte Gewinne versprach, sondern lediglich eine bessere Verzinsung des eingesetzten Kapitals als viele deutsche Banken.

Ich traf mich mit Reinhold E., der sich großspurig als fachkundiger Vermögensspezialist aufspielte und anmaßend und herablassend von seinen Berufskollegen sprach, die, ähnlich wie die Banken, nur Eigeninteressen verfolgten und vor allem hohe Prämien für sich einstreichen wollten. Mir war er auf Anhieb so unsympathisch, dass ich zögerte, ihm auch nur einen überschaubaren Betrag anzuvertrauen. Mein Bauchgefühl warnte mich, und bei meiner Arbeit hatte ich gelernt, darauf zu hören.

Er spürte wohl mein Zögern und bot mir eine schriftliche Garantie, dass die Schweizer Firma für jede Summe, die über zwölf Prozent Verlust hinausging, haftete. Wir verabredeten ein risikoarmes Anlageprofil. Das Konto wollte E. umgehend bei der Züricher Bank C. L. eröffnen, bei der es nicht erforderlich war – anders als beispielsweise bei der UBS – persönlich zu erscheinen, um ein Konto zu eröffnen.

Später habe ich erfahren, dass die C. L. die Echtheit meiner Unterschriften lediglich anhand einer verschmierten Passkopie bestätigte – und das als in der Schweiz üblichen Vorgang bezeichnete.

Angeblich soll ich eine »Faustpfandverschreibung« und eine »Genehmigung zu Termin- und Optionsgeschäften« unterschrieben haben, Formulare, von denen ich noch nie gehört und die ich noch nie zu Gesicht bekommen hatte, über deren Tragweite mich weder die Bank noch die Vermögensverwaltung aufgeklärt hatten, und die im krassen Gegensatz zum vereinbarten Anlageprofil standen.

Offensichtlich hatte sich die Bank nicht daran gestört, dass ich diese brandgefährlichen Formulare angeblich am selben Tag in Hamburg und gleichzeitig in Zürich unterschrieben haben sollte, einem Tag, an dem ich mich nachweislich auf Mallorca aufgehalten hatte.

Als ich schließlich von der Existenz dieser Formulare erfuhr, schrieb mir die Vizepräsidentin der Bank, es sei in der Schweiz durchaus üblich, Datum und Ort bei Vertragsunterzeichnungen nachträglich von anderen einfügen zu lassen. Das sei ein ebenso rein formaler, zu nichts verpflichtender Vorgang wie die Bestätigung der Echtheit von Unterschriften durch die Bank. Meine Rückfrage, warum dann in der Schweiz Unterschriften überhaupt noch bestätigt und Datum und Ort bei Vertragsabschlüssen genannt werden, blieb unbeantwortet; mein Hinweis, dass ich diese Genehmigungen niemals erteilt hätte, unkommentiert.

Wenige Wochen zuvor war ein von der C.L. bereits bewilligter Kreditantrag über mehrere Hunderttausend Euro bei mir eingetroffen. Den brauchte ich bloß noch zu unterschreiben, dann würde angeblich die haftende Schweizer Firma auch über diese Summe verfügen können. Aber ich hatte gar keinen Kreditantrag gestellt!

Außerdem hatte ich bisher noch kein Wort mit einem

Vertreter der C. L. gewechselt – wann immer ich dort anrief, war die für mein Konto zuständige Dame gerade in einer Sitzung oder verreist oder beim Essen und rief auch niemals zurück. Wie kam die Bank dazu, ohne Überprüfung des Kunden, ohne ihn überhaupt persönlich zu kennen, einen solchen Kredit zu bewilligen?

Als er hörte, dass ich den Kreditantrag nicht einfach unterschrieben, sondern durchgelesen hatte, wirkte E. verstört und versicherte mir am Telefon, da handele es sich wohl um ein Versehen der Bank. Ich sollte den Kreditantrag einfach zerreißen.

Endlich hellhörig geworden, riefen mein Büro und ich fortwährend bei der C. L. an – ohne Erfolg. Ich hatte den Eindruck, dass man dort unbedingt einem klärenden Gespräch auswich und mich stattdessen an die Vermögensverwalter verwies.

Ein Schweizer Anwalt erklärte mir kürzlich, die Schweizer Banken handelten in der Regel völlig korrekt, leider gebe es unter den Vermögensverwaltern jedoch einige schwarze Schafe. Ich bin der Meinung, dass diese »schwarzen Schafe« überhaupt nur tätig werden können, weil die Schweizer Banken sie fahrlässig und unkontrolliert gewähren lassen, um ihre Profite nicht zu schmälern.

Als ich schließlich einen Analysten einer deutschen Bank einschaltete, damit er mich über die Vorgänge bei der C. L. aufklärte, erkannte er in kürzester Zeit, was offenbar der C. L. zuvor nicht aufgefallen war: Dass die Vermögensverwaltung das gesamte Geld »unverantwortlich« und »völlig unprofessionell« innerhalb von drei Monaten im wahrsten Sinne des Wortes verzockt hatte.

Nur weil ich noch am selben Tag die Vermögensverwaltung aufkündigte – wovon mich die Vizepräsidentin der

C. L., die nun endlich für mich zu sprechen war, wortreich abzubringen versuchte –, blieb ich von Nachforderungen verschont. Aufgrund der von mir niemals genehmigten »Faustpfandverschreibung« und der »Genehmigung zu Termin- und Optionsgeschäften« wäre ich Gefahr gelaufen, über den entstandenen Verlust hinaus noch weiteres Geld nachschießen zu müssen.

Ich begriff, wie schnell und unvermittelt man in die Situation des rücksichtslos Ausgeräuberten geraten kann, selbst wenn man nicht von Gewinnversprechungen verführt und von der großen Gier angesteckt ist. Die hilflose Wut der von den Hochstaplern Betrogenen konnte ich nun noch besser nachfühlen.

Unnötig anzumerken, dass die Züricher Vermögensverwaltung, die mir ja vertraglich zugesichert hatte, sämtliche Verluste zu ersetzen, die über zwölf Prozent des eingesetzten Kapitals hinausgehen, inzwischen zahlungsunfähig ist. Reinhold E. und Markus K. sind untergetaucht, telefonisch nicht erreichbar.

Neulich dann las ich von dem »tüchtigen« Schweizer Vermögensverwalter Markus K., der inzwischen auf Mallorca für eine Finanzierungsgesellschaft tätig ist. Dass K. zahlreiche Menschen erheblich geschädigt und teilweise um ihr Vermögen gebracht hat, dass er vertragliche Zusicherungen einfach ignoriert, stört offenbar niemanden. Es ist fast so, als lasse man einen Pädophilen unkontrolliert in einem Kindergarten arbeiten.

Die Gesetze in der Schweiz schützen die Banken, auch bei grober Fahrlässigkeit. Die Medien applaudieren den Betrügern, wenn sie sich geschickt aufführen wie der Millionenmann.

Bei Deutschen, die Geld in der Schweiz anlegen, gehen

viele offenbar von vornherein davon aus, dass es sich um Schwarzgeld handelt; dass man ungestraft krumme Tricks anwenden darf, weil die Betroffenen sich nicht wehren können. Es ist ein profitables System, das die Betrüger nun seinerseits betrügt. Sie müssen ja Stillschweigen bewahren. Bei mir allerdings hat sich die Schweizer Bank geirrt. Ich habe alles ordentlich versteuert und kann mich jetzt zur Wehr setzen.

Natürlich habe ich all diese Erfahrungen bei den Drehbüchern zu *Gier* verwendet. Als ich einem Schweizer Banker erzählte, ich hätte angeblich Formulare unterschrieben, die ich nie zuvor zu Gesicht bekommen hatte, meinte er achselzuckend: »Das Erste, was man bei einer Bank lernt, ist Unterschriften fälschen.« Der Satz taucht wörtlich im Film auf. Als ich ihn neulich bei einem deutschen Banker zitierte, meinte der nur: »Sie verstehen, dass ich das nicht weiter kommentiere.«

Bestritten hat er den Satz nicht.

Dieter Wedel, September 2009

Nachbemerkung

Dieses Buch erhebt keinen Faktizitätsanspruch. Es basiert zwar zum Teil auf wahren Begebenheiten und behandelt typisierte Personen, die es so oder so ähnlich gegeben haben könnte. Diese Urbilder wurden jedoch durch künstlerische Gestaltung des Stoffs und dessen Ein- und Unterordnung in den Gesamtorganismus dieses Kunstwerks gegenüber den im Text beschriebenen Abbildern so stark verselbständigt, dass das Individuelle, Persönlich-Intime zugunsten des Allgemeinen, Zeichenhaften der Figuren objektiviert ist.

Für alle Leser erkennbar erschöpft sich der Text nicht in einer reportagehaften Schilderung von realen Personen und Ereignissen, sondern besitzt eine zweite Ebene hinter der realistischen Ebene. Es findet ein Spiel der Autoren mit der Verschränkung von Wahrheit und Fiktion statt. Sie lässt bewusst Grenzen verschwimmen.